Mark Behr

Krokodile weinen nicht

Roman

Deutsch von Ulrike Beck
und Marie Rahn

Ullstein

Ullstein Buchverlage GmbH,
Berlin
Taschenbuchnummer: 24196
Titel der Originalausgabe:
The Smell of Apples

Deutsche Erstausgabe
August 1997

Umschlaggestaltung:
Tandem Design, Hamburg
Illustration:
Cathrin Günther

Printed in Germany 1997
Gesamtherstellung:
Ebner Ulm
ISBN 3 548 24196 4

Gedruckt auf alterungsbeständigem
Papier mit chlorfrei gebleichtem
Zellstoff

Die Deutsche Bibliothek –
CIP-Einheitsaufnahme

Behr, Mark:
Krokodile weinen nicht: Roman/Mark Behr.
Dt. von Ulrike Beck. – Dt. Erstausg. –
Berlin: Ullstein, 1997
(Ullstein-Buch; Nr. 24196)
Einheitssacht.: The smell of apples <dt.>
ISBN 3-548-24196-4

Seid bedankt und vergebt mir, ich küsse euch, ihr Hände
Meiner mißachteten, geringgeschätzten
Heimat, meiner Familie, Freunde und Selbstzweifel

BORIS PASTERNAK

Nur ein Leben haben wir, in dem wir bloß
für immer geliebt werden möchten

ANTJIE KROG

Eigentlich heiße ich Marnus, aber wenn Dad mit mir spricht, sagt er meistens »mein Sohn« oder »mein kleiner Bock«, und er und Mum nennen mich auch »mein kleines Negerkind«.

Zu meinem Geburtstag im November habe ich eine Carrera-Bahn mit zwei Porsche 918 bekommen, einem roten und einem grünen. Frikkie Delport und ich haben meinem Vater geholfen, die ganze Anlage auf einer Spanplatte aufzubauen, und seitdem steht die Bahn auf dem Boden in meinem Zimmer. Während der Woche darf ich erst damit spielen, wenn ich alle Hausaufgaben gemacht habe und Mum mein Hausaufgabenbuch abgezeichnet hat.

Frikkie und ich sind seit dem ersten Schuljahr in einer Klasse. Die einzige Zeit, in der wir nicht zusammen waren, war in der dritten Klasse, als er in den B-Kurs kam, weil seine Noten so schlecht waren. Als er im B-Kurs war, haben wir uns nicht oft gesehen, und in jenem Jahr freundete ich mich mit Hanno Louw an, dessen Vater Chirurg am Groote Schuur ist. Dr. Louw ist ein Kollege von Chris Barnard, der die erste Herztransplantation an Louis Waschkanski vorgenommen hat. Obwohl ich Freitag nachmittags ein paar Mal zum Spielen bei Hanno zu Hause war, habe ich Chris Barnard nie gesehen. Aber Hanno hat mir einige Fotos von seinem Vater und seiner Mutter gezeigt, auf denen sie mit Chris Barnard und seiner Frau Louwtjie zu sehen sind.

Hanno Louw und ich wurden nie so gute Freunde wie Frikkie und ich. Zu Beginn des ersten Schuljahres habe ich Frikkie nur aus der Ferne beobachtet. Schon damals haben alle gesagt, er sei der frechste Junge in der Klasse. Manchmal verließ er in den Pausen das Schulgelände und ging nach Hause in die Hofmeyer Street, ein Stück oberhalb der High School. Die Lehrer riefen dann bei ihm zu Hause an, und eine Weile später brachte Gloria Frikkie an der Hand zurück in die Schule. Gloria hatte immer Schuhe mit hohen Absätzen an und kleidete sich wie eine weiße Madam – mit rosa Lippenstift und ausgestellten Hosen.

Wenn Frikkie in den Pausen nicht nach Hause ging, schikanierte er die Jungen auf dem Schulhof. Einige von ihnen haben Frikkie immer verpetzt, und später, als wir die Grundstufe hinter uns hatten, bekam er Prügel vom Direktor.

Richtig enge Freunde wurden wir Mitte des ersten Schuljahres. Aber wenn ich nicht so auffällige Ohren hätte, wäre das vielleicht gar nicht passiert. Ich hatte immer schon Dads große Ohren, und ich schämte mich ein bißchen, weil sie so abstehen. Mit dem *Voortrekker*-Barett auf dem Kopf sieht das linke Ohr sogar noch größer aus, aber wenigstens verdeckt die Falte das rechte. Dad sagt, das sind die typischen Erasmus-Ohren, und ich habe ihm nie von den Witzen erzählt, die die anderen Kinder über mich gemacht haben, als ich noch kleiner war.

Frikkie hatte die Gewohnheit, sich ein Kind herauszupikken und es dann unablässig zu piesacken. Sogar einige der älteren Kinder hatten unter ihm zu leiden, denn er war zwar ein bißchen kleiner als sie, aber immer viel stärker.

Eines Tages kam Frikkie in der Pause dazu, als wir hinter dem Werkraum mit unseren Kreiseln spielten. Er beobachtete uns eine Weile, bevor er es selbst versuchte. Am Vortag hatte er es schon einmal vergeblich ausprobiert. Immer wenn er den Kreisel losließ, kippte der nach einer Seite um und rollte ins Gras. Schließlich hatte Frikkie gemurmelt, Kreisel seien doof, und war davongestapft. Jetzt klappte es wieder nicht. Er brachte seinen Kreisel einfach nicht zum Drehen. Ich beobachtete ihn aus dem Augenwinkel und wartete nur darauf, daß er wieder etwas sagen und weggehen würde. Und richtig, er wollte gerade gehen, als er bemerkte, daß ich ihn ansah.

»Was guckst du so?« fragte er, und ich spürte, wie sich mein Magen zusammenkrampfte. Ich wußte, für heute würde ich sein Opfer sein. Und mir fiel keine Antwort ein.

»Ich rede mit dir!« Ich überlegte immer noch, was ich sagen sollte, als er rief: »Was sind das für Dinger da seitlich an deinem Kopf? Hey! Ist das Schmuck, oder was?«

Ich spürte, wie meine Ohren glühten. Die anderen Jungen hörten auf zu spielen und sahen uns an.

»Du siehst mit diesen Ohren wirklich aus wie Jumbo! Bist du taub?«

Damals hatte ich noch Angst vor Frikkie, weil ich wußte, daß er stärker war als ich. Ich wollte mich nicht mit ihm prügeln – nicht bloß, weil er stärker war, sondern vor allem, weil Mum immer sagt, wer einmal anfängt, sich in Schuluniform zu prügeln, dessen Tage in der Schule sind gezählt. Mum ist immer mit Ilses und meinen Lehrern befreundet, und ich wußte, sie würde es sofort erfahren, wenn es zu einer Prügelei käme.

»Wirst du mir jetzt wohl antworten, Jumbo?« fragte Frikkie.

»Du hältst den Kreisel falsch«, sagte ich und ging schnell zu ihm hin, ohne ihm Zeit für eine Reaktion zu lassen. Bevor er etwas sagen konnte, nahm ich den Kreisel aus seiner Hand und zeigte ihm, wie er die Finger halten mußte, bevor er ihn losließ. Nach ein paar Versuchen hatte er den Bogen raus, und bald versuchte er, die Kreisel der anderen zu küssen. Wir nannten es küssen, wenn es einem gelang, seinen Kreisel auf einen anderen Kreisel zu setzen, der sich schon drehte. Bevor die Kreisel schließlich aus der Mode kamen, hatte Frikkie etliche mit seinen tödlichen Küssen in zwei Hälften zerlegt. Wenn er sie nicht spalten konnte, schlug er wenigstens eine Macke hinein oder beschädigte sie so stark, daß sie sich nicht mehr gleichmäßig drehten und somit nicht mehr zu gebrauchen waren. Er tat das mit jedem Kreisel, nur mit meinem nicht. Und seitdem hat mich niemand mehr wegen meiner Ohren gehänselt. Deshalb war es schrecklich, als er in der dritten Klasse in den B-Kurs kam. Aber als er im Jahr danach wieder in Vier A zurückkehrte, verbrachten wir von da an unsere ganze Freizeit zusammen. Wenn Mum nach der Schule nicht am Tor ist, um mich abzuholen, gehe ich mit Frikkie nach Hause und warte dort, bis sie Ilse von der High School ein paar Häuser weiter holen kommt.

Frikkies Vater ist ein hohes Tier bei Sanlam, und seine Mutter hat eine Boutique in der Adderley Street in der Nähe von Stuttafords. Da Mrs. Delport nachmittags fast nie zu Hause ist, können Frikkie und ich die Gegend unsicher machen, während meine Mutter glaubt, wir säßen unter Glorias Aufsicht an unseren Hausaufgaben. Aber Gloria ist fast nie da, und selbst wenn sie da ist, ist es ihr völlig egal, was wir treiben. Meistens schminkt sie sich die Lippen oder steht vor dem Badezimmerspiegel und steckt sich einen Kamm in ihren Afro-Look, damit er noch größer aussieht. Kein Mensch weiß, wann sie eigentlich das Haus putzt und die Bügelwäsche erledigt. Gloria spricht Afrikaans ohne jeden Akzent, und Mum meint, daß sie sich deshalb für eine Weiße hält. Frikkie sagt, daß der richtige *Gammat*-Akzent bei ihr nur herauszuhören ist, wenn sie betrunken ist. Wenn wir sie deswegen aufziehen, ignoriert sie uns einfach oder sagt etwas wie, unser Lachen würde uns schon noch vergehen, grinst uns dabei unverschämt an und kehrt uns dann den Rücken zu.

An manchen Nachmittagen nach der Schule helfe ich

Frikkie bei Mathe. Wir haben dieses Jahr mit Bruchrechnen begonnen, aber Frikkie kann die Aufgaben nur selten lösen, auch wenn er sich richtig Mühe gibt. Wir sitzen an dem großen Eßzimmertisch, und oft muß ich dieselben Dinge immer und immer wieder erklären. Manchmal kann er die Viertel und Halben richtig addieren, aber sobald er unter dem Bruchstrich eine ungerade Zahl sieht, wie zum Beispiel fünf oder drei, fängt er an, sich mit dem Bleistift am Kopf zu kratzen, und dann weiß ich schon, daß er es nie herausbekommen wird. Aber er tut so, als würde er intensiv nachdenken, und nach einer Weile schreibt er dann irgendeine Zahl hin. Wenn ich ihn frage, wie er auf diese verrückte Lösung gekommen ist, zuckt er mit den Schultern, sieht mich mit seinen kleinen, braunen Augen an und sagt, er verstehe überhaupt nichts. Wenn er sich so mit den einfachsten kleinen Brüchen herumquält, tut er mir wirklich leid, weil ich weiß, daß Miss Engelbrecht ihn morgen einen Volltrottel mit dem Gehirn von der Größe einer Gottesanbeterin nennen wird.

Das Schlimmste ist jedoch, wenn sie sich im Klassenzimmer in den Gang neben unseren Tisch stellt und ihm beim Rechnen über die Schulter sieht. Manchmal zieht sie an den kurzen Haaren über seinem Ohr, während sie ihm die Brüche erklärt. Ich hasse es, wenn sie das tut oder ihn anbrüllt, weil ich weiß, wie sehr er sich mit dem Rechnen herumplagt. Manchmal, wenn ich etwas sehr lange erklärt habe, schafft er es sogar, die Aufgaben richtig zu lösen. Aber sobald ich ungeduldig oder wütend werde, sagt er, ich sei ein Klugscheißer und wir sollten jetzt besser aufhören und draußen spielen gehen. Auch wenn er es nie zugibt, weiß ich, daß er sich immer sofort verschließt wie eine Auster, wenn er unsicher wird. Oder er wird ganz unruhig.

Als er im Mai immer noch nicht Bruchrechnen konnte, fragte er mich, ob er meine Hausaufgaben nicht einfach abschreiben könnte. Wir müßten dann nicht ewig am Eßzimmertisch herumsitzen, sondern könnten etwas anderes tun. Ich wollte ihn nicht abschreiben lassen, weil Mum sagt, abschreiben ist dasselbe wie mit den Augen stehlen. Und ob man etwas mit den Händen oder den Augen stiehlt, die Sünde ist immer gleich groß und gleich schlimm. Aber mit der Zeit ging mir die ganze Erklärerei jeden Nachmittag so auf den Wecker, daß ich ihn von da an hin und wieder abschreiben ließ. Wenn er viel abschreibt, bitte ich Gott um Vergebung. In meinem Gebet versuche ich zu erklären, daß Frikkie nur so lange von mir abschreibt, bis er das Bruchrechnen versteht. Er schreibt ja nicht einfach nur ab, ohne dabei zu lernen. Wir überbrücken nur die Zeit bis dahin.

Eines Tages fragte mich Miss Engelbrecht aus heiterem Himmel, ob Frikkie meine Mathehausaufgaben abgeschrieben habe. In der Klasse wurde es ganz still. Alle drehten sich um, weil wir ganz hinten in der Ecke sitzen, und sahen uns an. Ich zog erstaunt die Augenbrauen hoch und sagte in einer Art und Weise »Nein«, die sie glauben machen sollte, daß uns so etwas nie in den Sinn kommen würde. Aber sie rief uns trotzdem nach vorne. Wir mußten uns neben sie stellen, jeder auf eine Seite, während sie ihren roten Füller über unseren Matheheften kreisen ließ.

»Nun gut«, sagte sie und machte in unsere Hefte neben die Ergebnisse mit ihren langen, roten Fingernägeln kleine Kerben, die wie Halbmonde aussahen. »Aber wie, bitteschön, läßt sich dann das hier erklären? Wie können zwei Menschen *genau* dieselben Fehler in *genau* denselben Aufgaben machen – außer wenn sie voneinander abschreiben?« Und sie malte drei große, rote Kreise um Frikkies falsche Antworten.

»Nun, Frikkie Delport? Du willst uns also weismachen, daß du diese Brüche nicht heimtückisch vom Heft deines Freundes abgeschrieben hast?« Ich starrte auf das geöffnete Matheheft, weil ich weder Frikkie noch Miss Engelbrecht ansehen wollte. Ich konnte spüren, wie die ganze Klasse mich anstarrte, und wäre am liebsten vor Scham im Boden versunken. Ich hatte panische Angst davor, daß sie auch meine Ergebnisse rot umkringeln würde. Dann würde Mum wissen wollen, warum da nicht nur kleine, rote Kreuze am Rand wären wie sonst, wenn ein Ergebnis falsch war.

Miss Engelbrecht wartete einen Moment, und als Frikkie nicht antwortete, wandte sie sich an mich: »Marnus, sieh mir in die Augen und sage mir, ob Frikkie von dir abgeschrieben hat.«

Sie sagte das so nett, daß ich etwas antworten *mußte*, ich konnte nicht einfach nur dastehen und sie ansehen, als hätte ich plötzlich meine Stimme verloren.

»Miss, Frikkie würde niemals von mir abschreiben. Wirklich nicht, Miss.« Die Worte kamen mir so leicht über die Lippen, als hätte ich schon hundertmal auf diese Art und Weise gelogen. Sie neigte ihren Kopf zur Seite und lächelte mich so an, daß mir klar war, sie glaubte kein Wort von dem, was ich gesagt hatte.

»Nun, in diesem Fall könntest du mir bitte erklären, wie es kommt, daß ihr genau dieselben Aufgaben falsch gelöst habt?«

Ich schüttelte langsam den Kopf, doch plötzlich fiel mir von irgendwoher die Antwort ein. Ich sagte ganz ernst: »Miss, Sie wissen ja, daß Frikkie große Probleme mit dem Bruchrechnen hat . . .« Sie nickte und trommelte mit den Nägeln aufs Pult, um deutlich zu machen, daß sie wartete. »Weil er sich so damit abmüht, helfe ich ihm nachmittags bei den Matheaufgaben . . . und vielleicht haben wir beide dieselben Fehler gemacht, weil ich es ihm falsch erklärt habe.« Ich beugte mich über das Heft, als wolle ich mir die Aufgaben noch einmal genau ansehen, um den Fehler zu finden. Sie schlug das Heft vor meinen Augen zu, und ich sah sie überrascht an.

»Es ist nicht *deine* Aufgabe, Frikkie Mathe zu erklären.

Ich werde dafür bezahlt, nicht *Sie, Mister Erasmus.* Und im übrigen sieht es ja ganz danach aus, als würdest du ihm dabei helfen, vom Regen in die Traufe zu kommen!« Ich sah auf meine schwarzen Schuhe und sagte leise: »Es tut mir leid, Miss.« Aber ich wußte, daß wir gerettet waren.

»Wenn das noch einmal passiert, werde ich eure Eltern benachrichtigen. Ist das klar?«

Ich sah schnell auf, aber bevor ich den Mund aufmachen konnte, beteuerte Frikkie: »Es wird nicht wieder vorkommen, Miss.« Ich hätte ihm einen Tritt versetzen können, weil es jetzt so aussah, als hätten wir *doch* voneinander abgeschrieben.

»Miss«, platzte ich heraus, »bedeutet das, daß ich Frikkie nicht mehr Mathe erklären darf? Es ist doch so eine gute Übung für uns beide!«

»Wenn ihr Mathe üben wollt, könnt ihr das gerne tun. Aber übt nicht an den Aufgaben, die ich euch als Hausaufgabe gebe. Geht jetzt zurück auf eure Plätze.« Wir gingen durch den schmalen Gang wieder nach hinten, und ich war mir sicher, daß meiner Mutter diese Geschichte nicht zu Ohren kommen würde.

An jenem Abend bat ich Gott um Vergebung für die Lügen und dafür, daß ich Frikkie abschreiben ließ. Ich versuchte, Gott zu erklären, daß ich Miss Engelbrecht nur angelogen hatte, um Frikkie zu schützen, und daß ich ihn nur abschreiben ließ, um ihm ein wenig zu helfen. Eine Zeitlang schrieb Frikkie meine Hausaufgaben nicht mehr ab, doch irgendwann ging es wieder los. Nur bauen wir jetzt bei ihm ein paar Fehler ein, und ich passe doppelt auf, daß meine Antworten richtig sind.

Wenn nachmittags bei den Delports niemand zu Hause ist, gehen wir manchmal in den Park und versuchen, Eichhörnchen zu fangen. Oder wir setzen uns, wenn wir ein bißchen Geld haben, in das Parkcafé unter den großen Eukalyptusbaum und trinken einen Milchshake oder eine

Cola. Einmal sind wir auch ins Nationalmuseum gegangen und haben uns alle Ausstellungen angesehen. Es gibt dort sogar eine ständige Ausstellung mit ausgestopften Buschmännern. Es sind keine echten Buschmänner, und eigentlich sind sie aus Plastik, aber sie sehen aus, als wären sie lebendig. Frikkie sagt, daß sein Oupagrootjie immer die Buschmänner auf seinen Ländereien im Cedarberg zur Jagd freigab. Die Jäger aus Kapstadt konnten dorthin kommen und mußten zwanzig Pfund für jeden Buschmann zahlen, den sie erschossen. Und wenn sie mehr als einen erwischten, mußten sie noch einmal zwanzig Pfund zahlen. Als wir in Geschichte über die Buschmänner sprachen, erzählte Frikkie die Geschichte seines Oupagrootjie. Miss Engelbrecht sagte, das sei nicht wahr. Nicht die Buren hätten all die Buschmänner umgebracht, sondern die Xhosa. Sie sagte, die Xhosa seien ein schreckliches Volk, die die Farmer an der Grenze im Osten schon ausgeraubt und terrorisiert hätten, lange bevor die Zulu in Natal die burischen Frauen mit ihren kleinen Kindern so grausam töteten.

Im Museum gibt es auch eine wundervolle Sammlung mit Uniformen aus allen Kriegen unseres Landes. Man hat die Uniformen großen Holzpuppen angezogen, und wenn man langsam von einer Vitrine zur nächsten geht und die Hinweisschilder aufmerksam liest, kann man unsere ganze Geschichte erfahren, nur durch die Uniformen und die verschiedenen Kriege. Ich schrieb in der Schule einen Aufsatz darüber, und Miss Engelbrecht gab mir eine $9^1/_2$ von 10. Sie sagte, daß sie in all ihren Unterrichtsjahren noch nie eine so gute Note für einen Aufsatz gegeben hätte und daß man merken würde, wie gut ich über das Thema Bescheid weiß, über das ich geschrieben habe. Sie sagte, sie wolle den Aufsatz am Ende des Schuljahrs für das Jahrbuch einreichen. Deshalb drücke ich jetzt die Daumen, weil ich weiß, Dad wäre dann sehr stolz auf mich.

Als wir im Museum waren, haben wir uns auch die riesigen Dinosaurier und die ausgestopften Fische angesehen. Ganz hinten in einer der Vitrinen ist ein riesiger Schwarzer Marlin. Einmal, als wir bei Hangklip zum Hochseefischen waren, fing Dad einen Schwarzen Marlin, der fast ein False Bay-Rekord gewesen wäre.

In einer der kleineren Vitrinen hängen auch einige alte Fotos von der früheren Walfangstation in der Kalk Bay. Ich liebe es, wenn Jan Bandjies mir Walfanggeschichten von früher erzählt, und ich habe mich schon oft gefragt, ob einer der Walfänger mit den Harpunen auf den Fotos nicht vielleicht einer seiner Vorfahren ist. Ich sagte Jan, daß er mal ins Museum gehen soll, um einen Blick auf die Fotos zu werfen und nachzusehen, ob da nicht jemand aus seiner Familie dabei ist. Dann könne er auch sehen, wie klein die Harpunen sind, mit denen die Wale getötet wurden. Als ich Mum fragte, ob wir nicht mit Jan hinfahren könnten, sagte sie, vielleicht, aber sie sei nicht sicher, ob Coloureds ins Museum dürfen. Ich erzählte das Jan, und er meinte, das sei nicht schlimm und ich würde, wie immer, zu viel Theater um die Fische machen. Ich erklärte ihm, daß Wale keine Fische sind, weil sie lebende Junge bekommen. Aber Jan meinte, sie würden den Fischen so ähnlich sehen, daß man sie ruhig Fische nennen könnte, und seitdem nenne ich sie auch Fische.

»Ich wünschte, sie würden einen Wal fangen und ihn ausstopfen«, sagte Frikkie, als wir uns die Harpunen ansahen. Er sprach ganz leise, weil man im Museum nicht laut reden darf.

»Ein Wal würde hier niemals reinpassen!« antwortete ich.

»Wußtest du, daß das Ding beim Wal über zwei Meter groß ist?« fragte mich Frikkie, und ich wurde wütend, weil er plötzlich so tat, als sei er der Walexperte.

»Welches Ding?« fragte ich zurück.

Er sah mich an und sagte: »Sein Ding halt!«, und er

klopfte vorne auf seine Uniformhose, wo sein kleiner Mann ist. »Sein verdammter Schwanz ist über zwei Meter lang. Wußtest du das?« Ich sah mich um, ob ihn jemand gehört hatte.

»Du spinnst ja. Zwei Meter ist größer als mein Dad . . .«

»Ich schwöre dir, es stimmt. Ich habe es im *National Geographic* gelesen.«

»Das ist unmöglich! Das ist so groß wie du und ich zusammen. Wo hast du je von einem *Fisch* mit einem so langen Ding gehört?«

»Mein Gott, ich schwöre, daß es wahr ist!«

»Du sollst nicht fluchen!« sagte ich.

Er war für einen Moment still, dann wandte er ein: »Wenn man wegen der Wahrheit schwört, flucht man nicht.«

»Doch«, widersprach ich. »Unser Lehrer in der Sonntagsschule hat gesagt, es ist sogar eine Sünde, wenn man nur *Großer Gott* sagt.«

Als wir wieder nach draußen ins helle Sonnenlicht kamen, gab Frikkie immer noch keine Ruhe: »Aber wenn mein Vater böse ist, sagt er auch manchmal *Himmel Herrgott.*«

»Dann wird dein Vater eines Tages in die Hölle kommen«, sagte ich, weil ich weiß, daß es eins der wichtigsten Gebote ist, den Namen des Herrn nicht zu mißbrauchen. Es ist eine jener Sünden, deren Strafe sich von einer Generation auf die nächste überträgt. Selbst wenn *du* den Namen Gottes nicht verunehrt hast, sondern nur dein Urgroßvater, wirst du dafür bestraft.

»Hast du gerade gesagt, daß mein Vater in die Hölle kommt?« hakte Frikkie nach und blieb, die Hände in die Seiten gestemmt, stehen.

»So ist es«, erwiderte ich und ging auf der Victoria Road weiter in Richtung Lions Head. Er kam mir nach. Ich fing wieder an: »Und ihr anderen werdet auch in die Hölle kommen . . . Deine Mutter und du und Lou-Marie, und ich denke auch Gloria, und sogar Chaka – denn in der Bibel steht geschrieben: Du und deine ganze Familie mit deinen Dienern und dem Vieh werden im ewigen Feuer verbrennen. Ich vermute, Hunde wie Chaka fallen unter Vieh.«

Er war eine Zeitlang ruhig. Als wir in die Orange Street in Richtung Tafelberge einbogen, sagte er: »Heute abend werde ich meinem Dad erzählen, daß du gesagt hast, er käme in die Hölle.« Er ging einen Schritt schneller.

Ich tat so, als wäre mir das egal, obwohl ich nicht sicher war, was passieren würde, wenn er es ihm wirklich sagte. Ich holte ihn wieder ein und hielt dagegen: »Wenn du das deinem Vater erzählst, sage ich meinem, daß du ›verdammter Schwanz‹ gesagt hast.« Als er nicht antwortete, fügte ich hinzu: »Und ich sage ihm, daß du mit Zelda Kemp geknutscht hast.«

»Du Lügner! Wann soll ich die denn geknutscht haben?«

»Im Meerbad. Das letzte Mal, als wir da waren. Ich habe gesehen, wie du mit ihr unter Wasser Händchen gehalten hast.«

»Du Lügner! Sie ist hinter dir her! Und du hast Mitleid gehabt, als sie bei deiner Geburtstagsparty wegen nichts und wieder nichts anfing zu heulen . . .«

»Du spinnst ja, Frikkie«, gab ich zurück, und wir liefen schweigend nebeneinanderher nach Hause.

Als wir durch das Gartentörchen gingen, fing Frikkie als erster wieder an zu reden. »Wenn du nichts über den Schwanz sagst, sage ich auch nichts über die Hölle.«

Es ist vorbei.

Süd-Angola, in dem man in anderen Jahreszeiten nach einer trockenen Stelle Ausschau halten muß, hat sich in ein Meer aus Staub und Verzweiflung verwandelt.

Die Explosionen und der Donner der kubanischen MiGs, die für uns unsichtbar den blauen Himmel nördlich von uns bombardieren, kommen jeden Tag ein Stück näher. Ich weiß nicht, wie lange wir uns noch halten können. Die Nachrichten, die uns von der südafrikanischen Seite der Grenze erreichen, sind wirr und voller Widersprüche.

Wir wissen nicht mehr, was wir davon glauben können.

Wir wurden über Funk verständigt, unsere Truppen in Kampfbereitschaft zu halten. Es scheint, als würden wir einen Versuch starten, die feindlichen Linien zu durchbrechen. Aus der Ferne können wir verstärkte Bombardierung und Artilleriebewegungen hören. Die Stimme des Kommandanten über Funk sagt, daß wir uns auf die große Schlacht um Afrika vorbereiten sollen.

Ich habe die Unteroffiziere und die Gruppenführer zusammengerufen und befohlen, alles für einen ausgedehnten Marsch vorzubereiten. Während ich sprach, konnte ich zugleich Erregung und Angst in den Augen jedes einzelnen erkennen. Nach wochenlangem, sinnlosem Warten auf eine Nachricht – alles ist besser als diese tödliche Apathie – ist nun der Zeitpunkt gekommen. Endlich gibt es wieder einen Grund, warum wir hier sind. Und wieder ist es die Wahl zwischen Leben und Tod. Vorbei die schwere Trägheit durch die Hitze, der Staubgeruch, das bloße Warten auf einen Befehl von oben.

In Newlands hat das Team von Eddie Barlows den Engländern so richtig gezeigt, wie Cricket gespielt wird, aber weil die ganze Welt Südafrika haßt, müssen die Springboks ihre Tournee gegen die All Blacks verschieben.

Dad sagt, Nixon müsse noch vor Weihnachten das Weiße Haus wieder räumen und es sähe ganz danach aus, als verlören die Amerikaner den Krieg gegen die Kommunisten in Vietnam. Dad sagt, daß es typisch für die Amerikaner ist, der Republik vorschreiben zu wollen, wie unser Land zu regieren sei, wo doch ihr eigener Präsident rein gar nichts taugt. Dad sagt, man kann jemandem nicht vorschreiben, wie er sein Bett machen soll, wenn es im eigenen Haus aussieht wie im Schweinestall.

Ilse ist fast sechs Jahre älter als ich und kommt bald in die zwölfte Klasse der Jan Van Riebeeck High School. Bei der jährlichen Preisverleihung am letzten Tag vor den Weihnachtsferien wird sie erfahren, ob sie im nächsten Jahr zur Schulsprecherin ernannt wird. Das Amt einer Schulsprecherin ist eine ganz große Sache, nicht bloß, weil Jan Van Riebeeck die älteste Afrikaans-Schule im Land ist, sondern auch, weil Dad Schulsprecher war, als er dort zur Schule ging.

Mum sagt, daß Ilse sehr reif für ihr Alter ist und daß sie sogar den Lehrern die eine oder andere Sache beibringen kann, vor allem in Literatur und klassischer Musik. Obwohl Ilse ihre Nase immer in irgendwelchen Büchern stecken hat, ist sie nicht so ein Waschlappen wie die anderen Bücherwürmer – weil sie Korbball spielt und Leichtathletik macht. Und außerdem ist sie ziemlich hübsch. Waschlappen sind meistens häßlich, wie die jüdischen Zwillinge, David und Martin Spiro, die ein Stück weiter unten in unserer Straße wohnen. Jedes Jahr beim *Eisteddfod* bekommt Ilse alle möglichen Auszeichnungen fürs Singen und Klavierspielen. Letztes Jahr hat sie sogar ein Stipendium von einer holländischen Stiftung gewonnen, mit dem sie sechs Wochen lang in Holland Gesang studieren konnte. Seit sie in Übersee war, hält sie sich für erwachsen, und manchmal geht sie mir mit ihrem Geschwätz ganz schön auf den Wekker. Weil sie alles, was sie tut, so gut kann, ist sie ziemlich größenwahnsinnig und behandelt mich immer wie ein Baby. Wenn sie mich so ignoriert oder herunterputzt, wünsche ich mir, älter zu sein als sie, nur um ihr mal zu zeigen, wie das ist. Aber wenn ich älter wäre, müßte Frikkie auch älter sein.

Ich bin immer noch in der Grundschule, und nach den Weihnachtsferien komme ich in die sechste Klasse. Dad sagt, daß ich mich anstrengen muß, wenn ich in Ilses Fußstapfen treten will. Aber er meint, daß er sich um mich keine Sorgen macht, weil ich mich in allen Fächern in der Schule ganz ordentlich schlage und seit der dritten Klasse Vize-Kapitän des Rugby-Teams bin.

Kurz vor meinem Geburtstag wurde Dad der jüngste Generalmajor in der Geschichte des südafrikanischen Militärs. Nachdem seine Beförderung bekannt gegeben worden war, ließ Mum sich ihre langen, blonden Haare auf Schulterlänge abschneiden. Vorher hatte sie sie immer in großen Locken hochgesteckt.

»Die kurzen Haare sind wirklich ein Geschenk. Das Haarspray ist zusammen mit den abgeschnittenen Haaren einfach aus der Tür gefegt worden«, sagte Mum am Abend von Dads feierlichem Beförderungs-Dinner. Sie stand vor dem Spiegel und steckte sich ihre langen, goldenen Ohrringe durch die Ohrlöcher. Sie warf dazu ihr blondes Haar auf eine Seite und befestigte zuerst das linke Häkchen, dann das rechte. Sie hatte das lange, rote Abendkleid an, das extra für diese Gelegenheit von Elsbieta Rosenworth entworfen worden war. Es war Mums erstes, richtiges Designerkleid, seit sie und Dad geheiratet hatten.

Weil Dads Arbeit so wichtig ist, müssen er und Mum zu vielen Dinners und anderen offiziellen Empfängen gehen. Manchmal setzen Ilse und ich uns auf das große Doppelbett und sehen ihnen zu, wie sie sich vor dem Weggehen fein machen. Weil das Beförderungsessen so eine wichtige Sache war und Mum an diesem Abend ihr neues Kleid tragen würde, waren wir mit im Schlafzimmer, als sie sich fertigmachten. Während Ilse Mum beim Schminken beobachtete, ging ich ins Bad und sah Dad beim Rasieren zu.

Dad benutzte Oupas alten Rasierpinsel, um sein Kinn in kleinen Kreisen einzuschäumen. Der Griff ist mit Einlegearbeiten aus Elfenbein verziert, das aus den Endstücken der Stoßzähne eines Elefanten stammt. Oupa hatte ihn in der

Nähe von Ruvu in Tanganjika erlegt. Die Stoßzähne hängen auf beiden Seiten des Kamins im Wohnzimmer. Dads Haare waren mit Haarwasser zurückgekämmt. Obwohl meine Haare noch ziemlich hell sind, weiß ich, daß sie später einmal so dunkel wie seine werden, weil Dad auf den Fotos und Dias von Onkel Samuel aus Tanganjika, wo er als kleiner Junge zu sehen ist, ebenfalls noch hellere Haare hat.

Ich sah Dad im Spiegel an und wünschte mir, ich wäre alt genug, um mich rasieren zu können. Die Rasiercreme riecht immer so frisch und männlich. Weil Dad ein Meter achtzig groß ist, muß er sich immer zum Spiegel hinunterbeugen. Der Rasierer glitt über das Kinn und dann zum weißen Kragen hinab. Ich sah ihm ganz genau zu, und jedesmal, wenn er unten ankam, wartete ich gespannt, ob in dem Streifen nicht ein Tropfen rotes Blut erschien. Dads Kinn ist sehr kantig, und Mum sagt, man muß sich nur das Kinn ansehen, dann weiß man schon, daß ein Mann mit so einem Kinn eine Uniform tragen sollte.

»Hast du keine Angst, dich zu schneiden, Dad?« fragte ich, und er sah mich mit weit aufgerissenen Augen an, als hätte er wirklich Angst, sich zu schneiden.

»Nein, mein Junge. Wenn du eines Tages anfängst, dich zu rasieren, wird dir Dad zeigen, wie das geht. Wenn du erst ein paar Mal geblutet hast, wirst du den Dreh schnell raushaben.«

»Hat Oupa dir beigebracht, wie man sich rasiert?« wollte ich dann wissen, während sich Dad die letzten Reste des Rasierschaums aus dem Gesicht wischte.

»O ja, in diesem Bad. Aber damals gab es natürlich noch keine Dusche.« Und er nickte zu der Kabine hinüber, wo wir normalerweise immer zusammen duschen.

»Ohne diese Locken siehst du viel jünger aus, Mummy«, bemerkte Ilse. Wir saßen beide auf dem Bett und beobachteten, wie Mum sich Parfüm hinter die Ohren tupfte.

»Danke, mein Mädchen.« Sie lächelte ihr Spiegelbild an.

Mum sah so hübsch in ihrem roten Kleid aus, daß ich sie immerfort anstarren mußte. Nicht, daß Mum nicht immer hübsch wäre. Aber an diesem Abend war sie noch schöner als Frikkie Delports Mutter, die bei der Miss-Südafrika-Wahl Zweite geworden war. Jeder im Jan Van Riebeeck findet, daß Frikkies Mutter die schönste Frau am Kap ist, aber wenn sie meine Mutter an diesem Abend hätten sehen können, würden sie bestimmt ihre Meinung ändern. Und außerdem ist das Haar meiner Mutter naturblond, nicht wie bei Frikkies Mutter, bei der manchmal die dunklen Wurzeln unter dem gelockten Haarteil zu sehen sind. Ich habe einmal gehört, daß Perücken aus Pferde- oder Leichenhaar gemacht werden. Aber ich habe es Frikkie nicht erzählt, weil wir so erzogen wurden, daß wir besser gar nichts sagen, wenn wir nichts Gutes zu sagen haben.

Mum beugte sich nach vorn, um sich die Lippen zu schminken. Das rote Kleid klaffte ein wenig auf, und man konnte in die dunkle Mulde zwischen ihren Brüsten sehen. Sie sahen groß, weiß und weich aus. Ich warf Ilse schnell einen Blick zu, ob sie mich beobachtet hatte.

»Mum, du siehst heute abend wie Miss Südafrika aus«, sagte ich, und Mum drehte sich um und lächelte mich an.

»Danke, mein kleines Negerkind. Das ist ein großes Kompliment!« Und dann lachten Mum und Ilse, vielleicht weil sie in Wahrheit dachten, daß es nicht unbedingt ein so großes Kompliment sei. Mum sagt, daß es meistens eine bestimmte Sorte Frauen ist, die bei so etwas wie einer Wahl zur Miss Südafrika mitmachen. Natürlich ist Mrs. Delport ebenso eine Ausnahme wie Penny Coelen. Penny Coelen ist eine der wenigen anständigen und die einzige, die auch Miss World geworden ist. Diese Schönheitsköniginnen heiraten in der Regel reiche Casanovas. Ich habe gehört, wie Mum erzählte, daß Mitzi Stander, die ebenfalls Miss Südafrika war, vor kurzem bei einem Autounfall ums Leben gekommen ist. Sie war noch nicht richtig unter der Erde, als

Die Burger einen Artikel über ihren Ehemann veröffentlichte, der nun mit der neuen Miss Oranje-Freistaat ausgeht. Mum sagte, wir können nur beten, daß Mitzi mit Gott im reinen war, als sie starb.

Dad kam im schwarzen Frack ins Schlafzimmer.

»Und, wie sehe ich aus?« wollte er wissen und schritt über den Teppich, damit wir ihn von allen Seiten begutachten konnten. Sein schwarzer Schnurrbart war gestutzt, so daß sein Mund deutlicher zu sehen war.

»Daddy, du siehst aus wie Sean Connery«, sagte Ilse.

»Ja«, stimmte ich zu und war furchtbar stolz, weil Dad nun General wurde. »Dad ist genauso hübsch wie Mum.«

»›Gutaussehend‹ sagt man da wohl eher«, verbesserte er mich lächelnd und stupste mich mit der Faust sachte am Kinn. Ich konnte das Old Spice-Rasierwasser riechen, das er immer bei besonderen Anlässen benutzt.

»Gutaussehend«, sagte ich und: »Am liebsten würde ich auch mitkommen.«

»Du mußt noch ein bißchen Geduld haben, mein kleiner Bock«, bemerkte Dad einen Augenblick später, als wir uns von ihnen an der Eingangstür verabschiedeten. »Deine Zeit wird schon noch kommen. Für heute abend möchte ich, daß du gut auf deine Schwester aufpaßt.« Er winkte Ilse zu, die verächtlich schnaubte und die Augen verdrehte. Sie verdreht immer die Augen, wenn jemand mit ihr spricht, und wenn sie kein Mädchen wäre, hätte ich ihr dafür schon lange eine runtergehauen.

»Mein Mädchen«, sagte Mum besorgt, »achte bitte darauf, daß alle Türen verschlossen sind. Du weißt, daß ich mir immer Sorgen mache, wenn ihr allein zu Hause seid.«

»Genießt den Abend und macht euch um uns keine Sorgen! Dieser Abend gehört dir und Daddy«, rief Ilse, als sie in den weißen Volvo stiegen. Wir beide standen auf der breiten Veranda vor dem Haus und winkten ihnen zu, bis das Auto am Ende der St. James Street den Bahnhof erreicht hatte und in der Main Road verschwand. Auf der anderen Seite von Smitswinkel Bay, Richtung Cape Point, senkte sich der Nebel auf die Berghänge, und es war nichts zu hören, außer der Brandung jenseits des Bahndamms.

Es war Vorfrühlingszeit. Bald würden die Eichen hinter dem Haus grün werden, und an der Auffahrt würden Ouma Erasmus' Gardenien wieder ihre weißen Lockenkopfkinder kriegen. Chrisjan hatte die Blüten der weißen Gardenien immer so genannt: *Wit-Katjiekrulkopkinders.*

Man gewöhnt sich mit der Zeit an den Staub. Als ich heute morgen das letzte Proviantpaket öffnete, dauerte es nur Sekunden, bis alles mit einer Staubschicht bedeckt war. Es hat überhaupt keinen Sinn zu versuchen, den Staub wegzukriegen. Das Funkgerät ist neben mir auf dem Boden plaziert. Wenn ich den Frequenzregler drehe, entsteht dabei das knirschende Geräusch von Sandkörnern, die gegen Metall gerieben werden.

Wir warten auf den Befehl, uns in Bewegung zu setzen. Und auf neuen Proviant. Mit dem Essen könnte auch Post kommen. Ich streiche über die Schenkeltasche meiner Uniformhose, in der Mums letzter Brief steckt.

Als Ilse gerade ihre letzten Klausuren schrieb, erzählte uns Dad von dem Besuch. Weil Dad so viele wichtige Menschen in Amerika und England kennt, sind wir schon daran gewöhnt, bedeutende Gäste zu haben. Dad erklärte, daß dieser Gast auch aus Amerika komme. Aber nicht aus dem richtigen Amerika. Er komme aus Südamerika. Dad war ihm letztes Jahr in New York begegnet. Sie hatten sich dort ziemlich gut kennengelernt. Dad sagte, daß dieser Besuch geheimgehalten werden müsse, wie schon ein paar andere davor, und daß wir ihn einfach Mister Smith nennen sollen. Wenn jemand unserer Freunde fragte, wer unser Besuch sei, sollten wir sagen, es sei Mister Smith aus New York, der hier auf Geschäftsreise ist. Wenn man es recht bedenkt, wäre es besser, ihn nicht in unserem Haus unterzubringen, sagte Dad. Aber weil sie in Übersee Freunde geworden sind, ist es nur selbstverständlich, ihm unsere Gastfreundschaft zu erweisen.

»Ihr wißt nun, daß niemand erfahren darf, wer er wirklich ist. Habe ich mich klar und deutlich ausgedrückt?« fragte Dad beim Abendessen, so daß kein Zweifel darüber bestehen konnte, daß Ilse und ich es keiner Seele anvertrauen durften. Dad sagt immer *duidelik verstaanbaar*, was ›klar und deutlich‹ heißt, wenn er etwas nicht noch einmal sagen möchte.

»Wann wird er kommen, Johan?« wollte Mum wissen. »Ich muß das Gästezimmer vorbereiten und für die Mahlzeiten planen. Ich möchte auch, daß Doreen dieses Mal besser vorbereitet ist als bei den Franzosen im Juli.«

»Er wird in der ersten Dezemberwoche hier sein«, antwortete Dad. Ilse sah von ihrem Teller hoch und stöhnte auf. »Ich hoffe, du vergißt die Preisverleihung Anfang Dezember nicht, Daddy.«

»Ich würde sie um nichts auf der Welt vergessen, mein Liebling«, sagte Dad und versicherte ihr, daß er bei ihrer Ernennung zur Schulsprecherin dabei sein würde.

Mum sagte, der Garten sei in keinem guten Zustand, weil der Coloured, der nun anstelle von Chrisjan kommt, noch nicht einmal einen Spaten von einer Hacke unterscheiden könnte. Mum wollte Doreen bitten, nach einem anderen Ausschau zu halten, weil sich der Garten in einen Dschungel verwandelt hat, seit Chrisjan fort ist. Immer wenn Mum über Chrisjan spricht, merke ich, daß sie noch böse auf ihn ist. Chrisjan arbeitete schon in unserem Garten, als Oupa noch da war. Aber vor einiger Zeit kam er plötzlich einfach nicht mehr. Ein paar Tage nachdem er verschwunden war, suchte ich in der Garage nach dem Angelzeug und stellte fest, daß sich die Ausrüstung in Luft aufgelöst hatte. Ich sah überall nach, sogar unter dem Segel vom Boot, und wenn ich es nicht besser wüßte, hätte man wirklich annehmen können, die Ausrüstung habe Füße bekommen und sei davongelaufen. Ich ging ins Haus zu Mum, die am Flügel saß, und fragte sie, ob sie vielleicht das Angelzeug gesehen habe. Aber selbst Doreen, die immer genau weiß, wo was ist, konnte es nicht aufspüren. Und weil Chrisjan gern fischen ging, wußte Mum sofort, daß er die Sachen gestohlen haben mußte.

Mum sagt, genau so sind sie, die Coloureds. Man kann ihnen nie vertrauen. Jahrelang hat man ihnen eine Arbeit und ein gutes Einkommen gegeben, und dann hauen sie einfach ab und fallen einem obendrein noch in den Rücken. Genau wie die Mau Mau in Ostafrika. »Da nährt man eine Schlange an seinem Busen, ohne es zu wissen.«

Wenn wir keinen Besuch bekommen hätten, wären wir am ersten Ferientag in unser Haus nach Sedgefield gefahren. Aber wegen des Besuchs mußten wir jetzt noch ein paar Tage länger hier bleiben. Weil Dad so viel arbeiten muß, kommt er in der Regel eine Woche später ins Ferienhaus nach, deswegen schlug ich vor, ob nicht er und Doreen sich einfach um Mr. Smith kümmern könnten, während wir schon nach Sedgefield führen. Im übrigen kommt Doreen sowieso nicht mit nach Sedgefield, weil Mum der Ansicht ist, Doreen sollte auch einmal Urlaub haben. Die meisten Freundinnen von Mum nehmen ihr Personal für die Wäsche und zum Bettenmachen mit in den Urlaub. Gloria ist jedes Jahr dabei, wenn Frikkie mit seinen Eltern zur Plettenberg Bay fährt. Frikkie sagt, Gloria wäre Silvester so betrunken gewesen, daß seine Mutter sie fast rausgeschmissen hätte.

An dem Tag, als Mum Doreen bat, das Gästezimmer fertigzumachen, dachte ich das erste Mal wieder an unseren Besuch. Das Gästezimmer liegt direkt unter meinem. Ursprünglich war das Ganze ein einziges großes Zimmer, bis Dad zwei daraus machte. Das war möglich, weil der alte Raum eine so hohe Decke hatte. Dad teilte ihn, nachdem Ouma gestorben war und Mum ein Extra-Zimmer für Gäste wollte. Da Oumas wundervoller Garten nicht durch einen Anbau verschandelt werden sollte, haben sie aus dem Zimmer mit der hohen Decke einfach zwei gemacht.

Hoch oben in der Wand wurde noch eine Extra-Tür eingebaut, zu der man über eine helle Holztreppe mit schwarzem Geländer gelangt. Und in die Dachschräge setzten sie ein rechteckiges Fenster mit Holzrahmen. In meinem früheren Schlafzimmer war die Decke sehr hoch und mit wunderschön gemusterten Kacheln ausgestattet gewesen. Jetzt hatte ich eine niedrige aus knorrigem Kiefernholz. Ich wollte unbedingt in das neue Zimmer mit dem Dachfenster, und als Mum genug von meiner Quengelei hatte, gab sie nach und ließ mich nach oben ziehen. Von da an teilten Ilse und ich uns das Durchgangsbadezimmer neben der Treppe, und Dad und Mum hatten ihr eigenes Bad.

Unser Haus liegt ganz oben an der St. James Street. Bei klarem Wetter überblickt man von der Veranda aus die ganze False Bay. Man kann von den Bergen am Cape Point bis nach Hangklip im Süden schauen. Oben von meinem Zimmer aus ist die Sicht sogar noch besser.

Oupa Erasmus hat das Haus selbst gebaut, als er in die Union kam. Das war, als der Krieg ausgebrochen war und sie aus Tanganjika weggingen, nachdem Oupa seine ganzen ostafrikanischen Ländereien verkauft hatte. Dad sagt, Oupa sei ein weiser Mann gewesen, der voraussah, welches Chaos in Deutsch-Ostafrika ausbrechen würde, wenn die Schwarzen die Macht übernähmen. Deshalb hatten sie bei Kriegsbeginn Dar es Salaam mit Sack und Pack verlassen und waren nach Kenia gegangen, wo sie von Mombasa aus direkt hinunter nach Kapstadt segelten. Vor ihrer Abfahrt hatten sie alle Ländereien und das Hotel, das sie besaßen, verkauft. Das Britische Konsulat kaufte das Haus in Dar es Salaam.

Zumindest konnte Oupa von Glück reden, daß er sein Eigentum noch verkaufen konnte. Den meisten anderen, wie Onkel Samuel und Sanna Koerants Familie, erging es richtig schlecht. Am Ende kamen sie mit nichts außer ihrem Leben davon. Als sie das Land verließen, hatten die Schwarzen nicht bloß die Macht übernommen, sie hatten auch den Namen des Landes in »Tansania« umgeändert. Von da an ging es mit diesem Land nur noch bergab.

Oupa hatte viel Geld mit dem Verkauf seines Besitzes verdient und mit dem Gold, das er auf den Lupa-Goldfeldern in Tanganjika geschürft hatte. Er hatte sogar Rubine gefunden. Deshalb ging es ihm und Ouma in der Zeit, als sie Tanganjika verließen, nicht mehr so schlecht wie in der ersten Zeit nach ihrer Heirat. Dad war damals so alt wie ich heute. Ouma konnte nach Dads Geburt keine Kinder mehr kriegen. Deshalb war er das einzige Kind, als sie mit der Victoria in Kapstadt anlegten. Oupa entschloß sich, ein Grundstück in St. James zu kaufen, und zwar ursprünglich deshalb, weil Oupa sehen wollte, wann die Kriegsschiffe nach Simonstown kamen. Ein anderer Grund war der lange Muizenberg Beach, der Ouma an den weißen Sand in Mombasa und Dar es Salaam erinnerte. Dar es Salaam bedeutet »Stadt des Friedens«, und Ouma sagte, sie hoffe, daß *das hier* ihre Stätte des Friedens würde.

Mit der Hilfe der Coloureds aus der Kalk Bay bauten Oupa und Dad das große Haus ganz oben an der St. James Street. Die Bauarbeiten zogen sich sechs Monate lang hin, und Dad wurde in dieser Zeit vom Unterricht freigestellt, um Oupa vom ersten Stein bis zum letzten Pinselstrich zu helfen. Als alles fertig war, zogen sie ein, und unsere Zeitung, *Die Burger*, veröffentlichte ein Foto von dem großen Haus des Afrikaaners aus Deutsch-Ostafrika. Der Zeitungsausschnitt mit dem Foto, auf dem Oupa, Ouma und Dad auf der Veranda stehen, hängt gerahmt in Dads Arbeitszimmer. In dem Artikel heißt es, daß Dad, obwohl er erst elf Jahre alt war, Englisch und Swahili schon fast genausogut sprach wie Afrikaans.

Als Dad in die Van Riebeeck-Schule kam, meldete sich Oupa freiwillig bei der Marine in Simonstown. Sie dachten, der Krieg in Europa würde zahlreiche Schiffe zum Kap bringen, und Oupa wollte den Krieg in jeder Form unterstützen. In dieser Zeit fing auch Doreen an, für Ouma im Haus zu arbeiten. Am Anfang bat Ouma Oupa, ob er nicht zwei Wachaggas für sie aus Dar es Salaam bringen lassen könne, weil sie es nicht gewohnt war, weibliche Angestellte im Haus zu haben. Sie wollte gerne männliches Personal, wie sie es aus Tanganjika gewohnt war. Dort hatte sie zwei Wachaggas für den Haushalt und drei für den Garten gehabt. Aber letzten Endes mußte sie Doreen akzeptieren, weil die Coloureds vom Kap nur gelacht haben über die Vorstellung, daß Männer die Hausarbeit machen. Als Ouma mit dem Garten anfing, wurde Chrisjan für den Rasen und die Pflanzen eingestellt.

Als Doreen hier zu arbeiten begann, lebte sie noch in Newlands und kam jeden Morgen mit dem Zug zur Arbeit. Aber als Oupa tot war und wir zu Ouma in das Haus zogen, lebte sie schon in Grassy Park, wo die Regierung hübsche Häuschen für alle Coloureds gebaut hat. Jeden Morgen fährt sie mit dem Taxi nach Retreat und von da mit dem Zug zum St. James Bahnhof, von dem aus man einfach nur den Berg hochgehen muß, um zu unserem Haus zu gelangen.

Als ich vier Jahre alt war, kenterte Oupa Erasmus' Fischerboot bei einem Sturm in der False Bay, und Oupa ertrank. Die Leiche wurde nie an Land gespült. Ich war noch zu jung, um mich daran zu erinnern, aber Ilse sagt, daß das die schlimmste aller schlimmen Zeiten für Dad gewesen war. Und natürlich auch für Oupas jüngeren Bruder, Onkel Samuel.

Dad und Onkel Samuel suchten die Küste tagelang nach der Leiche ab. Zwei Tage nach dem Sturm fanden ein paar Fischer das Wrack von Oupas Boot in der Nähe der Smitswinkel Bay, aber es gab keine Spur von Oupa und seiner Crew. Alles, was sie entdeckten, war ein Stück Stoff am Muizenberg Beach, von dem Dad glaubte, daß es ein Fetzen von Oupas Fischerjacke war.

Deshalb zementierten sie das Stück Stoff in einen kleinen Gedenkstein ein, den sie auf die Felsen der Smitswinkel Bay stellten. Weil einige Leute glaubten, daß Oupa noch am Leben war, gab es keine richtige Beerdigung. Es waren nur seine Familie und Onkel Sam da, Sanna Koerant und die Van der Merwes, die gerade aus Tansania gekommen waren und in Transvaal lebten. Das war kaum ein Jahr, nachdem Oupa Onkel Samuel aus Rhodesien abgeholt hatte, wohin er aus Tansania geflohen war. Bevor Oupa ertrank, hatte Onkel Samuel gehofft, er könne mit Oupa auf seiner neuen Farm in Grabouw die erste Apfelernte feiern.

Wir zogen bei Ouma ein, kurz nachdem Oupa gestorben war. Ilse und ich teilten uns damals noch ein Zimmer.

Ouma klagte stets über Rückenschmerzen. Sie glaubte, es habe etwas mit Dads komplizierter Geburt zu tun, weil die Rückenschmerzen danach angefangen hatten. Als Ouma eines Tages wieder über ihren Rücken klagte, schlug Mum vor, sie solle sich einmal röntgen lassen. Mum sagte, sie sei sicher, daß man das Problem lösen könne, wo doch Chris Barnard schon Herzen transplantiert habe und die moderne Medizin heutzutage jedem zur Verfügung stünde. Wenn Neil Armstrong auf dem Mond laufen konnte, warum sollte man dann nicht etwas gegen simple Rückenschmerzen tun können?

Und so fuhren Mum und Ouma zu einem Spezialisten in Constantia, wo all die Snobs wohnen. Dort wurde Oumas Rücken geröntgt. Mum erzählte später, wie geschockt der Arzt war, als er sie in ein Extra-Zimmer bat, um ihr die

Röntgenaufnahmen zu zeigen. Da sah man in der Mitte des Bildes den Grund für Oumas jahrelanges Leiden: In ihrem Bauch, direkt unterhalb der Rippen, lag eine kleine Schere.

Weil Dad so groß war, als er geboren wurde, konnte er nicht wie andere Babys zur Welt kommen, sondern sie mußten Ouma aufschneiden. Danach konnte sie keine Kinder mehr kriegen, obwohl sie und Oupa es gerne gewollt hätten. Aber das haben wir alles erst später erfahren, als die Geschichte mit der Schere herauskam. Der Arzt, der Dad herausgeholt hatte, mußte seine Schere in Oumas Bauch vergessen haben, und Ouma war die ganzen Jahre lang mit einer rostfreien Schere in ihrem Leib herumgelaufen. Der Spezialist meinte, die Schere wäre mit absoluter Sicherheit auch der Grund dafür, daß Ouma nach Dad keine Kinder mehr bekommen konnte.

Als Dad von der Schere erfuhr, wurde er sehr wütend. Aber was konnte er jetzt noch tun? Er durfte noch nicht einmal zurück nach Tansania, wo er zur Welt gekommen war. Dad sagte, er würde Berge versetzen, um Gerechtigkeit walten zu lassen, aber wen sollte er vor Gericht bringen? Selbst wenn er hätte zurückgehen können, war das Land unter der Regierung der Schwarzen in solch einem Chaos, daß die Gerichte in Tansania vermutlich gar nicht gewußt hätten, was falsch daran war, eine Frau mit einer Schere im Bauch wieder zuzunähen.

Als Ouma ins Krankenhaus kam, um sich die Schere entfernen zu lassen, gingen wir sie alle vor der Operation im Groote Schuur besuchen. Früh am nächsten Morgen rief das Krankenhaus bei uns an und teilte uns mit, daß Ouma in der Narkose gestorben sei. Der Arzt sagte, es scheine, als habe Ouma nicht mehr weiterleben wollen, denn schließlich sei sie doch nicht wirklich krank und auch nicht besonders alt gewesen. Mum meinte, es läge daran, daß Ouma nicht ohne Oupa leben wollte. Was bleibt einer Frau in Oumas Alter auch noch, wenn ihr Mann gestorben ist? Mum sagte, sie könne das vollkommen verstehen, und vielleicht sei es auch besser so.

Das war das erste Mal, daß ich Dad weinen sah.

Auf Oumas Beerdigung sagte Sanna Koerant, daß Männer immer weinen, wenn ihre Mütter sterben, aber daß nur die Männer wüßten, warum. Die Mütter wären ja sowieso nicht mehr da, um die Tränen zu sehen. »Zu früh für Trost und zu spät für Tränen«, sagte Sanna Koerant, und Tante Tienie sah sie durch ihre eigenen Tränen böse an, schüttelte den Kopf und bedeutete ihr damit, sie solle den Mund halten.

Alle waren zur Beerdigung aus Ostafrika nach St. James gekommen: die Oberholzers, die Jacksons, die Van der Merwes und die Prinsloos aus Transvaal und natürlich Sanna Koerant, deren Mann gestorben war, als Tansania noch Tanganjika war. Dann war da noch Hennie Labuchagne mit seiner dicken Frau, die Roelofses aus Somerset West mit ihren Philisterkindern, Onkel Samuel und Tannie Betta und die Davenports, die mit den Colmans in ihrem flotten Cortina Kombi kamen. Einige waren sogar den weiten Weg aus Salisbury und Südwestafrika gekommen, andere von ganz oben aus Tzaneen im Osten von Transvaal. Wie immer, wenn Ostafrikaner zusammenkommen, sprachen sie ein bißchen Swahili, und jeder sagte *»habari«* hier und *»mosouri«* da. Die Frauen in schwarzen Kleidern mit Hüten, die Männer alle mit schwarzen Anzügen.

Mums jüngere Schwester, Tannie Karla, war auch da. Während des Gottesdienstes hielt sie Ilses und meine Hand.

Danach kamen sie alle in unser Haus, um im Garten Kaffee oder Tee zu trinken und Kuchen zu essen. Doreen und Chrisjan bedienten, und zwei von Doreens Töchtern halfen in der Küche. Tante Ina Van der Merwe beklagte sich über den Frost in Transvaal und beglückwünschte Chrisjan zu seinen wunderschönen Christrosen und dem gepflegten

Rasen. Sie sagte, Chrisjans Garten erinnere sie an ihren eigenen in Oljorro. Während sie sprach, stand Chrisjan nur da und grinste sie zahnlos an.

Es war eine große Beerdigung, weil Ouma und Oupa wichtige und geachtete Mitglieder der ostafrikanischen Gemeinschaft gewesen waren. Es schien gleichzeitig auch Oupas Beerdigung zu sein, weil er doch nach dem Schiffbruch und der ganzen endlosen Sucherei keine richtige Beerdigung bekommen hatte.

Noch während die Gäste im Garten herumstanden, hatte Sanna Koerant natürlich wieder zu jedem einen passenden Kommentar auf Lager. Als sie so etwas sagte wie, noch weiter südlich vom Kilimandscharo könnten sie alle jetzt wirklich nicht mehr sein, sah ich, wie Dads Gesichtsmuskel zuckte, wie immer, wenn Dad sehr wütend wird.

Als Oumas letzter Wille vorgelesen wurde, erbten Ilse und ich Geld, das fest angelegt wurde für die Zeit, wenn wir einmal zur Universität gehen würden. Ich habe auch Oumas alte Kampfer-Truhe geerbt, und als ich hoch in das neue Zimmer zog, trug Chrisjan die Truhe hinauf. Ich bekam auch Oupas und Oumas Kleiderschrank mit dem riesigen Spiegel in der Eichentür. Über mein Bett haben wir den Kopf eines Kudubocks gehängt, den Oupa im Serengeti geschossen hatte. Seine langen, geschwungenen Hörner berührten fast die Decke. Ouma hat immer gesagt, Oupa hätte gewollt, daß ich die Kudu-Trophäe bekomme, weil ich nie mit ihm in der Serengeti hatte jagen gehen können.

Wegen dieser Dinge ist mein Zimmer der beste Ort im ganzen Haus, vor allem, weil alle Sachen darin mir gehören. Wenn das Dachfenster geöffnet ist, kann ich beim Einschlafen von der anderen Seite des Bahndamms das Rauschen der Wellen hören und Salzwasser und Bambusgras riechen. Wenn ich nachmittags an meinem Schreibtisch vor dem Fenster sitze, habe ich einen Blick über die ganze Bucht.

Und glücklicherweise kündigt das Knarren der Holztreppe immer an, wenn Mum hochkommt, um nachzusehen, ob ich auch wirklich an meinen Hausaufgaben sitze.

Manchmal kommen die Wale in unsere Bucht. Im Frühling und im Sommer sitze ich mitunter stundenlang da und beobachte sie. Ich sehe, wie sie in die Luft springen, wieder auf die Wasserfläche aufklatschen, daß es nur so spritzt, und dabei ein fürchterliches Getöse machen. Ilse sagt, sie machen das bei der Paarung. Aber heute gibt es nicht mehr so viele Wale wie noch vor einigen Jahren, sagt Jan Bandjies. In einem Jahr haben wir keinen einzigen Wal gesehen, und Jan sagte, das läge daran, daß die Bucht nicht mehr der Natur gehört. Er sagt, die Bucht gehört jetzt den Fabriken.

Aber ich liebe mein Zimmer, ob mit oder ohne Wale. Mum meint, wir müssen die Dielenböden verstärken, die nicht so stabil sind, wie sie sein sollten. Vor allem, wo ich immer größer werde und noch ein zweites Bett für Frikkie in meinem Zimmer steht, damit er an den Wochenenden hier übernachten kann. Einmal, als zwei Astlöcher einfach aus den Balken fielen, sagte Mum zu Dad, man müsse etwas unternehmen, bevor die Balken durchkrachten und Frikkie oder ich uns den Hals brächen. Oder wie peinlich es wäre, wenn einer unserer Lehrer, während Mum ihm das Haus zeigt, plötzlich durch den Boden ins Gästezimmer krachen würde.

Jetzt, da wir auf alles umfassend vorbereitet sind, befiehlt man uns zu warten.

Nach dem ersten Alarm, der alles in Kampfbereitschaft versetzte, muß ich die Gruppenführer und Unteroffiziere mit einem einfachen Befehl rundschicken: Warten.

Während alle wieder in eine bequemere Haltung zurückfallen – mit dem Rücken gegen die Bäume –, kommt die Sprache wie immer auf Quito Caunavale. Diese Schlacht vor drei Monaten bildet häufig den Mittelpunkt ihrer Gespräche. Seit damals sind alle etwas weniger selbstsicher. Langsam, im Laufe der Jahre, nahm ich die veränderte Einstellung wahr – schon vor Quito. Immer mehr der besseren Soldaten hielten die Option, sich dauerhaft zu verpflichten, nicht mehr für sinnvoll; viele empfanden einen inneren Zwang, das Land zu verlassen. Sogar die 18jährigen, die gerade die High School abgeschlossen hatten, wurden zynischer. Mir ist das überall aufgefallen – nicht nur hier oben im Busch – sogar als ich letztes Jahr zurück an die Militärschule ging, um die Besten der Besten auszubilden, die für die Offizierslaufbahn ausgewählt worden waren. Trotz ihres Eifers, in den Offiziersstand aufzusteigen, waren die Zeichen der Zeit unverkennbar.

Der subtile Wandel war nicht sofort offensichtlich, die Jungen waren nicht grundsätzlich anders als ich bei meiner ersten Ankunft dort. Aber irgend etwas fehlte, etwas von der Leidenschaft und der ernsten Hingabe, mit der wir erst vor ein paar Jahren zur Armee gekommen waren. Damals akzeptierten auch die Kritischeren von uns die zwei Jahre Wehrdienst als eine unvermeidliche Tatsache, die man hinter sich bringen, aber aus der man trotzdem das Beste machen mußte. Heutzutage ist das die Einstellung der Loyalsten. Dabei liegt schon ein trüber, ironischer Schatten über den jungen Gesichtern, lange bevor der Krieg seine schmutzige Wirkung hinterlassen hat; ein Schatten, den man nur wahrnimmt, wenn man weiß, wonach man sucht.

Kürzlich, während einer Patrouille nördlich vom Cunene, streiften wir durch die Ruinen eines Dorfes, das auf unseren Karten Chitado hieß. Es war nichts Ungewöhnliches an Chitado – es ist nur eines der tausend Skelette, die über Süd-Angola verstreut sind. Vor ein paar Jahren könnte es ein malerischer Ort gewesen sein, eine kleinere Version von Grabouw oder Bonnievale oder Ladysmith. Aber jetzt, gezeichnet von dreizehn Kriegsjahren, konnte kaum mehr etwas Zeugnis ablegen von irgendeiner früheren Phase des Lebens oder von Schönheit. In den Ruinen der kleinen, katholischen Kirche, dort, wo portugiesische Frauen mit glänzendem Haar einst ihre Beichte geflüstert hatten, wucherte jetzt Elefantengras aus den Steinhaufen wie Haarbüschel aus Achselhöhlen, und die Sonne warf lange Schatten über das, was einmal ein akkurat gefliester Boden gewesen sein mußte. Aus den Trichtern, die die Handgranaten und Mörser in den Dorfplatz gesprengt hatten, wuchsen jetzt hüfthohe Dornenbüsche. Auf den Mauerresten, dort, wo einmal ein Zuhause gewesen war, stehen Zeugnisse der zahllosen Militärpatrouillen, die im Laufe der Jahre hier durchgekommen waren: »Wir marschierten nach Luanda« und »My nooi ist in n'Nartjie« *und darunter in großen, schwarzen Buchstaben »Meine ist in Krugersdorp«.*

Chitado wiederholt sich überall um uns herum – ebenso wie die Flüchtlingszüge, in denen zerlumpte Einwohner mit ihren kargen Bündeln irdischen Besitzes vor dem Krieg fliehen. Tausende der Entwurzelten ziehen in alle Richtungen, die Babys auf die Rücken knochiger Mütter gebunden. Männer mit nacktem Oberkörper gehen voran, in der Straße stochernd, um vor lauernden Landminen warnen zu können, die wartend daliegen, bis sie unaufmerksame Wanderer in einer Wolke von Steinen und Metall verstümmeln – und schließlich schwarze Mädchen mit fehlenden Gliedmaßen, die auf selbstgebastelten Prothesen daherhumpeln, ihre Arme in die Gabeln von Ästen gestützt, die sie als Krücken benutzen.

Wir sehen das alles.

Ich sitze an meinem Schreibtisch und ziehe mit dem Schraubenzieher den Kontakt des roten Porsche straffer, als Dads Volvo vorfährt. Jemand sitzt mit ihm im Wagen. Ich stehe auf und drücke mein Gesicht gegen die Fensterscheibe, um zu sehen, wer es ist. Dad parkt in der Einfahrt unter meinem Fenster. Sie bleiben im Auto sitzen. Dann gehen beide Vordertüren gleichzeitig auf.

Ich sehe Dad an. Er trägt heute keine Uniform. Der andere Mann ist ein bißchen größer, er muß über ein Meter achtzig sein. Sein schwarzes Haar ist sehr kurz geschnitten, und auch er hat einen Schnäuzer. Er sieht jünger aus als Dad, aber sie haben fast die gleiche Statur. Sie gehen um das Auto herum zum Kofferraum, und es scheint, als würde Dad auf etwas in Richtung Simonstown zeigen. Dad holt das Gepäck aus dem Kofferraum, während der Besuch seinen Blick über das Haus gleiten läßt: über die großen Erkerfenster, die Eichenholzrahmen und Fensterläden und die hohen, weißen Mauern.

Dad geht zur Haustür, und der Mann folgt ihm. Als er fast genau unter meinem Fenster ist, bemerkt er mich. Bevor ich zurückweichen kann, lächelt er zu mir hoch. Sein Gesicht ist sehr braun, fast wie bei einem Malaien, und seine Zähne sind sehr weiß. Er lächelt mich an und hebt die Hand zu einer Art Gruß in meine Richtung. Ich hebe ebenfalls die Hand und versuche zurückzulächeln, während ich mir auf die Unterlippe beiße. Es ist mir peinlich, daß er mich dabei erwischt hat, daß ich ihn vom Fenster aus beobachtet habe. Mum sagt immer, nur *Makoppelanders* gucken verstohlen aus dem Fenster. Dann geht er hinter Dad ins Haus.

*

Vielleicht hat dieser Sommer es letztendlich entschieden. Vielleicht noch nicht einmal der ganze Sommer – nur diese eine Woche im Dezember. Aber inzwischen weiß ich ganz genau, daß man ein Ereignis nicht umfassend verstehen kann, wenn man nicht ein Bild hat von allem, was dieses Ereignis begleitet hat: Die Ankunft des Besuchers kann nicht getrennt werden von den Dingen, die seinem Kommen vorausgingen. Um meine eigene Entscheidung zu verstehen, muß ich so viele Einzelheiten wie möglich zusammentragen.

Das ist so ähnlich wie in der Einsatzzentrale: Der Befehls-

haber bespricht alles, nicht nur die schwere Artillerie. Er verlangt genaues Zahlenmaterial über die Infanterie, über alle Truppen, die Kampfmoral der verschiedenen Züge und Kompanien, die Versorgung mit Lebensmitteln und den Zustand der Waffenbereitschaft. Es ist überlebenswichtig, einen Lagebericht auch über das kleinste Detail des Terrains zu haben, von der Flugabwehr bis hin zu den voraussichtlichen Wetterbedingungen. Er braucht Berichte über das Wesen der Feinde, ihre Stärken und Schwächen in der Bewaffnung, darüber, wie sie denken und welche Ausbildung sie erhalten haben, über ihre Kampfbereitschaft und ihre Hingabe an die Sache. Und ihre Sprache. Nur wenn er all das hat – die kalten, objektiven Fakten –, nur dann kann er eine fundierte Entscheidung treffen, nur dann kann er sein persönliches Eingreifen, seine Analyse, seinen Schlachtplan entwickeln. Nur dann wird der Plan auch todbringend sein.

An dem Abend, als der Besuch ankommt, sieht Mum wieder wunderschön aus. Sie und Doreen haben im Eßzimmer alles für das Abendessen vorbereitet. Wenn wir Gäste haben, geht Doreen erst nach Hause, wenn das Essen auf dem Tisch steht. Als das Essen fertig und in Mums gutem Porzellanservice angerichtet ist, fragt Doreen, ob sie nun gehen könne. Sie sagt, ihr jüngster Sohn, Little-Neville, komme morgen mit dem Zug aus Touws River, wo er zur Schule geht. Ich habe Little-Neville noch nie gesehen, aber Doreen spricht viel von ihm – viel mehr als über ihre anderen Kinder. Sie sagt immer, daß er ein intelligenter Junge sei und sie ihm eine gute Erziehung geben wolle. Deshalb schickt sie ihn in die Schule nach Touws River, um ihn von den schlechten Einflüssen von Grassy Park und den Cape Flats fernzuhalten. Alle Coloureds leben in den Cape Flats, und an den Wochenenden betrinken sie sich und töten und vergewaltigen sich gegenseitig. Mum glaubt, daß Doreen eine gute Entscheidung getroffen hat, Little-Neville woanders hinzuschicken. Mum ist es leid, im *Die Burger* die Artikel über die Boykotte der Coloureds und die brutalen Vorfälle an der Universität der Coloureds in den Flats zu lesen. Niemand könne zwischen diesen Hooligans vernünftig studieren.

Doreen mußte Little-Neville morgen vom Hauptbahnhof in Kapstadt abholen, deshalb fragt sie Mum, ob sie etwas später zur Arbeit kommen könne. Mum sagt ja, aber ich merke, daß sie verärgert ist. Doreen hat immer irgendeine Geschichte, warum sie zu spät gekommen ist oder kommen wird. Aber selbst wenn Mum sich mitunter über Doreen beschwert, lieben wir Doreen alle, und ich weiß, daß Mum nie wirklich böse auf sie ist. Mum sagt, man muß schon sehr lange suchen, bis man jemanden findet, der so verläßlich und willig ist wie Doreen. Nach all den Jahren weiß sie genau, was sich in ihrer Stellung gehört. Sie ist nicht so dreist und unverschämt wie Gloria, und spricht nur, wenn sie aufgefordert wird – und selbst dann sagt sie nicht viel. Manchmal vergehen Tage, ohne daß ich sagen könnte, ob sie überhaupt bei uns war. Sie macht mir auch die schönsten Brote für die Schule, und in den Pausen wollen alle immer mit mir tauschen. Manchmal legt sie noch ein übriggebliebenes Stück Kuchen oder ein Plätzchen in die Lunchbox. Wenn Doreen morgens mit der Lunchbox in mein Zimmer kommt, weiß ich, daß eine kleine Überraschung darin ist, weil sie sie sonst einfach auf dem Tisch in der Halle stehen läßt. Immer wenn die Züge nicht pünktlich sind und Doreen zu spät kommt, machen Mum oder Ilse die Pausenbrote. Dann schmeckt es niemals so gut. Ilse tut immer Erdnußbutter und Sirup auf das Sandwich, obwohl sie weiß, daß ich das nicht ausstehen kann, weil das Brot bis zur Pause total aufgeweicht und klebrig ist und viel zu eklig aussieht, als daß man es noch essen wollte. Normalerweise werfe ich es dann einfach weg und nehme mir etwas von Frikkies Proviant, oder ich kaufe mir etwas im Laden.

Als Doreen weg ist, frage ich Mum, wo unser Gast ist.

»Er duscht sich gerade nach dem langen Flug. Bitte denk daran – du und Ilse benutzt jetzt für eine Woche unser Bad.«

»Von wo aus ist er geflogen, Mum?« will ich wissen.

»Von New York. Aber er kommt aus Chile. Er mußte jedoch über New York fliegen, dann nach Johannesburg und erst dann zum DF Malan-Flughafen. Solche Überseeflüge sind sehr ermüdend.«

»Das kann man wohl sagen«, stimmt Ilse zu, die gerade ins Eßzimmer kommt. »Wenn ich daran denke, wie ich letztes Jahr aus Holland zurückgekommen bin! Am liebsten hätte ich zwei Tage nur geschlafen.« Sie bildet sich mal wieder ein, alles zu wissen.

»Na, dann kannst du es dir ja vorstellen – Mister Smith' Flug war wahrscheinlich dreimal so lang wie deiner von Amsterdam«, sagt Mum und zündet die hohen, gelben Kerzen in der Mitte der Tafel an, sie dimmt das Licht, und die Flammen tanzen in hundert kleinen Reflexen im Kristallglas und auf dem Porzellangeschirr.

»Was macht Mister Smith in Chile, Mum?« frage ich.

»Er ist General, wie Daddy. Aber für uns ist er nur John Smith aus New York auf Geschäftsreise – wenn dich einer deiner Freunde fragt, das weißt du doch noch, oder?« versichert sich Mum mit einer besorgten Falte auf der Stirn.

»Ja, Mum, natürlich weiß ich das«, antworte ich und lasse meinen Finger durch eine Flamme gleiten, um zu sehen, ob ich mich verbrenne.

»Spiel nicht mit dem Feuer«, sagt Ilse. »Sonst machst du ins Bett.«

Gerade als ich ihr die Zunge rausstrecke, kommt Dad ins Zimmer.

»Nun, junger Mann! Die Ferien haben noch nicht einmal angefangen, und du tyrannisierst schon deine Schwester.« Er beugt sich zum Begrüßungskuß zu uns herunter, und fragt mich dann: »Langweilst du dich etwa?«

»Das stimmt nicht, Dad! *Sie* läßt *mich* nicht in Ruhe!« Ich wünschte, ich könnte ihr die grinsende Siegesmiene aus dem Gesicht wischen. Immer wenn sie glaubt, gewonnen zu haben, zieht sie die Wangen ein und macht einen dämlichen Schmollmund, als wäre sie ein berühmter Filmstar.

»Was hast du heute getrieben, Marnus?« fragt Dad.

»Ich habe mit der Carrera-Bahn gespielt, Dad. Aber ich kann das rote Auto nicht so schnell fahren wie das grüne, weil es sonst aus der Spur fliegt.«

»Und ... hast du herausgefunden, woran es liegt?«

»Ja, Dad. Ich glaube, es ist der Kontaktdraht unten am Auto. Er ist zu locker. Ich habe ihn straffgezogen, und jetzt geht es schon viel besser. Aber in den Kurven muß ich immer noch langsamer fahren als mit dem grünen Auto.«

»Ich hoffe, Sie haben sich ein wenig erholt und sind bereit für Ihre erste südafrikanische Mahlzeit?« Niemand von uns hat Mister Smith im Türrahmen bemerkt, bis Mum plötzlich anfängt, englisch zu sprechen. Wir drehen uns alle nach ihm um. »Und ich hoffe, daß Sie sich hier wie zu Hause fühlen werden.«

Als er zurücklächelt, kann man seine weißen Zähne unter dem schwarzen Schnurrbart sehen, und er sagt: »Sie sind sehr freundlich. In meinem Land sagt man: *Mi casa es su casa!*« Er trägt andere Kleider als vorhin, als ich ihn am Fenster sah. Sein nasses Haar ist an einer Seite exakt gescheitelt.

»John! Gut ... Du hast Leonore bereits kennengelernt, dann laß mich dich meinen Kindern vorstellen. Das ist Ilse, und das hier ist mein Sohn Marnus.«

»Es freut mich, Sie kennenzulernen, Mister Smith«, sagt Ilse und geht einen Schritt auf ihn zu, um ihm die Hand zu schütteln, wie man es uns beigebracht hat. Mum sagt, es sei Blödsinn, daß Frauen nicht die Hand schütteln sollen. Sie sagt, wenn mehr Frauen lernen würden, Hände zu schütteln, würde es auf dieser Welt mehr Frauen wie Golda Meir geben. Obwohl sie eine Frau ist, wird Golda Meir den Arabern eine Lektion erteilen.

»Das Vergnügen ist ganz auf meiner Seite«, antwortet der General, und seine Augen wandern von Ilse zu Mum und wieder zurück zu Ilse: »Ohne jeden Zweifel bist du die Tochter deiner Mutter. Aber eigentlich könnten Sie genausogut Schwestern sein«, sagt er mit einem eigenartigen Akzent. Aber er spricht gut Englisch.

In der Zwischenzeit bin ich auch näher getreten, um ihm die Hand zu geben. Ich habe das Gefühl, als würden seine Augen einfach durch mich hindurchsehen.

»Es freut mich, Sie kennenzulernen, Mister Smith«, sage ich und spüre, wie meine Ohren rot werden, weil er mich am Fenster gesehen hat. Mum wird sehr böse auf mich sein, wenn er etwas darüber sagt. Mum sagt immer, daß nur die armen Weißen in Woodstock verstohlen aus dem Fenster gucken. Aber als mich der General anspricht, erwähnt er es mit keinem Wort: »Ah, du bist Marnus«, und er rollt das »r« in meinem Namen wie Leute, die richtig Afrikaans sprechen, und nicht wie ein Engländer. »Und du siehst aus wie das Abziehbild deines Vaters.«

Ich weiß nicht, was ein Abziehbild ist, aber ich lächle und nicke mit dem Kopf. Als wir uns an den Tisch setzen und Vater etwas zum General sagt, frage ich Ilse flüsternd, was ein Abziehbild sei. Sie sieht mich verärgert an, weil ich sie bei der Unterhaltung mit den Erwachsenen gestört habe. Sie zischt mir auf Afrikaans zu: »Er hat gesagt, du seist so etwas wie eine Photokopie von Dad.«

Ich sehe sie überrascht an und frage mich, was sie wohl meint. »Eine Photokopie?«

»Ja, du Idiot. Eine Photokopie oder Blaupause von Dad. Und jetzt halt die Klappe, bevor Dad hört, daß wir bei Tisch flüstern.«

Ich greife unter dem Tisch nach ihrer Hand, um sie noch etwas anderes zu fragen, aber sie gräbt bloß rasch ihre Nägel in meine Finger, ohne ihren Blick auch nur einen Moment von den Erwachsenen abzuwenden. Den Rest des Abendessens sage ich kein Wort mehr.

Noch bis vor einiger Zeit habe ich alles versucht, um mich mit Ilse gut zu stellen, vor allem, weil Mum sagte, sie könne es nicht länger ertragen, daß wir beide uns immer wie Katz und Maus benehmen. Nach einem der üblichen Streits, wer an Doreens freiem Tag im Monat das Geschirr abwaschen soll, nahm ich mir vor, mir Mum zuliebe wirklich Mühe zu geben und mich nicht mehr mit Ilse zu streiten. Ich dachte, alles wäre in Ordnung, bis eines Tages diese Sache mit Moby Dick passierte. Obwohl ich nicht so gerne lese wie Ilse, beschloß ich, ihr von den Büchern zu erzählen, die ich gelesen habe und die mir gefallen haben – weil ich dachte, das würde unser gutes Verhältnis fördern, und weil ich mir sicher war, sie würde dann aufhören, mich wie ein kleines Kind zu behandeln. Nachdem ich Moby Dick, mein absolutes Lieblingsbuch, gelesen hatte, erzählte ich ihr davon, und sie war sehr interessiert an den Walen, dem Schiff und allem. Während ich ihr von Quiqueg und den unterschiedlichen Walen berichtete und davon, wie schrecklich Kapitän Ahab war, hörte sie ruhig zu, war wirklich interessiert und schien mich zur Abwechslung einmal ernst zu nehmen. Nachdem ich ihr das schreckliche Ende der Geschichte erzählt hatte, nickte sie langsam mit dem Kopf und sagte: »Das klingt so, als wäre es wirklich ein hervorragendes Buch. Ich werde es bestimmt lesen. Aber ich lese dann den *richtigen* Moby Dick – deiner ist ja bloß eine gekürzte Fassung für Kinder.« Und als sie das sagte, habe ich wortlos ihr Zimmer verlassen, weil mir plötzlich klar wurde, daß nichts, was ich sage oder tue, sie jemals davon abhalten könnte, mich wie ein Baby zu behandeln. Sie wird sich niemals ändern, deshalb habe ich es aufgegeben und versuche, sie in Zukunft einfach zu ignorieren.

Es gibt *Bobotie* mit Reis und Rosinen. Der General findet es köstlich und fragt Mum, ob es ein typisches Gericht der Afrikaaner sei. Ilse sagt, *Bobotie* sei eigentlich ein malaisisches Gericht, aber Mum sagt, es sei das Gericht, das die Voortrekker auf ihrem Zug nach Norden gegessen haben. Dad meint, ein typisches Gericht der Afrikaaner sei *Braaivleis*, und als er dem General erklärt, was das ist, sagt der, es gäbe etwas Ähnliches in Chile, das *pariada* oder so heißt. Er sagt, in Chile grillt man dafür ein Schaf über dem Kohlefeuer, und Dad sagt, das würde sich so ähnlich wie *Braaivleis* anhören. Als Mum ihn über das Essen sonst in Chile ausfragt, sagt er, daß sie viele Gerichte mit Reis haben, weil der spanische Einfluß beim Essen groß ist. Ich frage mich, ob er eine Art Spanier ist, weil seine Haut so dunkel ist und seine Haare und sein Schnurrbart fast pechschwarz sind. Seine Arme sind voller schwarzer Haare, und am Unterarm treten dicke Adern hervor. Fast genauso wie bei Dad.

Der General möchte mehr über unser wunderschönes Haus wissen, und Dad erzählt ihm die Geschichte, wie Oupa und Ouma Erasmus nach Südafrika kamen. Er erklärt dem General, daß es nur gut war, daß Oupa Tanganjika verlassen hat, weil die weißen Farmer zwanzig Jahre später von ihren Ländereien gejagt wurden und alles verloren haben. Onkel Samuel und Leute wie Sanna Koerant und die Oberholzers seien damals nur mit dem Leben davongekommen. Nachdem die Kommunisten in Peking begonnen hatten, die Schwarzen zu indoktrinieren, übernahmen die Schwarzen Kenia und Tanganjika, und die Massai und die anderen Stämme waren zu dumm, um zu merken, daß Mao Tsetung sie in die Irre führte. Oder hat man jemals von einem Massai, einem Kikuyu oder einem Wachagga gehört, der eine Farm bewirtschaften kann?

Als Onkel Samuel und die anderen das Land verließen,

berichteten sie, daß man aus den wundervollen Farmhäusern am Fuße des Kilimandscharo und Meru jetzt Ställe für die Ziegen und Rinder gemacht hatte. Die Schwarzen wohnten lieber in Hütten, *unmittelbar neben* den einstmals prächtigen Farmhäusern. Onkel Samuel erzählte, daß aus dem Paradies, in dem Dad aufgewachsen war, ein Ort des Jammers und der Armut geworden sei. Die Großwildjäger aus Amerika und England waren alle nach Hause zurückgekehrt, und die Schiffe, die früher in Dar es Salaam ein- und ausliefen, hatten sich bessere Häfen gesucht. Mombasas weiße Strände verdreckten, weil sich die neue Regierung einen Teufel darum scherte. Die Wirtschaft kam zum Erliegen, und sogar Oupas Hotel, das Imperial, wies schon erste Anzeichen von Verfall auf. Das Gebäude hatte seit Jahren keinen Pinsel mehr gesehen, und der Stuck fiel in großen Stücken von den Balkonen. Wenn der Wind Ziegel vom Dach wehte, wechselte kein Mensch sie aus, und manchmal nagelten sie einfach altes Wellblech über die Löcher, um den Nachmittagsregen abzuhalten.

»Ja«, sagt Dad immer, wenn er über Tanganjika spricht, »wenn jemand nichts taugt, kann er aus dem Paradies über Nacht die Hölle machen.«

Er sagt, er würde *niemals* vergessen, was die Kommunisten und die Schwarzen in Tanganjika angerichtet hätten. Ein Volk, das seine Geschichte vergißt, sei wie ein Mensch, der sein Gedächtnis verloren hat. Dieser Mensch ist nutzlos. Dad sagt, die Geschichte der Afrikaaner, auch der Afrikaaner aus Tanganjika und Kenia, sei eine stolze Geschichte. Wir sollten immer daran denken und das eines Tages auch unseren Kindern erzählen. Sogar der Ministerpräsident, Onkel John Vorster, habe neulich in Pretoria etwas Ähnliches gesagt, als er sich zur Frage der Coloureds äußern sollte. Onkel John sagte, die Coloureds würden nie sagen können, daß wir ihnen das angetan haben, was die Engländer den Afrikaanern angetan haben. Der Kampf der

Afrikaaner um Selbstbestimmung und Freiheit aus dem Joch des britischen Imperialismus sei ein nobler Kampf.

Aber jetzt versuchen die Schwarzen in der Republik genau das, was sie in Tanganjika versucht haben. Sie wollen die Macht über alles, was wir jahrelang aufgebaut haben, nur um es zu zerstören, wie sie alles zerstören, was sie anfassen. Von allen Nationen dieser Welt haben die mit dem schwarzen Arsch das kleinste Hirn. Selbst, wenn es dir gelingt, einen Schwarzen aus dem Busch zu holen, so wird es dir doch nie gelingen, den Busch aus dem Schwarzen zu holen.

Onkel Samuel, der nach seiner Flucht aus Tanganjika in der Nähe von Grabouw eine Apfelfarm aufzog, hat für die farbigen Arbeiter richtige Toiletten gebaut. Es war noch kein Monat vergangen, da benutzten diese Schwachköpfe die Kloschüsseln als Feuerstellen. Onkel Samuel sagt, man solle den Coloureds immer nur das Minimum geben, weil man dann auch immer nur minimal unter ihnen zu leiden hätte. Alles, was sie wollen, ist *dop*. Sie möchten alle lieber einen *dop* Wein als Geld.

Die Bantus sind sogar noch dümmer als die Coloureds. Glücklicherweise haben die Coloureds noch ein bißchen Seefahrerblut in ihren Adern. Aber inzwischen ist selbst das so dünn geworden, daß es unter ihnen fast nur noch Alkoholiker gibt, die ihre Löhne am Wochenende versaufen. Noch häufiger sind sie allerdings Kriminelle, die mit Sicherheit nicht in den Himmel kommen werden. Der heilige Petrus, der an der Himmelspforte steht, wird sie eiskalt wegschikken, wenn er ihren Atem riecht.

Aber Doreen ist ein guter Mensch und kommt vielleicht auch in den Himmel. Im Himmel wird sie mit den anderen gläubigen Coloureds in kleinen Häuschen leben, und der Herr wird sie dafür belohnen, niemals gesoffen zu haben wie die anderen. Auch weil sie Mum nie Zucker klaut wie Gloria bei Mrs. Delport. Gloria mit ihren rotgeschminkten Lippen ist ein richtiges Flittchen, das sich einbildet, eine weiße Madam zu sein – so welche erlangen bestimmt *niemals* das ewige Leben.

Dad öffnet noch eine Flasche Wein und füllt die Gläser der Erwachsenen. Ilse und ich dürfen nur sonntags beim Mittagessen ein Glas Wein trinken. Der General sagt, daß sie auch in Chile guten Rotwein machen, aber dies sei der beste Wein, den er jemals getrunken hat.

»Und was machen Sie, wenn Sie nicht wundervolle Mahlzeiten für ausländische Gäste zubereiten, Leonore?« wendet sich der General an Mum, und ich kann sehen, daß sie sich sehr über das Kompliment freut. Aus dem Augenwinkel bemerke ich, wie Dad Mum den Kopf zuwendet. Im Kerzenlicht sieht Dad noch jünger aus, und als er und Mum über die Frage des Generals lachen, hat er den gleichen, weichen Zug um den Mund wie auf ihren Hochzeitsbildern.

»Nun«, setzt Mum an, »ich gebe Gesangsstunden. Ich habe jede Woche ein paar Schüler, zu denen auch meine Tochter gehört. Darüber hinaus bin ich ziemlich damit beschäftigt, diese beiden hier von einer Freizeitaktivität zur nächsten zu kutschieren. Sie machen hunderterlei Dinge, die mich auf Trab halten. Mutter sein ist eigentlich meine Hauptbeschäftigung!« sagt sie und lächelt mich und Ilse an.

»Und singen Sie auch selbst, Leonore?« fragt er.

»Nein, nicht mehr richtig ... nur noch ein bißchen im Kirchenchor ...«

»Meine Mutter«, mischt sich Ilse ein, »wäre eine berühmte Altistin geworden –«, aber Mum unterbricht sie.

»Oh, Ilse, bitte! Ich war schrecklich ...« Und Mum hält Dad ihr Glas zum Nachschenken hin.

»Niemand, der schrecklich singt, bekommt die Rolle der *Dido* in so jungen Jahren!« sagt Ilse, und Mum sieht verlegen aus.

»Sie waren die *Dido*?« fragt der General, und Mum nickt lächelnd, bevor sie sagt: »Ja, aber das ist eine Ewigkeit her. Jetzt bringe ich den anderen das bei, was ich gelernt habe.«

Dad legt seine Hand auf Mums Arm und erzählt, wie sie sich kennengelernt haben, als er auf der Militärakademie von West Point war: »Ein Militärattaché machte uns auf einem informellen Treffen der südafrikanischen Diplomaten in Washington miteinander bekannt. Leonore war nach Europa und in die USA eingeladen worden, um in allen diplomatischen Niederlassungen traditionelle Lieder auf Afrikaans vorzutragen. Sie blieb noch ein paar Monate, nachdem wir uns kennengelernt hatten, und ging dann mit mir zurück nach Südafrika, als meine Ausbildung beendet war. Sobald wir nach Hause kamen, schlossen wir den Bund fürs Leben.«

»Ja, wenn man verheiratet ist und Kinder hat, gibt es offensichtlich andere Prioritäten«, sagt Mum, und Dad streichelt ihren Unterarm.

Der General nickt und sieht mich und Ilse lächelnd an. Dann fragt er Mum: »Haben Sie Ihre Entscheidung schon einmal bereut . . . ich meine, alles aufgegeben zu haben?«

»Um Himmels willen, nein!« Wie könnte ich, bei allem, was ich hier habe?« lacht Mum und trinkt einen Schluck aus dem Kristallglas.

Der General sieht Ilse an und fragt sie: »Du singst also auch?«

Ilse nickt und sagt ja, während sie eine lange, blonde Haarsträhne hinter ihr linkes Ohr klemmt, wie immer, wenn sie erwachsen wirken will.

»Dann wirst du also in die Fußstapfen deiner Mutter treten«, bemerkt er. Seine Augen sind so blau wie die von Terence Hill in *Trinity*, und sie leuchten im Kerzenlicht.

»Ich glaube nicht«, antwortet Ilse. »Ich werde vielleicht Ärztin oder Lehrerin. Ich liebe die Literatur ebensosehr wie die Musik.«

»Oh, du liest gerne? Ich lese auch leidenschaftlich gern . . . Kennst du vielleicht unsere große Schriftstellerin Gabriela Mistral, die 1945 den Nobelpreis gewonnen hat?«

Ilse denkt nach und schüttelt den Kopf. »Leider nein, die kenne ich nicht – aber ich kenne Pablo Neruda! Er kommt doch auch aus Chile, oder? Und ich glaube, er hat den Nobelpreis gerade erst vor zwei Jahren gewonnen.«

Der General scheint unangenehm berührt, lächelt aber und sagt: »Ja . . . Neruda ist Chilene, aber er ist nicht sehr beliebt in unserem Land.«

Dad sagt, wir sollten hinüber ins Wohnzimmer gehen. Er und Mum gehen voran, und Ilse folgt ihnen. Der General geht hinter Ilse her, während ich noch am Tisch stehenbleibe, um die restliche Sahne aus der Apfelkuchenform zu naschen. Als ich gerade meinen in Sahne getauchten Finger ablecke, dreht sich der General noch einmal um und fragt: »Warst du das Gesicht am Fenster – oder versteckst du einen Verrückten auf dem Dachboden?« Er zieht eine Augenbraue hoch und schneidet eine lustige Grimasse.

»Ja dis ek«, beginne ich und hätte fast vergessen, englisch mit ihm zu sprechen. »Ich meine, ja, das war ich.«

Und wische mir die Sahne ab, die mir vom Kinn heruntertropft.

Nördlich von uns sind Van Schoor und seine Männer eingekesselt. Ich höre über Funk, daß er das Hauptquartier ruft. Bei eingeschaltetem Funkgerät ist die Geräuschkulisse der Schlacht mitten unter uns. Zeitweise geht Van Schoors Stimme im Lärm der Panzer und Granaten unter. Sein Zug versucht, sich nach Nordosten zu bewegen, nach Techiba, aber kubanische Tanks und Panzerwagen haben ihnen den Weg abgeschnitten. Er teilt dem Hauptquartier über Funk mit, daß sein Zug erledigt ist, daß sie nicht mehr fliehen können, und er bittet Ruacana inständig, die Impalas zu schicken. Aber wir wissen bereits, daß die Impalas nicht mal in die Nähe kommen können, ohne von den MiGs runtergeholt zu werden.

Meine Gruppenführer kommen und fragen mich, ob wir uns in Bewegung setzen.

»Nein«, sage ich in ihre verwirrten Gesichter, »wir warten auf die Befehle aus dem Hauptquartier. Wir wissen nicht, was da draußen los ist. Wir könnten geradewegs in einen Hinterhalt laufen.«

Der schwarze Gruppenführer starrt mich noch an, als sich die anderen bereits zum Gehen abgewendet haben. Er ist einer von zwei Xhosa im Zug. Nicht daß das hier oben irgendeine Rolle spielte. Wir haben alle unsere Gesichter geschwärzt, und Kugeln wissen nichts von Rassentrennung. Inzwischen weiß er, daß ich genausoviel Angst habe wie er. Während er mich anstarrt, ist es wieder so, als ob hier oben überhaupt nichts eine Rolle spielen würde. Ich lasse den Funk an, damit er Van Schoors heisere Stimme hören kann, die den Oberst um Hilfe bittet. Er schreit auf afrikaans, englisch und portugiesisch – alles auf einmal.

*

Jeden Morgen, bevor Dad unter die Dusche geht und zur Arbeit fährt, nimmt er eine Plastiktüte mit altem Brot und eingetrocknetem Porridge, die Doreen bereitstellt, und füttert die Möwen unter meinem Fenster. Immer wenn Dad für die Armee unterwegs ist, ist es meine Aufgabe, früh aufzustehen und sie zu füttern. Wenn wir alle weg sind, zum Beispiel in den Ferien in Sedgefield, müssen sich die Möwen ihr Frühstück woanders suchen oder sich mit dem begnügen, was sie unten im Hafen bekommen.

An sonnigen Sommermorgen hat sich immer schon ein Schwarm von ungefähr zwanzig Möwen auf dem Rasen versammelt und wartet, daß Dad herauskommt. Nach all den Jahren wissen sie ganz genau, was passiert: Sie wissen, daß Dad jeden Morgen um kurz vor sechs mit ihrem Frühstück aus der Haustür tritt. Manche von ihnen kommen schon so lange in unseren Garten, daß Dad sie an den kleinen Flecken auf ihren Beinen oder an der Zeichnung ihres Gefieders oder am Schnabel erkennt.

In dem Moment, wenn sich die Haustür öffnet, machen sie solch einen Krach, daß ich manchmal davon aufwache. Ich bleibe im Bett liegen und höre ihnen zu, bis ich nach ein paar Minuten, wenn das Gekreische allmählich abebbt, wieder einschlafe. Doch an Tagen, an denen ich Lust habe, früh aufzustehen, laufe ich hinunter, sobald das heisere Geschrei einsetzt. Die Möwen, die auf dem Rasen sitzen, fliegen kurz auf, und aus allen Richtungen fallen die Nachzügler wie kleine Torpedos vom Himmel. Manchmal sieht es so aus, als würden sich alle Möwen aus der False Bay auf unser Haus stürzen. Und dann beginnt der eigentliche Zirkus. Sie versuchen, sich gegenseitig wegzudrängen, sie kreischen und stupsen mit ihren Flügeln, um als erste an das Futter zu gelangen. Sie schwirren um unsere Köpfe und picken uns das Futter von den Fingerspitzen. Wenn wir den Porridge zu kleinen Bällchen rollen und hoch in die Luft werfen, schießen sie wie eine Federfontäne in den blauen Himmel. Erwischt eine von ihnen das Bällchen auf dem Weg nach oben, landen die anderen wieder und beklagen sich bitterlich.

Wenn sie um unsere Köpfe kreisen und vor unseren Gesichtern herumflattern, sieht es so aus, als würden sie mit ihren Flügeln rudern, und ihre Beine und die kleinen Schwimmfüße schaukeln vor und zurück wie kleine Riemchen. Wir müssen immer über sie lachen, weil sie ihre Köpfe eifrig nach vorne strecken, als bettelten sie und wollten uns zeigen, wie hungrig sie sind. Manchmal hat Dad Mitleid mit ihnen, und dann laufe ich in die Küche und hole aus einer der Büchsen ein paar *Herzoggies*, mit denen wir sie ein bißchen verwöhnen. Während ich in der Küche die Kekse hole, warten sie draußen, kreischen und flattern um Dad herum. Sie vertrauen ihm, weil sie ihn kennen.

An dem Fenster meines Zimmers, das nach Simonstown hinausgeht, lehnt ein Foto, das Dad mit Boxhandschuhen zeigt. Er blickt, den Kopf zur Seite geneigt, in die Kamera und hält die Fäuste direkt vor sich. Er ist noch sehr jung.

Manchmal gehen wir zum Boxen ins Good Hope Centre, oder wir hören uns einen Kampf im Radio an. Als Arnold Taylor den Mexikaner Romeo Anaya k.o. schlug und Weltmeister wurde, war das ein richtig großer Tag für die Republik. Wir verfolgten den Kampf im Radio, und als sie »Die Stem« spielten, hatte Dad Tränen in den Augen.

Kurz bevor der General kam, hörten wir uns den Kampf von Pierre Fourie gegen Bob Foster in Johannesburg an. Es war das erste Mal, daß in der Republik ein Nicht-Weißer gegen einen Weißen kämpfte. Der Ringrichter ließ Foster gewinnen, weil er schwarz ist, obwohl eigentlich Pierre den Kampf hätte gewinnen müssen. Aber in Übersee unterscheidet man nicht zwischen Politik und Sport und diskriminiert uns weiße Südafrikaner.

Ein anderer großer Held für Dad und mich ist Gary Player. Dad sagt immer, die Springboks kommen und gehen. Aber *ein* Springbok wird immer grün und gold tragen: Und das ist Gary Player.

Neben dem Foto von Dad mit Boxhandschuhen lehnt ein anderes von ihm und Onkel P.W. Botha. Es wurde gemacht, als Onkel PW Verteidigungsminister wurde. Dad sagt, er vertraut darauf, daß Onkel PW den Karren aus dem Dreck zieht. Er sagt, die Politiker bauen nur Mist und es wird Zeit, daß die Armee ihnen zeigt, wo es langgeht. Unsere Hoffnung für die Zukunft ruht auf Männern wie Onkel PW.

In einem anderen Rahmen ist ein Photo von Mum, wie sie singt. Ilse sagt, daß es aufgenommen wurde, als Mum die *Dido* in der Oper sang. Sie trägt ein langes Nachthemd, das in Falten um ihre Füße liegt. In der unteren Ecke steht mit weißer Tinte geschrieben: *Für Leonore – damit Du nie auf-*

hörst zu singen, Mario. Ich glaube, Mario hieß der Typ, der mit Mum in der Oper sang.

Manchmal, wenn Dad nicht zu Hause ist, sitzt Mum im Wohnzimmer am Flügel und singt. Oder sie singt im Badezimmer. Sie singt alles mögliche aus der Oper, und ich vermute, sie vermißt die Konzerte und die Reisen nach Übersee. Immer, wenn sie im Bad singt, ist es, als würde das ganze Haus still werden, um ihr zuzuhören. Eines späten Nachmittags, als ich gerade runterging, während Mum sang, entdeckte ich Doreen, die mit Putzlappen und Eimer in der Hand regungslos im Flur stand und lauschte, wie Mums Stimme das Haus erfüllte. Als Doreen mich sah, bückte sie sich schnell und tat so, als würde sie etwas vom Boden aufwischen. Dann ging sie still in die Küche zurück. Ich glaube, sie schämte sich, ertappt worden zu sein, denn als sie kurz darauf zum Zug ging, verabschiedete sie sich noch nicht einmal.

Dad und Mum wollen nicht, daß Ilse und ich mit dem Zug zur Schule fahren. In einer Woche wurden zwei weiße Frauen von Coloureds am Bahnhof von Salt River vergewaltigt. Es ist die schrecklichste Schande für eine Frau, vergewaltigt zu werden. Mum sagt, daß es heutzutage sogar für Jungen gefährlich ist, mit dem Zug zu fahren, weil man dort allen möglichen schlechten Einflüssen ausgesetzt ist.

Deswegen fährt uns Mum überall mit ihrem grünen VW Käfer hin. Wenn sie vor dem Schultor zwischen allen anderen Käfern parkt, können wir sie immer schon von weitem erkennen, weil ihr Käfer ein kleines, schwarzes Dach hat. Vor dem Jan Van Riebeeck stehen immer so viele Käfer, daß es einem leicht passieren könnte, zu dem falschen zu gehen. Immer wenn wir draußen Straßen-Kricket spielen, darf man sich keine Käfer aussuchen, weil es Tausende davon gibt und der, der die Käfer nimmt, immer gewinnen würde.

Mum legt ihre Gesangsstunden stets so, daß sie uns überall hinfahren kann. Am Wochenanfang müssen Ilse und ich ihr genau sagen, wann wir unsere Termine haben. So kann sie vorher ihren Schülern absagen, wenn jemand von uns beiden gebracht oder abgeholt werden muß. Die Grundschule Jan Van Riebeeck ist immer früher zu Ende als die High School, deshalb bin ich nicht so sehr von Mum abhängig, weil ich nach dem Kricket oder Rugby einfach mit zu Frikkie gehe und dort auf sie warte. Dieses Jahr haben Frikkie und ich sogar mit Karate in der Sporthalle in der Buitenkant Street angefangen.

Freitags nachmittag haben wir *Voortrekkers*. Ich bin der Gruppenführer, und Frikkie ist mein Stellvertreter. Unsere Gruppe heißt die Löwen, und unser Wahlspruch ist: *Voorwaarts*. Die Spiro-Zwillinge sind bei den Pfadfindern, und wir streiten uns immer darüber, was besser ist: *Voortrekkers* oder Pfadfinder. Wir sagen immer, daß die Pfadfinder doof sind. Ilse war bis zum letzen Jahr auch ein *Voortrekker*. Aber als sie aus Holland zurückkam, sagte sie, sie hinke wegen ihrer ganzen Hobbys in der Schule hinterher. Als sie bei den *Voortrekkers* austrat, war Dad sehr enttäuscht, weil Ilse bestimmt *Presidentsverkenner* geworden wäre. Nur die besten *Voortrekker* werden *Presidentsverkenner*.

Weil Ilse alles so gut kann und weil sie älter ist als ich, hat sie auch mehr Hobbys. Im Winter spielt sie montags und mittwochs Korbball, und im Sommer geht sie oft dreimal in der Woche zum Leichtathletiktraining. Neben dem Sport hat sie jeden Freitag eine Extra-Musikstunde am College of Music, und sie begleitet den Schulchor im Jan Van Riebeeck. Während Ilses Musikstunde wartet Mum im Auto. Auch wenn es für Mum sicher nicht toll ist, eine Stunde einfach so im Auto herumzusitzen, ist mir die Musikstunde am Freitagnachmittag sehr recht, weil Dad und ich dadurch ein bißchen Zeit für uns haben. Dad hat für Mum ein modernes Radio und einen Kassettenrecorder in den Käfer eingebaut, damit sie beim Herumfahren und Warten Musik hören kann.

Früher, als Tannie Karla noch ihre Wohnung in Sea Point hatte, haben wir sie immer besucht, wenn wir auf Ilse warteten. Aber nach dem großen Streit zwischen Mum und Tannie Karla gingen wir nie wieder dorthin.

An den anderen Nachmittagen, wenn wir vor der High School auf Ilse warteten, hörten Mum und ich im Springbok-Radio die Hörspielserien auf afrikaans. Am liebsten mag ich *Die Wildtemmer*, über den Wildhüter und seine Farm. Die Frau in dieser Geschichte ist Jenny, und sie hat rote Haare wie Zelda Kemp. Der Wildhüter heißt Le Grange, und die Farm ist Randall's Ranch. Bei der Geschichte muß ich immer an Oupa Erasmus in Tanganjika denken. Onkel Samuel hat viele Filme und Fotos von Oupa, wie er in der Nähe vom Kilimandscharo oder vom Meru auf Safari war. Im Winter, wenn es kalt ist und regnet, fahren wir manchmal raus nach Grabouw und sehen uns Onkel Samuels Filme an. Dad und Onkel Samuel erzählen uns immer großartige Geschichten über Tanganjika und über Oupa Erasmus und wie schön das Leben in Ostafrika war.

Dad war gerade mal drei Wochen alt, als Oupa und Ouma ihn auf die erste Elefanten-Safari mitnahmen. Sanna Koerant erzählt mit Vorliebe die Geschichte, als die Frauen allein im Camp waren und die Massai kamen. Dad schlief in einem Kinderbettchen, und Sanna Koerant, Ouma Erasmus und Tannie Betta saßen ganz in der Nähe auf Klappstühlen und spielten Karten. Da kamen einige Massai-Frauen aus dem Busch und gingen zu Dads Bettchen. Bevor Ouma einschreiten konnte, hatte ihn eine aus dem Bettchen genommen und eine Weile an sich gedrückt, während die anderen um sie herum standen. Ouma wollte um Hilfe rufen oder ein paar Schüsse abfeuern, um sie zu vertreiben, aber Sanna Koerant legte ihre Hand auf Oumas Arm und befahl ihr, still sitzen zu bleiben. Sie sagte, die Massai segneten Dad. Sobald die halbnackten Frauen weg waren, rannte Ouma zum Kinderbettchen, um nachzusehen, ob mit Dad alles in Ordnung war. Weil sich die Massai nie waschen und richtiges Blut trinken, hatte sie Angst, Dad hätte sich vielleicht mit einer schrecklichen Krankheit angesteckt. Als die Massai wieder im Busch verschwunden waren, ließ sie die Diener Kessel mit Wasser erhitzen, um Dad abzuschrubben. Die alte Sanna brüllt immer vor Lachen, wenn sie erzählt, wie Ouma eine halbe Flasche Desinfektionsmittel ins Wasser kippte, bevor sie Dad abschrubbte, der natürlich schrie wie am Spieß.

Ouma schrubbte und schrubbte so lange, bis sie das Gefühl hatte, alle Keime abgetötet zu haben. Dann spülte sie Dad mit klarem Wasser ab. Sanna sagte, sie habe so über Ouma und die Schrubberei gelacht, daß Ouma ziemlich wütend wurde und meinte, sie verstehe nicht, wie eine Frau gegenüber einer anderen so gefühllos sein könne. Wenn die alte Sanna ihre Geschichte beendet hat, gackert sie immer noch vor sich hin, und ihre schmale Unterlippe kräuselt sich dabei und läßt ihre kleinen Zähne sichtbar werden, die wie gelbe Maiskörner aussehen.

Tannie Betta hat einmal gesagt, daß alle weißen Kinder, die in der Nähe vom Meru aufgewachsen sind, gelbe Zähne haben. Onkel Samuel sagte das auch. Die Zähne von den Kindern am Kilimandscharo hingegen seien alle weiß. Da brach die alte Sanna wieder in Gelächter aus und fragte: »Wo sind die Kinder vom Kilimandscharo?« Onkel Samuel wurde wütend und meinte, sie solle jetzt nicht schon wieder mit dem Blödsinn anfangen.

Wenn Mums Schüler zum Gesangsunterricht in unser Haus kommen, muß ich freundlich und ruhig sein und im Hintergrund bleiben. Ich kenne den Spruch schon auswendig und sage ihn vor mich hin, wenn Mum sagt: »Marnus, mein Junge, heute mußt du freundlich und ruhig sein und im Hintergrund bleiben. Meine Schüler zahlen viel Geld für den Unterricht. Und Geld wächst nicht auf Bäumen . . .«

»*Freundlichruhigundimhintergrund*«, sage ich mir immer wieder, während ich die beiden Porsche über die Carrera-Bahn rasen lasse. Ich kann Mum im Wohnzimmer Klavierspielen hören. Sie übt mit einem ihrer Schüler Tonleitern. Er singt immer dieselben Noten rauf und runter, bis ich es nicht mehr aushalte und die Tür zumache.

Heute ist Freitag nachmittag, und der General ist mal wieder mit Dad unterwegs. Und deshalb wird Dad nicht wie sonst freitags früher nach Hause kommen. Das ist wirklich schade, weil mich die Rennbahn allmählich langweilt. Je länger ich sie habe, desto weniger Spaß macht es, beide Autos selbst zu fahren. Es ist viel besser, wenn ein anderer einen Wagen steuert und man sich gegenseitig jagen kann. Ich bin richtig enttäuscht, weil Dad nicht hier ist. Ich hasse es, wenn er wegen irgendeiner Sache Freitag nachmittags später nach Hause kommt. Das bedeutet nämlich, daß ich vielleicht mit Mum zu Ilses blödem Musikunterricht fahren muß. Das bedeutet auch, daß Dad und ich unser Wochenend-Schwimmen ausfallen lassen. Wenn Dad jetzt hier wäre, würden wir zum Robbenfelsen am Muizenberg Beach schwimmen gehen, und danach würden wir zusammen auf der Veranda vor dem Haus sitzen, Musik hören und Schach spielen, während die Sonne hinter den Bergen untergeht.

Freitag nachmittags ist es mit Dad am schönsten. Wir machen einen langen Spaziergang am Muizenberg Beach, und während wir zu der Stelle laufen, die wir Robbenfelsen nennen, reden wir über die Woche und über alles, worüber man sonst keine Zeit zu reden hat, weil Dad so viel arbeiten muß. Wir kennen fast alle Fischer, die an diesem Küstenstück fischen, und auf unserem Weg fragen wir sie, ob die Fische heute anbeißen und ob sie von dem oder dem gehört haben, der diesen oder jenen Fisch hier oder dort gefangen haben soll. Die alten Fischer nennen Dad *Mister*, und ich frage mich, was sie wohl sagen würden, wenn sie wüßten, daß Dad ein echter General ist.

Wenn wir zum Robbenfelsen kommen und nur, wenn keine anderen Leute am Strand in unserer Nähe sind, gehen wir hoch in die Dünen und ziehen alle Kleider aus. Dann rennen wir hinunter zum Meer und zu den Wellen – ganz nackt. Dad läßt mir einen Vorsprung, und ich flitze die Dünen hinunter und über den Strand und versuche, vor ihm ins Wasser zu kommen. Manchmal schaffe ich es sogar, aber manchmal holt er mich auch ein, hebt mich hoch und trägt mich unterm Arm direkt in die Wellen. Ich brülle und schreie herum wie ein Wahnsinniger, er soll noch warten, aber ehe ich's recht begreife, krachen wir schon in die Brandung. Im Winter ist das Wasser so eisig, daß es mir für einen Moment den Atem verschlägt, aber Dad sagt, wir sind ganze Kerle und lassen uns von einem bißchen kalten Wasser nicht abschrecken.

Dann schwimmen wir weit hinter die Brecher und lassen uns eine Weile auf dem Rücken über die Wogen treiben. Da draußen ist Dad immer sehr still, und wenn ich zuviel rede, sagt er, ich soll meinen Mund halten und auf das Meer und die Möwen hören. Wenn wir weit genug draußen sind, können wir nicht einmal mehr die Autos von der Strandfontein Road hören, und die Fischer, die nur noch kleine Punkte sind, verschwinden hinter den Wellen. Dann ist es so, als wären Dad und ich die einzigen Menschen in der ganzen Bucht, und auch wenn Dad nie darüber spricht, denkt er bestimmt immer an Oupa Erasmus, der hier draußen verschwunden ist. Wenn ich langsam müde werde und Dad noch im Wasser bleiben möchte, dreht er sich auf den Bauch, und ich hänge mich an seine Schultern wie ein treibendes Schilfrohr.

Die ersten Male, als Frikkie dabei war, hatte er wegen der Seehunde Angst, mit uns ins Wasser zu gehen. Dad versuchte, ihm zu erklären, daß wir nur ein paar Mal Seehunde gesehen hätten und daß wir sofort zurückschwimmen würden, wenn Frikkie müde würde. Ich habe es Frikkie angesehen, daß das mit den Seehunden nur eine Ausrede war, und ich glaube, daß er eigentlich nicht mitkommen wollte, weil er nicht so gut schwimmen kann wie ich. Aber trotz Dads Erklärung blieb Frikkie unnachgiebig, und später gingen Dad und ich alleine ins Wasser, während Frikkie wie ein richtiger Waschlappen in den Dünen blieb. Ich habe mich über ihn geärgert, weil Dad so viel Mitleid mit ihm hatte. Dad und ich blieben nur ein paar Minuten im Wasser, weil Dad besorgt war, Frikkie könnte traurig sein. Dad sagte, Frikkie würde mitkommen, wenn er erst einmal begriffen hätte, daß er keine Angst haben müsse. Er hat auch gesagt, daß ich Frikkie nicht wegen seiner Angst vor dem Wasser hänseln soll. Man soll einen anderen Menschen nicht wegen solcher Ängste hänseln, sondern ihm helfen, sie zu überwinden. Ich habe Frikkie deswegen nie gehänselt, obwohl es mir ein- oder zweimal in den Sinn kam, als er mir gegenüber klugscheißerisch war.

Es kam so, wie Dad es vorausgesagt hatte, denn nach dem dritten oder vierten Mal zog Frikkie sich einfach mit aus, ohne ein Wort über die Seehunde zu verlieren. Frikkie und ich rannten die Düne hinunter und kamen ein gutes Stück vor Dad ans Wasser. Ich glaube, Dad tat das dieses eine Mal mit Absicht, damit Frikkie von meinem Geschrei keine Angst bekommt, wenn mein Vater mich in die Wellen trägt. Wir sind dann immer aus dem Wasser gegangen, wenn Frikkie müde wurde, aber jetzt, da Frikkie keine Angst mehr hat, hänge ich mich an Dads Schultern, und Frikkie hängt sich an meine. Dann lassen wir drei uns weit draußen hinter den Wellen eine Ewigkeit lang einfach nur treiben.

Ich gehe hinunter ins Arbeitszimmer und rufe Frikkie an, um ihn zu fragen, ob er vorbeikommen möchte. Er darf allein mit dem Zug fahren, muß aber vorher immer seine Mutter im Laden anrufen und um Erlaubnis bitten. Wenn er fürs Wochenende zu uns kommt, fährt Mum ihn immer

Samstag abend nach Hause, damit er am nächsten Tag in die Sonntagsschule gehen kann. Aber jetzt ist die Sonntagsschule für dieses Jahr vorbei, also kann er vielleicht das ganze Wochenende bleiben. In den Ferien gehen wir sowieso nicht so regelmäßig in die Kirche wie während der Schulzeit.

Die Delports gehen in die Groote Kerk, in der Nähe der Kruger Plain, und wir gehören zur Niederländisch-reformierten Gemeinde in Fish Hoek. Unsere Kirche in Fish Hoek wurde gebaut, als die kleine Steinkirche in Kalk Bay zu klein für alle Afrikaaner von der False Bay wurde. Andew Murray war der erste Pfarrer der Kirche in Kalk Bay, die inzwischen eine Art Sehenswürdigkeit ist. Pfarrer Cronje war jahrelang der Geistliche in Fish Hoek, und jeder kennt ihn und seine Frau. Sie leben in einem zweistöckigen Pfarrhaus mit Blick auf den langen Strand Von Fish Hoek. Immer wenn wir sie besuchen, reden Mum und Mrs. Cronje vor allem über den Blumenschmuck und den Kuchenverkauf für die Kirche, und Dad und der Pfarrer unterhalten sich über Politik. Das Pfarrhaus hat eine große Einganghsalle mit einer wunderschönen Holzvertäfelung aus Stinkwoodbaum. Im Pfarrhaus hängen Ölbilder und alle möglichen handgewebten Teppiche, die die Pfarrersfrau von ihren Reisen nach Israel und in andere Länder mitgebracht hat. Eins der großen Bilder in der Eingangshalle zeigt einen Vater mit seinen Kindern am Strand. Es könnte irgendwo bei Muizenberg sein, weil der Strand lang und flach ist, mit Dünen in der Ferne, und weil die Berge im Hintergrund aussehen, wie die Hottentots-Holland. Der Mann auf dem Bild spricht mit seinen Kindern, und unten ist in großen Buchstaben der Satz in den Sand geschrieben: »Du sollst Vater und Mutter ehren!« Wenn ich mir das Bild anschaue, frage ich mich manchmal, warum nur der Vater zu sehen ist.

Frikkie ruft zurück und teilt mir mit, daß er kommen

darf, aber Sonntag morgen wieder zurück sein müsse, weil sie zum Mittagessen bei seiner Großmutter in Stellenbosch sind. Seine Mutter hat gesagt, er dürfe zu mir kommen, wenn er verspreche, sich nicht wie beim letzten Mal wie ein Rowdy aufzuführen. Das letzte Mal, als Frikkie hier übernachtet hat, war mein Geburtstag. Da bekam er Ärger, weil er ein paar Zweige von den Aloen meiner Mutter abbrach und den Saft Zelda Kemp in den Mund schmierte. Als Mrs. Delport ihn einige Zeit später abholen kam, weinte Zelda immer noch, und am Montag erzählte Frikkie, daß sein Vater ihm eine schreckliche Tracht Prügel verabreicht hat.

Dad schlägt uns nie. Er sagt immer, wenn man ein Kind richtig erzieht, sind Schläge nicht nötig. Aber Ilse hat doch einmal eine Ohrfeige bekommen. Das passierte, als ich noch zu klein war, um mich daran erinnern zu können, aber ich vermute, Ilse muß ungefähr sieben Jahre alt gewesen sein. Eines Tages kam ein Bantu in unser Haus, um mit Dad zu sprechen. Er kam mit dem Zug, und Dad ging mit ihm in sein Arbeitszimmer, wo sie hinter verschlossener Tür miteinander redeten. Irgendwann mußte Dad etwas aus dem Auto holen. Weil es die Bantus auf dem Kap so selten gibt, wollte Ilse sich gerne den im Arbeitszimmer ansehen. Wir kennen eigentlich nur die Coloureds, weil sie die einzigen sind, die hier legal arbeiten dürfen. Wenn Bantus hierher zur Arbeit kommen, schickt die Polizei sie weg, weil sie versuchen, alles zu übernehmen. Es ist das gleiche wie mit den Kulis im Oranje-Freistaat. Die Kulis dürfen noch nicht einmal eine Nacht dort bleiben, denn wenn sie erst einmal *sitzen*, dann *bleiben* sie auch *sitzen*. Die Kulis wurden zum Zuckerrohrschlagen aus Indien geholt, aber jetzt haben sie schon ganz Durban übernommen. Die Bantus leben vor allem in Natal, im Oranje-Freistaat und in Transvaal.

Deshalb wollte Ilse sich unseren fremden Besucher ansehen. Sie steckte ihren Kopf ins Arbeitszimmer, und bevor der Bantu wußte, wie ihm geschah, sagte sie: »Du häßlicher, schwarzer Kaffer!«

Sie wollte sich gerade umdrehen und wegrennen, als sie mit Karacho Dad in die Arme lief, der gehört hatte, wie sie den Bantu beschimpft hatte. Ilse sagt, daß Dad sie unter den Arm klemmte und direkt ins Badezimmer brachte, wo er ihr die einzige Ohrfeige ihres Lebens verpaßte. Dann nahm er sie mit ins Arbeitszimmer, wo sie sich bei dem Bantu dafür entschuldigen mußte, daß sie ihn Kaffer genannt hatte. Wir dürfen die Wörter »Kaffer«, »Hotnot« oder »*Houtkop*« nicht benutzen, weil das auch Menschen sind, und Dad findet, daß wir sie auch so behandeln sollten.

Frikkie sagt, das Wort »Kaffer« würde »spucken« bedeuten, und Gloria sagt immer, daß Kaffer der Abschaum der Menschheit seien. Einmal, als Frikkie ihr sagte, daß sie selbst auch ein halber Kaffer sei, lachte sie nur und erwiderte: »Nichts da, José! In diesem Kaffee war *zuviel* Milch!«

Ich erzählte Mum und Dad nie, daß Frikkie und Gloria »Kaffer« sagen, weil ich Angst habe, daß ich dann nicht mehr zum Spielen hingehen darf.

Wenn andere Kinder in der Schule von der Prügel erzählen, die sie zu Hause bekommen, glauben sie mir nicht, daß ich noch nie eine Ohrfeige bekommen habe. Sie meinen, weil Dad ein General ist und so streng aussieht, würde er mich auch schlagen. Aber Frikkie weiß, daß Dad mich nicht schlägt, weil er gesehen und gehört hat, wie Dad mit uns spricht, wenn wir etwas angestellt haben. Wenn Dad böse ist, zuckt der Muskel auf seiner Wange, und dann muß er nur einmal etwas sagen, und ich weiß schon, daß ich jetzt besser auf ihn höre.

Frikkie hat mehr Angst vor Dad als vor irgendeinem anderen Menschen. Sogar mehr als vor Brolloks, unserem Werklehrer. Alle behaupten, daß Brolloks' Vater der Aufseher war, der die Schulleiterin vom Jan Van Riebeeck umgebracht hat. Vor vielen Jahren hat der Aufseher die Rektorin umgebracht und ihre Leiche an einem Balken im Kunstsaal aufgehängt. Man sagt, daß er sie zwischen dem Werkraum und dem Kunstsaal in die Finger bekommen hat und mit einem Hüpfseil erdrosselte. Dann benutzte er das Seil, um sie an den Balken zu hängen. Die Coloureds, die in unserer Schule putzen, sagen, daß ihr Geist hin und wieder abends in dem Gang zum Kunstsaal erscheint. Vor allem bei Südostwind, oder wenn der Nebel vom Tafelberg hinuntergedrückt wird und die ganze Tafelbucht einhüllt. Die Coloureds, die sie gesehen haben, sagen, daß sie nur ganz ruhig dasteht, auf das Nebelhorn in der Bucht hört und den Aufseher erwartet.

Alle sagen, daß Brolloks zurückgekommen sei, um Buße für die Sünden seines Vaters zu tun. Aber Frikkie meint, Brolloks sehe selbst eher wie ein Mörder aus und kaum wie jemand, der Buße tut. Brolloks verteilt scheckliche Ohrfeigen, vor allem, wenn am Ende der Stunde Sägespäne unter der Werkbank liegen. Werken ist auch das einzige Fach, in dem Frikkie ruhig ist. Als ich Dad das einmal erzählte, sagte er, das läge daran, daß beim Werken keine Mädchen in der Klasse seien und Frikkie nicht angeben muß.

Wenn wir bei ihm in Oranjezicht spielen, sind wir immer ungezogener als hier in St. James. Wenn wir nicht direkt am Meer wohnen würden, verbrächten wir, glaube ich, mehr Zeit in Oranjezicht. Außerdem sind wir auch deshalb an den Wochenenden meistens hier, weil Mum nicht möchte, daß ich bei den Delports bald zum Inventar gehöre. Und da Dad während der Woche so oft mit der Armee unterwegs ist, muß ich an den Wochenenden zu Hause sein, damit wir uns überhaupt sehen. Deshalb muß Frikkie, wenn wir am Wochenende zusammen sein wollen, hierher kommen – auch wenn er solche Angst vor Dad hat.

Ich treffe Frikkie unten am Bahnhof von St. James. Er hat

sein Fahrrad mitgebracht, weil wir manchmal mit unseren Choppern nach Simonstown fahren oder an den Boulders schwimmen gehen.

Nachdem wir sein Fahrrad und seine Tasche nach Hause gebracht haben, gehen wir die Main Road hinunter zur Kalk Bay. Wir möchten nachsehen, wie der Fang heute war. Es ist gerade eine gute Zeit für *Snoek* und Mum hat uns gebeten, nach einem schönen Exemplar Ausschau zu halten. Ich hatte gehofft, wir würden heute Abend *Snoek* für den General grillen, aber Mum sagt, wir hätten nicht genug Zeit, und außerdem würden wir morgen abend grillen. Zuerst wollte ich Mum überreden, doch heute abend zu grillen, weil Frikkie und ich dann ein Feuer hätten machen können, aber Mum sagte, daß das Freitag abend, wenn Dad nicht zu Hause ist, absolut unmöglich sei. Und ich solle lieber dafür sorgen, daß der *Snoek* in der Küche ist, bevor sie und Ilse vom Klavierunterricht zurückkommen.
Mum kauft normalerweise immer Fisch von Jan Bandjies, der ihn vor Simonstown fängt. Aber in letzter Zeit war der Fang sehr gut, deshalb fuhr Jan nicht regelmäßig raus. Immer wenn der Fang gut ist, müssen die Fischer nicht mühsam Fisch für Fisch an Privatleute verkaufen, sondern können den kompletten Fang bei einem Geschäft oder einer Fabrik loswerden.

Als wir unterhalb der Bahnschienen ganz in der Nähe des Kalk Bay Tunnels zum Strand gehen, hören wir jemanden rufen: »Hallo, Marnus! Hallo, Frikkie!«

Es ist Zelda Kemp, die auf uns zugelaufen kommt. Das Haus der Kemps liegt direkt unterhalb der Sozialwohnungen, in denen die Fischer leben. Zelda ist zwei Jahre jünger als wir, und ihr Vater ist Vorarbeiter in der Fischfabrik in Simonstown, und sie geht in Fish Hoek auf die Paul Greyling-Schule. Mum hat immer Mitleid mit ihr, weil die Kemps so arm sind. Mum sagt, es sei eine Tragödie, daß so ein süßes, kleines Mädchen eigentlich keine Zukunft hätte.

Ihre Eltern würden nie genug Geld aufbringen können, um ihr eine gute Erziehung zu ermöglichen. Deshalb packt Mum ein paar Mal im Jahr einige von Ilses alten Kleidern zusammen und schickt Doreen mit dem Paket hinunter zu den Kemps.

»Es ist eine Schande, daß so ein liebes Kind in solch einer schlechten Umgebung groß wird, direkt neben den Coloureds«, sagte Mum eines Morgens, als wir an Zelda und ihren rothaarigen Brüdern vorbeifuhren, die auf den Zug warteten, der sie zur Kirche bringen sollte. Die Kemps gehören auch zu unserer Gemeinde.

Wie immer sind Zeldas lange, rote Zöpfe am Ende mit blauen Bommeln zusammengebunden, und sie trägt einen Hut. Sie hat sogar wochentags einen Hut auf, nicht wie Mum und Ilse, die ihre Hüte nur zum Kirchgang tragen. Zelda hat heute wieder ein altes Kleid von Ilse an. Es ist ihr viel zu groß und rutscht immer an der Schulter herunter.

»Es ist die blöde Zelda!« sagt Frikkie. »Los, hauen wir ab!« Und wir springen die Treppen hinunter und flitzen durch die Unterführung zum Strand. Zelda ruft hinter uns her, aber wir ignorieren sie und rennen über den Strand an der Mauer entlang zum Kai. Wir bleiben stehen, drehen uns um und sehen sie von der anderen Seite der Segelboote über den Strand auf uns zukommen. Sie rennt wie eine Wahnsinnige, um uns einzuholen. Ilses Kleid schlägt ihr um die Beine wie eine Plastiktüte, und ihre Zöpfe wehen hinter ihr im Wind. Beim Laufen drückt sie mit einer Hand den Hut auf ihren Kopf.

Wir rennen den Kai entlang zum Leuchtturm an der Spitze. Die Flut scheint heute sehr hoch zu sein, die größeren Wellen krachen über den Kai, und es sind auch keine Fischer mit Handschnur da wie sonst.

»Wozu soll das gut sein? Wir sind in eine Sackgasse gelaufen«, keuche ich Frikkie zu, sobald wir bei dem kleinen Leuchtturm zum Stehen kommen. Mein Brustkorb brennt vom Laufen. Die Wellen spritzen am Kai hoch und bedekken ihn mit Gischt.

»Wenn sie hier ankommt«, sagt Frikkie nach Atem ringend, »tun wir so, als wollten wir sie ins Wasser werfen. Das wird sie zu Tode erschrecken!« Wir brechen in Gelächter aus.

Zeldas Kopf taucht am Anfang des Kais auf. Sie hat ihren Hut jetzt in der Hand. Sie rennt immer noch, bleibt aber plötzlich stehen und geht ein paar Schritte zurück, als durch eine große Welle eine wahre Gischtfontäne über den Kai spritzt. Als das Wasser wieder zurückfließt, sieht sie zu uns herüber, wie wir am Leuchtturm stehen und über sie lachen. Dann läuft sie rasch die Treppen hinauf, bis sie nur noch ein paar Schritte von uns entfernt ist.

Sie ist ganz außer Atem, und ihre Wangen leuchten rot auf der weißen Haut. Zeldas Brüder haben große, braune Sommersprossen im Gesicht, aber Zeldas Haut ist so weiß wie Papier.

»Ha! Ihr habt wohl gedacht, ich würde euch nicht kriegen, was?« ruft sie.

Frikkie imitiert ihre schrille Stimme: »Ihr habt wohl gedacht, ich würde euch nicht kriegen, was?« und zieht die Mundwinkel nach unten wie immer, wenn er jemanden schikaniert. Dann sagt er mit normaler Stimme: »Wer sagt denn, daß *du uns* gekriegt hast?«

Einen Moment lang sieht sie aus, als wüßte sie nicht, was sie hier tut. Sie setzt ihren Hut wieder auf und blickt uns an, als würde sie darauf warten, daß wir etwas sagen.

»Laß uns in Ruhe, Zelda«, sage ich. »Geh nach Hause, und spiel mit deiner Puppe.« Aber sie bleibt stehen, und ich fühle, daß Frikkie in der Stimmung ist, jemanden zu ärgern.

»Laßt uns Angsthase spielen«, schlägt er vor.

Angsthase ist, wenn man zwischen Leuchtturm und offenem Meer steht und möglichst lange stehenbleibt, wenn eine Welle gegen die Kaimauer kracht. Es ist ein gefährliches Spiel, denn wenn man nicht schnell genug ist, kann einen eine große Welle leicht ins Hafenbecken oder sogar ins offene Meer hinunterreißen.

»Nein, das spiel ich nicht«, sagt Zelda und wendet sich ab, um wegzugehen. Frikkie rennt hinter ihr her, und bevor sie irgend etwas tun kann, reißt er ihr den Hut vom Kopf und flitzt zurück zum Leuchtturm. Sie springt herum und brüllt, er solle ihr den Hut zurückgeben. Aber Frikkie wedelt nur damit und tut so, als würde er ihn ins Meer werfen.

Zelda springt immer wieder hoch und bittet Frikkie um den Hut. Sie kommt näher, fällt dann aber beinahe rückwärts ins Wasser, als sich eine Welle genau zwischen uns und ihr am Kai bricht. Wir klammern uns am Leuchtturm fest.

»Komm her und hol dir den Hut. Hier.« Frikkie streckt ihn ihr entgegen. Mit der anderen Hand hält er sich am Leuchtturm fest.

»Deine Mutter ist Glenda Kemp, nicht wahr!« ruft er Zelda zu. Glenda Kemp ist eine Striptease-Tänzerin, die ständig von der Polizei abgeholt wird, weil sie ganz schreckliche Dinge mit Männern machen soll. Vor kurzem wurde sie sogar verhaftet, weil sie ohne Erlaubnis eine Python in ihrer Wohnung hält. Jetzt sind der Tierschutzverein *und* die Polizei hinter ihr her. Glenda Kemp ist natürlich nicht Zeldas Mutter, aber Zelda wird immer hysterisch, wenn man sie damit aufzieht.

»Tanz uns einen Go-Go vor, wie deine Mutter!« ruft Frikkie und läßt seine Hüfte kreisen wie jemand, der Go-Go tanzt, wobei er sich mit dem Hut über den Bauch streicht. Inzwischen müssen wir so lachen, daß ich mich am Leuchtturm anlehnen muß, um nicht das Gleichgewicht zu verlieren.

»Ich habe Angst . . .«, hören wir sie über das Tosen des Meeres und den Wind hinweg rufen. »Marnus . . . bitte sag ihm, er soll mir meinen Hut zurückgeben.«

»Komm und hol ihn dir«, rufe ich ihr zu. »Du kannst ihn haben, du mußt nur hierher kommen und ihn dir holen.«

»Komm schon, stell dich nicht so an! Na, komm schon! Die Wellen sind gar nicht so schlimm«, brüllt Frikkie und zieht mich am Arm so lange hinter sich her, bis wir auf der anderen Seite des Leuchtturms mit dem Gesicht zum offenen Meer stehen.

Ich sage leise zu ihm: »Heute ist der Tag, an dem wir ertrinken werden.«

»Kommst du jetzt, Zelda, oder willst du, daß ich den blöden Hut ins Meer werfe?« ruft Frikkie so laut er kann, und wir schielen um den Leuchtturm herum.

Sie hüpft immer noch auf der Stelle und hat angefangen zu weinen. Ich sehe, daß sie gleich hysterisch wird, und ich möchte Frikkie sagen, daß wir aufhören sollten. Genau in diesem Moment kommt eine riesige Welle über den Kai an die Stelle, wo Zelda steht. Bevor irgend jemand etwas tun kann, kracht die Welle donnernd gegen den Beton. Wir hören Zelda schreien, und im gleichen Augenblick ist sie im Wasser verschwunden.

Für einige Sekunden sind Frikkie und ich sprachlos. Wir stehen völlig erstarrt da, die Augen auf das strudelnde Wasser an der Stelle gerichtet, wo Zelda noch vor einer Sekunde herumhüpfte. Ohne den Leuchtturm loszulassen, suchen wir mit den Augen das Hafenbecken ab. Als das letze Wasser an der Kaimauer zurück ins Hafenbecken fließt, entdecke ich sie.

Sie liegt seitlich am Kai, wohin die mächtige Welle sie geschleudert hat. Ihre Hände bedecken das Gesicht, und das Kleid ist ihr bis über den Bauch hochgespült worden, so daß man die weißen Beine und ihre Unterhose sehen kann. Irgend etwas in mir sagt: Frikkie und ich sind dafür verantwortlich, daß Zelda Kemp ertrunken ist. Ich lasse den Leuchtturm los und rudere mit den Armen. Was sollen wir tun?

Wir rennen zu ihr hin. Als wir näher kommen, sehe ich, daß sie noch lebt, weil sich ihr Mund bewegt! Wir helfen ihr auf, nehmen sie in unsere Mitte und gehen zurück an die Stelle, wo der Kai eine leichte Biegung macht und das Festland beginnt.

Sie fängt an zu weinen, und wir versuchen, sie aufzuheitern. Ich nehme Frikkie den Hut ab und gebe ihn ihr zurück. Aber sie weint immer weiter und setzt sich mitten auf den Kai, den Kopf zwischen den Knien. Einige Männer vom Fischmarkt kommen angelaufen, um zu sehen, was passiert ist. Frikkie sagt, sie weint, weil ihr Kleid naß geworden ist. Sie ermahnen uns, vorsichtiger zu sein, und gehen dann zurück zu dem lärmenden Treiben des Fischmarkts.

Nach einiger Zeit wird Frikkie sauer auf Zelda und sagt: »Hör auf zu heulen, Zelda. Oder wir lassen dich hier einfach sitzen. Sieh doch, die Hotnots lachen schon über dich.«

Sie beruhigt sich ein bißchen und sieht mit verheulten Augen zum Fischmarkt hinüber. Frikkie geht vorneweg, Zelda und ich folgen ihm.

»Wenn ich den Hut verloren hätte, hätte ich Prügel bekommen«, sagt sie. »Ich muß den Hut tragen, damit ich keine Sommersprossen bekomme.« Ich bin froh, daß sie wieder spricht. »Es tut mir leid«, sage ich leise, damit Frikkie es nicht hört.

Sie fängt wieder an zu schluchzen. Dann sagt sie: »Ich bin froh, daß wir bald von hier wegziehen.«

»Zieht ihr wirklich weg?« frage ich, weil ich vor meinem inneren Augen schon Zeldas Vater sehe, der zu uns kommt und meinem Dad erzählt, daß ich seine Tochter fast umgebracht habe.

»Vom nächsten Jahr an arbeitet Daddy im Hauptpostamt. Oder bei der Bahn.«

»Wo werdet ihr dann wohnen?«

»In Woodstock. In der Nähe vom Kino.«

»Dann wirst du also auch ins Jan Van Riebeeck gehen?«

Sie schüttelt den Kopf und wringt mit beiden Händen ihre Zöpfe aus. »Nein, wir kommen in eine Schule in der Nähe von unserem neuen Haus. Ich weiß nicht, wie sie heißt.«

Frikkie geht immer noch vorneweg. »Wirst du deinem Vater von dem Hut erzählen?« frage ich, weil ich sie nicht gehen lassen möchte, bevor ich nicht sicher bin, daß Mum und Dad nicht davon erfahren.

Sie schüttelt den Kopf. »Ich soll nicht auf dem Kai spielen.«

Frikkie dreht sich um und sagt: »*Saggies praat is duiwelsraad.*«

Am griechischen Café machen Frikkie und ich kehrt, um nach St. James zurückzugehen, und Zelda läuft den Hügel hoch zu ihrem Haus unterhalb der Fischerhäuser. Auf halber Strecke fällt mir der *Snoek* wieder ein. Wir wollen erst umkehren, aber dann fällt mir ein, daß wir genausogut Doreen schicken können. Bei dieser Gelegenheit können wir sie auch bitten, Köder für uns mitzubringen.

Vor dem Abendessen sind Frikkie und ich mit Mum in der Küche. Mum erklärt Doreen, wie sie das Gemüse für den *Snoek* zubereiten soll. Doreen war ziemlich sauer, als ich sie bat, für den *Snoek* zum Hafen zu gehen. Mum sagt, sie mache sich Sorgen um Little-Neville. Er sei heute nicht mit dem Morgenzug angekommen. Aber Mum sagt, sie sei sich sicher, daß es keinen Grund gebe, sich Sorgen zu machen, Doreen habe sich wahrscheinlich im Datum vertan. Sie solle morgen wieder zum Bahnhof gehen und jetzt ruhig bleiben und sich nicht aufregen, denn davon bekäme man vorzeitig Falten.

Ich berichtete Mum, daß die Kemps in die Stadt ziehen und Mr. Kemp bei der Post oder Bahn arbeiten wird.

»Das ist Musik in meinen Ohren«, sagt Mum und sieht von den Rosen und den kleinen, weißen Blumen auf, die sie gerade als Tischschmuck für das Abendessen arrangiert. Die untergehende Sonne hat die Küche in helles Rosa getaucht, und Mums grüne Augen sehen noch grüner aus als sonst.

»Jetzt wird die kleine Zelda wenigstens die Chance haben, auf die Universität zu gehen. Die Regierung sorgt für unsere Leute.« Mum sagt, sie können einem alles wegnehmen – außer Bildung. Das ist das einzige, was einem niemand nehmen kann.

Bevor sie uns unter die Dusche schickt, sagt Mum:

»Wir haben einen Gast aus Amerika, Frikkie. Er heißt Mr. Smith. Du und Marnus benutzt heute abend unser Bad, okay?«

»Ja, Tannie«, antwortet er. Mum lächelt und streichelt ihm mit der Hand über den Kopf.

»Na, dann ab unter die Dusche. Marnus geht, wenn du fertig bist. Und Frikkie – vergiß nicht, dich hinter den Ohren zu waschen!«

Während ich warte, bis Frikkie fertig geduscht hat, kommen Dad und der General nach Hause. Ich gebe Dad einen Kuß und begrüße den General. Als Frikkie fertig ist, gehen Dad und ich zusammen unter die Dusche.

Dads Brust und Bauch sind mit Haaren bedeckt, und sein kleiner Mann hängt aus einem schwarzen Haarbüschelwald. Als wir irgendwann einmal gehört haben, daß die Haare da unten schneller wachsen, wenn man sie abrasiert, hat Frikkie mit dem Rasierer seines Vaters den ganzen Flaum um seinen kleinen Mann herum entfernt. Ich hätte es beinahe auch getan, aber als Frikkie dann einen schrecklichen Ausschlag bekam, so daß er sich kratzen mußte wie ein räudiger Hund, beschloß ich, es lieber zu lassen. Außerdem hätte Dad es vielleicht gesehen, wenn wir zusammen duschen, und dann hätte er mich ausgelacht, weil ich so kindisch bin.

Zwischen dem Einseifen und dem Haarewaschen fragt Dad: »Erzähl deinem Dad doch mal, ob dein kleiner Mann am Morgen manchmal steht?«

Immer, wenn Dad mich das fragt, werde ich ganz schüchtern und lache nur, ohne richtig zu antworten. Ich habe gesehen, daß Frikkies Ding eines Morgens in der Pyjamahose nach vorne getanden hat, aber meiner tut das noch nicht so richtig.

Von Dad habe ich gelernt, daß man sich in der Dusche fast vollständig abtrocknet. Sonst macht man die Fliesen im Badezimmer ganz naß, und das würde unnötige Arbeit für Mum und Doreen bedeuten. Als wir uns fertig abgetrocknet haben, wickeln wir uns die Handtücher um die Hüften, und ich bürste mein Haar und ziehe einen Seitenscheitel wie Dad.

Es ist unmöglich, längere Zeit zu schlafen. Die Hubschrauber halten einen wach. Selbst wenn es einem gelingt einzunicken, verschaffen sie sich im Unterbewußtsein immer wieder Gehör. Ich muß kurz weggesackt sein, weil ich mich, als ich wieder zu mir komme, an einen Traum erinnern kann. Es ist nur eine vage Erinnerung. Ich reite im Galopp durch ein ausgetrocknetes Flußbett. Es ist noch jemand bei mir. Wir jagen irgend etwas über den Sand, aber ich weiß nicht was. Es ist, als würden wir lachen, und ich kann seine weißen Zähne sehen, die sich gegen die dunkle Haut abheben. Alles ist merkwürdig vertraut, und ich versuche mich zu erinnern, aber ein Hubschrauber nördlich von uns fordert meine volle Aufmerksamkeit.

Wir warten immer noch auf Befehle und Lebensmittel. Wir müssen in der Lage sein, zwei weitere Tage auszuhalten, aber danach brauchen wir neuen Proviant. Manchmal, wenn ich zu schnell vom Boden aufstehe, überkommt mich ein heftiges Schwindelgefühl, und ich kann mich nur mit Mühe auf den Beinen halten. Wir essen nicht genug. Wenn es zu einer Kampfhandlung kommt, werden wir unsere ganze Kraft brauchen.

Durch die Uniform taste ich meinen Brustkorb ab, und

mir wird zum ersten Mal bewußt, wie deutlich sich jede einzelne Rippe abzeichnet. Ich hole meinen kleinen Metallspiegel aus der Seitentasche meines Gurts und starre auf mein leicht verzerrtes Spiegelbild: Der Staub hat mein dunkles Haar stumpf-braun gefärbt. Ich halte den Spiegel noch näher ans Gesicht. Über Stirn und Wangen ist schwarzer Ruß tief in die Poren eingedrungen. Wenn ich mir über den Bart streiche, fühle ich, wie weit mein Kiefer hervorragt. Ich hebe mein Kinn und betrachte den Hals. Er sieht merkwürdig weiß aus unter dem schwarzen Bart. Die Falten im Nacken sind mit dicken Staubschichten verkrustet. Während ich meine Augen betrachte, setzt sich eine Fliege auf meine Nasenspitze, und ich blase sie mit einem Luftstoß aus meinem warmen Mund weg. Mir fallen einige schwarze Haare auf, die aus einem Nasenloch wachsen, und mit einem Ruck reiße ich mir gleich mehrere auf einmal aus. Ich muß augenblicklich niesen und treibe einen trockenen Luftstoß gegen den kleinen Spiegel.

Ich stehe auf und gehe ein paar hundert Meter vom Lager weg. Auf halbem Weg zu einem unserer Wachposten mache ich an der Schattenseite eines Affenbrotbaums halt, um zu pinkeln. Mit meiner R4 über der Schulter erleichtere ich mich gegen den glatten Stamm und starre hinauf zu den merkwürdigen Zweigen, die wie freiliegende Wurzeln in den Himmel ragen.

Als ich wieder nach unten sehe, wird mir bewußt, daß ich noch immer meinen Schwanz halte. Sein Kopf, umhüllt von der weichen Vorhaut, ist ganz flach durch den Druck von Daumen und Zeigefinger. Aus dem Hosenschlitz kräuseln sich lange, dunkle Haare. Ich beuge mich gegen den Baumstamm vor und kippe mein Becken nach oben. Das Objekt zwischen meinen Fingern ist hellbraun und mit feinen Falten bedeckt. Als ich es etwas zusammenpresse und es weiter aus dem Hosenschlitz ziehe, tritt die graublaue Ader, die von der Wurzel bis hoch zum Kopf läuft, deutlich hervor. Ich glaube, ich kann sehen, wie das Blut in der Ader pulsiert, aber ich bin mir nicht ganz sicher. Ich ziehe die Vorhaut zurück, und der feuchte, rosafarbene Kopf kommt zum Vorschein. Bei vollständig zurückgezogener Vorhaut wird die altrosafarbene Umkreisung immer dunkler, bis sie fast violett ist. An der Spitze sehe ich deutlich die Öffnung, und wenn ich sie hochnehme und leicht drücke, sieht sie so ähnlich aus wie ein kleiner Mund mit winzigen Lippen, der gerade gähnt. Wenn ich ihn drehe, bis die Unterseite nach oben zeigt, läuft wie mit feinen Stichen eine Naht von der Wurzel bis zu der Stelle, an der die zurückgezogene Falte der Vorhaut beginnt und er in weicheres Gewebe verschwindet. Ich öffne die restlichen Knöpfe am Hosenschlitz. Ich stecke meine Hand hinein und hebe meine Hoden heraus. Diese straffende Bewegung läßt sie glatt und faltenlos wie Seeohrmuscheln aussehen, und das feine Adernetz, das sie durchzieht, verfärbt die Haut in verschiedenen Farbtönen. Hier ist das spärliche Haar heller. Und jede Haarwurzel ist von einer kleinen Erhebung umgeben – wie winzige Wälle, die man um junge Bäume errichtet, um das Gießwasser zu sammeln. Unter dem Gewicht in meiner verschwitzten Hand strömt die Kühle langsam durch meine Haut, und ich stecke sie vorsichtig zurück in die Hose.

Vor dem Abendessen stellt Dad Frikkie den General als Mr. Smith vor. Wir sagen während des ganzen Abendessens kein Wort, wobei Frikkie fast nie etwas sagt, wenn Dad in der Nähe ist. Wir sitzen nur da und hören den Gesprächen der Erwachsenen zu. Ilse spielt sich wieder fürchterlich auf und gibt zu allem und jedem ihren Senf ab. Vor einiger Zeit habe ich gehört, wie Dad zu Mum gesagt hat, daß Ilse sich ein bißchen zu wichtig nimmt, seit sie aus Holland zurück ist. Manchmal rollt sie mit den Augen, wenn Dad ihr etwas sagt, und ich weiß, daß Dad es allmählich leid wird.

Dad sagt zu dem General, daß der Rest der Welt gegen Südafrika sei, weil wir das ganze Gold, die Diamanten und die anderen Bodenschätze haben. Außerdem haben wir den Seeweg um das Kap. Er sagt, der Rest der Welt würde die Sache mit den Bantus nur vorschieben – aber wir hätten wenigstens nicht all unsere Schwarzen umgebracht wie Amerika seine Indianer oder Australien die Aborigines. Dad sagt, man kann viel über die Afrikaaner sagen, aber niemand kann uns vorwerfen, daß wir unehrlich sind. Wir verschleiern unsere Gesetze nicht wie der Rest der Welt.

Dad sagt, eines der Probleme hier ist, daß die ganzen guten Schwarzen von den Sklavenhändlern mitgenommen wurden. Das Blut, das damals in Afrika geblieben ist, sei das Blut der dümmeren Schwarzen – deshalb würde man hier auch keinen gebildeten Schwarzen finden. Hat man jemals gehört, daß ein Bantu etwas erfunden hätte, etwas wie ein Telefon, ein Rad oder einen Motor? Nein. Dad sagt, das liegt daran, daß alle klugen und starken Schwarzen von Afrika nach Amerika gebracht wurden. Jetzt, wo Amerika alle intelligenten Schwarzen hat, meint es, der Republik erzählen zu können, wie wir mit unseren umzugehen haben. Und der Rest der Welt stachelt unsere Schwarzen auf und redet ihnen ein, die Republik würde eigentlich ihnen gehören.

Aber, sagt Dad, wir haben eine schlagkräftige Armee, und um Südafrika herum sind portugiesische Kolonien, die nicht so gegen uns sind wie der Rest der Welt. Dad hat viele gute Kontakte in Lourenço Marques und Luanda, wo Südafrika noch Freunde besitzt. Dad fährt oft nach Angola und Mosambik, aber meistens dürfen wir niemandem davon erzählen. Gewöhnlich fährt er nach Lourenço Marques, um den Portugiesen beizubringen, was sie gegen die FRELIMO-Terroristen machen sollen. Die Terroristen vergewaltigen Frauen, plündern Geschäfte und verstecken Bomben in Schulen, um kleine Kinder in die Luft zu sprengen. Die Terroristen bekommen ihre Waffen und Bomben aus Rußland.

Wenn wir bei Frikkie zu Hause sind, hören wir manchmal Radio LM. Sie spielen dort immer Popmusik, und Mum möchte nicht, daß wir so etwas hören. Von Popmusik kann man drogenabhängig werden. Bevor Luzifer aus dem Himmel geworfen wurde, war er der Engel der Musik, und deshalb ist es nur logisch, daß die Kommunisten Popmusik verwenden, um die Republik in ihre Gewalt zu kriegen. Die Beatles haben sogar gesagt, daß sie wichtiger sind als Jesus. Die Beatles und Cat Stevens sind in Wahrheit Instrumente von Luzifer und dem Antichristen, aber die Menschheit ist zu dumm, um das Menetekel an der Wand zu erkennen.

Im letzten Jahr, kurz bevor Ilse den Preis gewonnen hatte und nach Holland flog, fuhren wir alle nach Lourenço Marques in die Ferien. Dad mußte dort dienstlich einige Leute treffen, und wir waren in einem wunderschönen, alten Haus auf Inhaca Island. Nachts schliefen wir unter weißen Moskitonetzen, und es war, als wären wir auf Safari, selbst wenn es dort keine Löwen und Elefanten gab. Ilse und ich schwammen stundenlang im klaren, blauen Wasser. Das Wasser in Lourenço Marques ist ganz warm, und es gibt fast nie Wind dort. Während Mum und Ilse am Strand in der Sonne lagen, schnorchelte ich die flachen Riffe ab oder fischte mit meiner Handschnur.

Hin und wieder nahm Dad sich frei, und wir beide gingen zusammen zum Hochseefischen. Es war einer unserer schönsten Urlaube. Eines Tages, als wir draußen zum Hochseefischen waren, fing Dad einen Blauen Marlin, der über 200 Kilo schwer war. Wir hängten ihn zwischen den Palmen am Strand auf, und Ilse machte ein Foto von uns mit dem Marlin. Auf dem Bild strecke ich meine Arme in die Luft, um zu zeigen, daß der Marlin sogar mit ausgestreckten Armen noch größer ist als ich.

In LM sprechen alle portugiesisch. Es ist lustig, wenn man Bantus portugiesisch sprechen hört, und ich mußte sie immerzu anstarren. Der alte, schwarze Mann, der für uns auf dem Boot arbeitete, hieß Agostinho. Er versuchte, mir ein paar Fischnamen auf portugiesisch beizubringen, aber die meisten waren zu schwierig. An einem Abend saßen wir in einem kleinen Restaurant zwischen Palmen beim Essen, und als ich eine Bemerkung darüber machte, daß der alte Agostinho portugiesisch spricht, erklärte Dad mir, daß die Schwarzen in den anderen Ländern von Afrika fast alle französisch sprechen. Ich mußte lachen und sagte, es wäre eine lustige Vorstellung, wenn Chrisjan sich eines Tages, während er im Garten arbeitet, auf den Spaten stützen und plötzlich auf französisch loslegen würde.

Als wir in Mosambik waren, benahmen sich Mum und Dad so, als wären sie frisch verheiratet. Sie hielten sich an der Hand und ließen uns an manchen Abenden allein, um ausgedehnte Strandspaziergänge zu machen. Manchmal blieben sie eine Ewigkeit weg und kamen erst zurück, wenn wir schon im Bett lagen. Auf der Insel gab es keinen Strom, deswegen konnten Mum und Ilse ihr Haar nicht glattföhnen, so daß es ganz lockig wurde, wie in Sedgefield, wenn wir den ganzen Tag am Strand sind. Mit den Locken, die ihr bis zur Taille gingen, und der gebräunten Haut sah Mam hübscher aus als jemals zuvor, sogar hübscher als auf den Fotos aus der Oper, auf denen ihre Haut weiß ist wie Wachs. Abends trug sie lange, weite Kleider mit bunten Mustern, und sie schminkte sich nie. Beim Tauchen sammelte ich zwei große Muscheln vom Riff auf, und Mum steckte ihre Ohrringe hindurch und trug sie die ganzen Ferien über.

Eines Abends, als Dad zu einem Treffen mußte, sagte Mum, sie habe das Gefühl, dieser Urlaub sei wie eine zweite Hochzeitsreise. Dann erzählte sie uns, wie Dad und sie bei den Viktoria-Wasserfällen auf Hochzeitsreise gewesen waren. Damals hatte sie ihr erstes Paar Hosen gekauft!

»Hast du während deiner Tour in Europa und Amerika nie Hosen getragen, Mummy?« rief Ilse erstaunt aus, und Mum schüttelte lachend den Kopf.

»Bevor ich Südafrika verließ und nach Übersee flog, warnte mich Oupa Kimberley mit ernster Stimme vor allem Bösen, das in den Seitenstraßen von Paris, London und New York lauern würde. Nicht, daß er oder Ouma jemals einen Fuß über die Grenze der Union gesetzt hätten, aber trotzdem waren sie außer sich vor Sorge, was ihrer ältesten Tochter alles zustoßen könnte. Die Tatsache, daß ich inzwischen auf allen Bühnen Südafrikas gesungen hatte, war für sie unerheblich.«

Mum sah vom Haus aus auf die Wellen, die sich unten am Strand brachen. »Aber vermutlich sind Eltern so bei ihren Kindern. Wir reden uns ein, daß es woanders gefährlicher ist als zu Hause. Vielleicht hat es etwas mit dem zu tun, was die alte Sanna immer sagt: ›Vorsicht ist besser als Nachsicht‹.« Und wir lachten darüber, daß Mum die Sprüche der alten Sanna Koerant zitierte.

»Hatte Dad seine Uniform an, als du ihn in Amerika kennengelernt hast?« wollte ich wissen.

Mum überlegte einen Moment. Dann sagte sie: »Ja, er hatte sie an. Und in dem Augenblick, als ich ihn sah, allein in der einen Ecke des Saals, da wußte ich, daß er der Richtige für mich ist. Ich hatte solches Heimweh, und als der junge, afrikanische Offizier mit den breiten Schultern und dem attraktiven Gesicht vor mir auftauchte wie Sir Lancelot, verliebte ich mich fast auf der Stelle in ihn. Ich schloß mein Programm mit S. Le Roux Marais' ›Heimwee‹, und Dad klatschte so begeistert, daß ich – so unfaßbar das auch klingen mag – meiner Begleitung sagte, wir würden das Lied noch einmal als Zugabe bringen. Könnt ihr euch das vorstellen?« Mum lachte so laut, daß ihre wunderschöne Stimme bis an das Ende der Insel zu hören sein mußte. Dann sagte sie: »Als ich sang, sah ich die Sehnsucht in seinem Gesicht, und ich dachte: Ein Mann in Uniform, der so von Musik gerührt sein kann . . . Nun ja, so war's!«

»Es gibt momentan viele Probleme in den portugiesischen Kolonien«, sagt Dad. »Niemand weiß, wie es in Mosambik und Angola weitergeht. Wenn die Portugiesen fortgehen, kann nur noch unser Militär Südafrika retten.«

Die Russen wollen zuerst Mosambik, und der nächste Schritt ist dann unsere Republik mit all den Gold-, Diamanten- und Platinvorkommen.

Aber Amerika ist genauso dumm. Mit den ständigen Drohungen, keine Waffen und keine Munition an die Republik zu verkaufen, arbeiten sie den Kommunisten in die Hand. Neulich, als in der Goldmine von Western Deep Levels zwölf betrunkene Schwarze von Polizisten erschossen wurden, erklärten einige Länder, sie würden Südafrika keine Waffen mehr verkaufen. Sie wollen einfach nicht zuhören, wenn ihnen Onkel John Vorster erklärt, daß sie die Probleme, die wir in diesem Land haben, gar nicht wirklich begreifen. Dad meint, es ist auch nicht so wichtig, was der Rest der Welt über uns sagt. In Zukunft werden wir unsere eigenen Waffen bauen. Waffen, die für unsere Bedürfnisse viel besser geeignet sind als die, die wir aus anderen Ländern bekommen. Was wissen die Engländer oder die Franzosen schon über die Waffen, die wir in Südafrika brauchen? Niemand versteht doch, was in der Republik vor sich geht. Nachdem die Araber uns den Ölhahn zugedreht haben, haben wir mit der SASOL unser eigenes Ding gemacht, und das machen wir jetzt bei den Waffen und der Munition genauso. Dad sagte das gleiche schon einmal in diesem Jahr, als er im Jan Van Riebeeck zum Langenhoven-Jubiläum eine Rede über die Rolle des Militärs gehalten hat. Dieses Jahr wäre Langenhoven einhundert Jahre alt geworden. Langenhoven hat unsere Nationalhymne, »Die Stem«, geschrieben. Weil Dad früher einmal Schulsprecher im Jan Van Riebeeck war und er eine so gute Position beim Militär hat, bat ihn die Schule, bei der Feier die Rede zu halten. Dads gesamte Rede basierte auf dem Text, den Langenhoven zur Hymne geschrieben hat. In seiner Rede sagte Dad, daß Langenhoven der am meisten geliebte Dichter unseres *Volks* wäre. Er sei ein Kämpfer gegen den britischen Imperialismus und für Afrikaans als Nationalsprache gewesen. Am Ende sagte er: »Auch wenn noch weiteres Blut fließt, werden wir dieses Land für unsere Kinder sicher machen, selbst wenn es unser *Blut* kostet. Wie unsere Vorfahren dir vertrauen, so laß auch uns dir vertrauen, o Gott. Mit unserem Land und unserem Volk wird alles gut werden, *weil der Allmächtige Gott regiert.*« Dann standen alle Menschen im Festzelt neben dem Rugbyfeld auf und brachten Dad stehende Ovationen entgegen. Mum saß neben dem Minister. Als sich alle erhoben, wandte sich der Minister an Mum und sagte, wenn er irgend etwas zu sagen hätte, würde Dad eines Tages auch im Kabinett sitzen.

Die anderen Länder können ruhig weiter den Kommunisten in die Hand arbeiten, das wird uns nichts ausmachen. Sollen sie doch ruhig auf Dummköpfe wie den alten Kaunda in Sambia hören. Dad erzählt den Witz über einen Mann, der kürzlich in Lusaka festgenommen wurde, weil er durch die Straßen lief und brüllte: »Kaunda ist verrückt, Kaunda ist verrückt!« Der Mann mußte zehn Jahre ins Gefängnis – ein Jahr wegen Erregung öffentlichen Ärgernisses und neun Jahre, weil er ein Staatsgeheimnis ausgeplaudert hatte! Alle lachen, bis auf Ilse, die auf ihre Füße starrt. Neulich war im *Die Burger* ein Artikel über den alten Kaunda, der Krokodilstränen vergoß, als er mit Journalisten über die jüngsten Vorfälle in Südafrika sprach. Aber all seine Tränen konnten nicht verhindern, daß Frankreich die Mirage F-1 für uns baut. Die F-1 fliegt mit doppelter Schallgeschwindigkeit, und außer Frankreich und Spanien wird die Republik das einzige Land in der Welt sein, die sie besitzt.

»Nun«, sagt der General, »zumindest habt ihr noch Freunde in Chile.« Und er und Dad lächeln sich zu.

»Und in den USA«, fügt Dad hinzu, und sie fangen an zu lachen, als hätten sie ein gemeinsames Geheimnis.

Frikkie und ich haben beschlossen, in die Armee zu gehen, wenn es Krieg gibt. Die Armee ist besser als die Luftwaffe oder die Marine, wo die ganzen Schwuchteln hingehen. Aber, sagte ich, nicht alle, die zur Marine gehen, sind schwul, weil Oupa Erasmus auch bei der Marine war. Da sagte Frikkie, nicht alle, aber die meisten. Dad meinte auch, daß die Marine nicht so wichtig sei, weil der Feind aus dem Norden und nicht übers Meer kommen wird. Auf den Schultern der Armee lastet die schwerste Aufgabe, und es wird die Armee sein, die das Land vor den Terroristen bewahrt.

Ich sehe den General an und frage mich, wie er wohl in Uniform aussieht. Dads Besucher aus Übersee tragen nie ihre Uniform. Aber in Dads großem Fotobuch habe ich mir die grauen Uniformen der Chilenen angesehen. Einige von Dads Büchern über ausländische Militärs sind gleich in mehreren Sprachen erschienen. Mein Lieblingsbuch hat auf jeder Seite drei Spalten in Deutsch, Französisch und Englisch, in denen die farbigen Bilder erklärt werden. Über jeder Spalte steht: *Der bunte Rock, Le Costume Militaire* oder auf englisch *Military Costume.* In dem Buch gibt es wunderschöne Bilder von Uniformen aus allen Jahrhunderten. Meine Lieblingsuniform ist die hellblau-weiße Uniform des Königlich-bayrischen Schützenkorps von 1854. Sie tragen silberne Helme mit weißen Federn, und ihre schwarzen Stiefel reichen bis zu den Oberschenkeln. Auf ihrer Brust prankt ein großer viereckiger Stern, der mit Gold eingefaßt ist, und auf ihren Schultern sind Epauletten mit weißen Quasten.

Ich frage mich auch, ob der General im Krieg war, weil Dad sagt, daß in Chile immer Krieg sei. Die Kommunisten sind überall. Der General nimmt einen Schluck Wein und fängt über den Rand des Glases hinweg meinen Blick auf.

Er lächelt mich an, und ich spüre, wie meine Ohren rot werden. Alle am Tisch sehen mich an, um zu erfahren, warum er lächelt.

»Okay, Marnus«, sagt Dad nun, »ihr beide dürft euch jetzt entschuldigen und aufstehen.« Und er erklärt dem General: »Sie müssen morgen früh raus, um angeln zu gehen. Wenn sie zu lange schlafen, verpassen sie die beste Zeit zum Angeln.« Dad weiß, daß wir normalerweise Samstag morgens immer fischen gehen, wenn Frikkie hier ist.

Als wir uns entschuldigen und vom Tisch aufstehen, sieht mich der General immer noch an, und ich muß meinen Blick abwenden. Dann fragt er: »Du bist also ein Angler?«

»Ein bißchen«, antwortete ich. Am liebsten würde ich das Wohnzimmer sofort verlassen, aber er spricht weiter.

»Von der Küste aus oder mit einem Boot?«

»Wir angeln am Muizenberg Beach. Aber manchmal nimmt Dad uns auch auf einem Marineboot mit – einer Namacurra.«

»Vielleicht könnt ihr mich einmal mitnehmen.« Er lächelt mich an und sieht zu Frikkie hinüber. »Du und dein Freund.«

Ich sehe zu Dad, bevor ich antworte: »Ja, wenn Sie das möchten.«

»Wenn wir noch Zeit haben«, sagt Dad, »können wir vielleicht morgen früh ein wenig die Schnur anfeuchten, bevor wir nach Langebaan aufbrechen.«

»Das würde mir gefallen. Habt ihr etwas dagegen, wenn wir vorbeikommen?« Er sieht mich und Frikkie an.

»Nein, kommen Sie ruhig. Allerdings haben wir nur zwei Ruten. Aber Sie können meine nehmen.«

Es ist das Schönste überhaupt, mit Dad angeln zu gehen, deshalb möchte ich, daß der General es sieht.

»Na, dann treffen wir euch morgen früh am Muizenberg Beach. Wir kommen, sobald Mister Smith aufgestanden ist. Aber wir können nicht lange bleiben, weil wir morgen ein volles Programm haben.«

Während Frikkie wartet, bis ich Dad und Mum einen Gutenachtkuß gegeben habe, fragt Dad ihn: »Habt ihr schon Köder für morgen, Frikkie?«

»Ja, Oom«, antwortet er. »Marnus hat Doreen gebeten, uns welche vom Markt mitzubringen.« Es sieht immer so aus, als würde Frikkie strammstehen, wenn er mit meinem Vater spricht.

»Gute Nacht, Mister Smith«, sage ich und blicke beim Hinausgehen noch einmal über die Schulter zurück.

»*Buenas noches*«, erwidert er und fügt mit einem Lächeln hinzu: »*Todos los chicos son iguales*, das bedeutet: Alle Jungen sind gleich.«

Ich höre noch, wie Ilse ihn bittet, den Satz zu wiederholen, und als er fertig ist, ruft sie hinter uns her: »*Todos los chicos son iguales!*«

»Ich hasse sie!« flüstere ich Frikkie zu, als wir zum Zähneputzen in Mums und Dads Bad gehen.

»Ich glaube, Ilse ist in ihn verliebt«, sagt Frikkie. »Hast du gesehen, wie sie ihn angeschaut hat?«

»Du spinnst ja!« antworte ich, und aus meinem Mund spritzt etwas Zahnpasta an den Spiegel und bleibt dort kleben.

Oben stelle ich den Wecker auf vier Uhr. Die beste Zeit zum Angeln ist vor Sonnenaufgang, und man läuft mindestens eine Dreiviertelstunde bis zu unserem Angelplatz. Als wir unsere Pyjamas anhaben und im Dunkeln im Bett liegen, kann ich nicht länger den Mund halten.

Ich sage leise zu Frikkie: »Ich möchte dir etwas anvertrauen. Aber du darfst es *niemals* auch nur einer Menschenseele erzählen.«

»Ich schwöre, ich tu's nicht«, antwortet er.

»Versprichst du mir das?«

»Versprochen.«

Es ist so heiß heute, und das Fenster steht offen. Wenn die Wellen brechen, hört es sich an, als schlügen sie direkt gegen die Hauswand. Der letzte Nachtzug rattert vorbei, und dann hört man nur noch die Brandung. Ich will gerade anfangen zu erzählen, da muß ich an Dad denken. Und ich weiß, daß ich es niemals sagen kann.

»Na, komm schon«, höre ich Frikkies Stimme vom anderen Bett.

»Ich kann nicht. Ich kann es dir nicht erzählen.«

»Komm schon. Ich habe dir doch schon versprochen, nichts weiterzusagen.« Er wird wütend.

»Nein. Hör auf damit, ich kann es dir nicht erzählen.«

»Komm schon, Marnus. Ich erzähle dir auch immer alles.«

Jetzt habe ich ein schlechtes Gewissen, weil er doch mein bester Freund ist. Er hat noch nie ein Geheimnis verraten. Unser größtes Geheimnis ist, daß wir einen Coloured gesehen haben, der sich mit einem Mädchen gepaart hat. Frikkie sagt, das heißt nicht paaren, sondern vögeln. Wir haben sie in den Dünen in der Nähe von Macassar gesehen, als wir dort angeln gingen. Der Coloured lag auf dem Mädchen drauf, und sein Ding war in ihrem Ding. Es war genauso, wie wenn Frikkies Hund Chaka sich mit einem anderen Hund paart, nur daß das Mädchen auf dem Rücken und er auf ihr lag. Frikkie sagt, das ist bei den Menschen so. Danach haben wir beschlossen, daß das unser Geheimnis ist, das niemand erfahren soll. Unser anderes großes Geheimnis ist wegen Mathe. Aber da wissen wir, daß das ein Geheimnis ist, ohne überhaupt darüber gesprochen zu haben. Frikkies Vater würde ihm das Fell über die Ohren ziehen, wenn er das mit Mathe herausfände. Und Dad wäre so enttäuscht von mir, daß ich gar nicht mehr wüßte, wohin mit mir. Wenn ich abends bete und ich Gott bitte, mir zu vergeben, daß ich Frikkie von mir abschreiben lasse, muß ich immer daran denken, daß Dad es herausfinden könnte. Dann verspreche ich, daß ich Frikkie nie wieder von mir abschreiben lasse. Aber wenn er das nächste Mal neben mir sitzt, sich mit dem Bleistift am Kopf kratzt und es so aussieht, als würden seine kleinen Augen gleich wegen der Brüche vor Verzweiflung aus dem Kopf fallen, schiebe ich einfach mein offenes Matheheft zu ihm über den Eßzimmertisch.

Ich weiß, wenn ich Frikkie vom General erzähle, habe ich nur noch mehr Dinge, an die ich beim Beten denken muß. Deshalb sage ich: »Ich habe vergessen, was ich sagen wollte.«

»Lügner!« schnaubt Frikkie. »Wer A sagt, muß auch B sagen.«

»Wir müssen jetzt schlafen, Frikkie. Dad kann uns hören.«

Eine Zeitlang denke ich, daß er aufgegeben hat, aber dann höre ich, wie er auf Zehenspitzen durch das Zimmer schleicht.

»Was machst du?« flüstere ich.

Das Licht geht an, und Frikkie steht im Pyjama neben dem Lichtschalter.

»Was machst du?« frage ich noch einmal, während sich meine Augen langsam an das Licht gewöhnen.

»Wo ist deine Bibel?« fragt er, und ich zeige auf den Nachttisch zwischen unseren Betten.

»Da liegt sie. Aber was willst du um diese Uhrzeit mit der Bibel?«

Er kommt zum Nachttisch und setzt sich neben mich auf das Bett. Dann nimmt er die Bibel und legt seine Hand auf den schwarzen Ledereinband. Es ist Oupa Erasmus' alte Bibel aus Tanganjika.

»Ich schwöre auf die Bibel, daß ich es keiner Menschenseele sagen werde«, erklärt er und sieht mir dabei in die Augen. Er wartet, daß ich etwas sage.

»Ich kann es dir nicht erzählen!« rufe ich und hoffe, Frikkie hört endlich auf, mich zu bedrängen. Dad würde mir das nie verzeihen. Dad sagt, es sei von nationaler Bedeutung, daß niemand erfährt, wer uns besuchen kommt. Dad hat mir von einem Verräter erzählt, der lebenslänglich ins Gefängnis kam, weil er unsere Leute verraten hat.

Frikkie sitzt immer noch neben mir, sieht mich an und wartet. Ich weiß nicht, was über mich gekommen ist, als ich mit der Geschichte anfing. Es muß die Aufregung darüber gewesen sein, daß Dad und der General mit zum Angeln kommen.

»Wir sagen uns gegenseitig *alles*, weil wir Freunde sind«, setzt er wieder an. »Du bist mein bester Freund, Marnus. Du kannst nicht so tun, als wolltest du mir etwas erzählen und dann *sommer* einen Rückzieher machen. Freunde machen so etwas nicht.«

»Ich werde es dir nicht erzählen«, sage ich und drehe mich mit dem Gesicht zur Wand. »Ich kann es niemandem sagen. Noch nicht einmal meinem besten Freund.«

Er ist jetzt ruhig, und ich warte darauf, daß er aufsteht und das Licht wieder ausmacht. »Würdest du es mir erzählen, wenn wir Blutsbrüder wären?«

Ich drehe mich um und sehe ihn fragend an.

»Was sind Blutsbrüder?« frage ich.

Er legt die Bibel wieder zurück auf den Nachttisch und beginnt zu erklären: »Menschen werden Blutsbrüder, wenn zwei Freunde, zwei gute Freunde, ihr Blut vermischen und schwören, daß sie immer Freunde sein werden. Ein Schwur wie der *Voortrekker*-Schwur. Dann müssen sie sich für immer gegenseitig helfen und schwören, daß sie sich immer alles sagen werden und daß sie es keinem anderen sagen werden und daß sie bereit sind, für den anderen zu sterben.«

»Woher hast du das?« frage ich und setze mich auf.

»Es steht in der Bibel. David und Jonathan waren Blutsbrüder, und ich glaube, Kain und Abel auch.«

»Aber Kain hat Abel umgebracht!«

»Na, dann waren es vielleicht nicht Kain und Abel, sondern jemand anderes. Ich weiß auch nicht mehr, wer. Ich glaube, Jesus und seine Jünger.«

Ich hatte diese Geschichte noch nie in der Bibel gelesen, aber die Bibel hat immerhin mehr als tausend Seiten.

»Wie wird das Blut vermischt?« frage ich und strecke meine Beine unter der Decke hervor.

»Man muß nur ein Gummi um den Finger wickeln, dann sticht man mit einer Nadel hinein, bis Blut herauskommt. Danach reibt man die Finger aneinander«, sagt er und reibt seine Zeigefinger aneinander.

»Und dann?«

»Dann sind wir Blutsbrüder.«

»Und der Schwur?«

»Ja, wenn wir das Blut vermischt haben, müssen wir uns hinknien und unsere blutigen Finger auf die Bibel legen. Dann sagen wir den Schwur und werden Blutsbrüder.«

»Wie geht der Schwur?«

»Einer von uns denkt sich den Schwur aus, und der andere wiederholt ihn. Am Ende sagt man ›amen‹.« Frikkie sieht mich mit seinen braunen Augen an und fragt leise: »Und . . . willst du mein Blutsbruder werden?«

Ich weiß nicht, was ich machen soll. Frikkie weiß genau, wie er mich weich kriegt, und manchmal wünsche ich mir, wir wären nie so enge Freunde geworden. Ich überlege eine Weile, dann habe ich einen Plan.

»Okay. Aber nur, wenn ich den Schwur spreche und du ihn mir nachsprichst.«

»Okay«, erwidert Frikkie. »Hol zwei Gummis.«

Ich nehme zwei Gummis aus meiner Schreibtischschublade. Wir wickeln sie um unsere Zeigefinger, und die Fingerkuppe wird fast augenblicklich rot.

»Ich habe keine Nadel . . .« sage ich und sehe Frikkie an.

»Geh und hol eine, aber beeil dich.«

»Nein, ich kann jetzt nicht noch einmal runtergehen. Dad glaubt, wir schlafen schon lange.«

»Wo ist dein Zirkel?« fragt er und zeigt mir seinen Finger, der allmählich blau wird. Meiner ist dunkelrot. Ich suche in der Schublade und finde meine Dose mit den Stiften. Den Zirkel entdecke ich zwischen den Füllern und Bleistiften.

»Stich in meinen Finger«, sagt er und streckt mir den Finger entgegen. Frikkie kaut Nägel, und deshalb ist die Haut um den Zeigefingernagel jetzt ganz nach oben gewölbt.

»Mach es selbst«, sage ich und halte ihm den Zirkel hin.

»Du mußt es tun, sonst funktioniert es nicht. Beeil dich, sonst fällt mein Finger ab. Er ist komplett abgebunden.« Er legte seine Hand in meine. Mit der freien Hand drücke ich die Zirkelspitze auf den Finger, der wie eine Maulbeere aussieht.

»Du mußt fester drücken, sonst kommt nichts heraus. Stich hinein.«

Diesmal drücke ich den Zirkel fester hinein, und Frikkie macht einen Satz nach hinten. »Au!« stöhnt er. »Das war zu tief.« Im selben Moment erscheint ein Blutstropfen auf seiner Fingerspitze.

»Laß mich schnell deinen Finger pieksen«, sagt er. »Bevor bei mir das Blut anfängt zu tropfen.«

Ich halte ihm meinen Finger hin. Ich schließe die Augen, als er mit dem Zirkel näher kommt. Ich fühle den Einstich, und als ich die Augen wieder öffne, kommt ein Tropfen Blut aus der Haut. Dann reiben wir unsere Finger aneinander, bis es ganz klebrig wird.

»Jetzt müssen wir den Schwur sprechen«, sage ich und lege meine Hand auf die Bibel.

»Nimm den Gummi ab! Sonst fällt dir der Finger ab.«

Ich lege die Bibel auf mein Bett, und mit den Fingern auf dem schwarzen Ledereinband knien wir uns davor. Ich denke mir beim Sprechen den Schwur aus, und Frikkie wiederholt, was ich sage:

»Wir schwören auf das Kreuz Jesu Christi.« Ich warte, bis er es wiederholt hat, bevor ich weitermache:

»Daß wir von nun an die besten Freunde sind.«

»Daß wir von nun an die besten Freunde sind«, wiederholt er.

»Daß wir *nie* auch nur ein Wort von dem wiederholen, was uns der andere gesagt hat.«

»Daß wir *nie* auch nur ein Wort von dem wiederholen, was uns der andere gesagt hat.«

»Amen«, sage ich und öffne die Augen.

»Du kannst doch jetzt noch nicht ›amen‹ sagen! Zuerst mußt du sagen, daß wir uns immer alles sagen und daß wir unser Leben für den anderen geben. Und dann mußt du sagen ›Einer für alle, und alle für einen‹, und erst dann darfst du ›amen‹ sagen.«

»Daß wir uns immer alles sagen werden«, sage ich, und er wiederholt es.

»Daß wir unser Leben für den anderen geben.«

»Daß wir unser Leben für den anderen geben.«

»Einer für alle, und alle für einen.«

»Einer für alle, und alle für einen.«

»Im Namen des Herrn, Jesus Christus.«

»Im Namen des Herrn, Jesus Christus.«

»Soll Gott uns auf der Stelle tot umfallen lassen, wenn wir einer anderen Person Dinge erzählen, die unser Geheimnis sind.« Ich öffne die Augen und sehe Frikkie an. Er wirft mir einen kurzen Blick zu und sieht mir dann in die Augen, während er wiederholt:

»Soll Gott uns auf der Stelle tot umfallen lassen, wenn wir einer anderen Person Dinge erzählen, die unser Geheimnis sind.«

»Wir schwören beim Leben unserer Mütter . . .«

»Marnus!« unterbricht er, aber ich sage ihm, er soll mir nachsprechen, sonst würden wir keine Blutsbrüder.

»Wir schwören beim Leben unserer Mütter.«

Dann sagen wir ›amen‹. Wir stehen wieder auf und klettern zurück ins Bett.

»Jetzt kannst du es mir sagen«, sagt er.

Ich sehe zu ihm hinüber. Ich bin mir immer noch nicht sicher.

»Denk daran, daß Gott dich auf der Stelle tot umfallen läßt, wenn du es irgend jemandem erzählst. Und Dad wird uns beide ins Gefängnis werfen.«

»Marnus! Wir sind jetzt Blutsbrüder«, antwortet er.

»Ja, ich weiß. Ich wollte dich nur noch einmal daran erinnern.«

Und dann erzähle ich Frikkie Delport, daß Mister Smith aus Amerika eigentlich ein General aus Chile ist. Ich erzähle ihm auch von den anderen Besuchern: den Deutschen und dem richtigen Taiwaner, die Dad besucht haben. Ich erzähle ihm auch von den Amerikanern vom CIA, von den vier Israelis, die mindestens einmal im Jahr hierher kommen, und von den Obersten von der British Air Force. Und ich sage ihm, daß niemand das jemals erfahren darf.

»Warum darf das niemand erfahren?«

»Weil alle Südafrika hassen.«

»Aber wenn alle uns hassen, warum kommen sie dann immer noch in euer Haus?«

»Weil niemand erfahren darf, daß sie auf unserer Seite sind. Die normalen Leute in diesen Ländern haben alle eine Gehirnwäsche bekommen. Sie verstehen nicht, was hier wirklich abläuft. Wenn irgend jemand erfährt, daß der General in unserem Haus ist, bringen sie ihn vielleicht um. Und Amerika und Rußland beginnen einen Krieg gegen Chile.«

»Aber Amerika und Rußland sind doch Feinde!« sagt er.

»Ja, aber die Amerikaner wissen nicht, daß die Russen sie nur benutzen, um die Republik zu bekommen. Das haben die Amerikaner vom CIA meinem Dad gesagt.«

Wir sitzen lange nur da und starren uns an. Ich spüre, er kann kaum glauben, daß er mit so einem wichtigen General im selben Haus ist.

»Das heißt, wenn irgend jemand das erfährt . . . dann

gibt es einen Krieg?« Ich nicke mit dem Kopf und atme tief ein, um ihm zu zeigen, wie ernst es ist.

»Wird Südafrika auf der gleichen Seite wie Chile kämpfen?«

»Ich denke schon. Dad sagt, der Wehrdienst wird nicht mehr lange nur neun Monate dauern. Wenn wir gegen die ganze Welt kämpfen, muß jeder länger dienen.«

»Wie lang wird man dann zur Armee gehen müssen?« fragt er.

»Ich weiß nicht, aber Dad sagt, daß es da oben im Norden wirklich schlecht aussieht. In Südwestafrika haben sie angefangen, Bomben zu legen. Die Dinge stehen schlechter als damals, als Dad in Rhodesien war. Die Kommunisten machen die Leute völlig wirr im Kopf, und am Ende kann man keinem mehr trauen. Die Kommunisten indoktrinieren alle. Ich habe gehört, wie der General Dad erzählt hat, daß die Männer in Chile schon eineinhalb Jahre zum Militär müssen.«

Wir sitzen lange schweigend da. Als uns die Augen zufallen, stehe ich wieder auf und mache das Licht aus. Ich habe Durst und frage Frikkie, ob er auch etwas Wasser möchte. Er schüttelt den Kopf. Dann fragt er:

»Marnus, glaubst du wirklich, daß es Krieg geben wird?«

Ich nicke. »Ja. Es ist schon Krieg.« Ich mache das Licht aus und schleiche leise die Stufen hinunter, um einen Schluck Wasser zu trinken.

Ich höre Stimmen aus dem Wohnzimmer und schlüpfe schnell in Ilses und mein Bad, wo das Licht brennt. Plötzlich erblicke ich direkt vor mir den General. Ich bekomme einen solchen Schreck, daß ich gleich wieder umdrehen will, aber er muß mich im Spiegel gesehen haben, denn als ich mich gerade wieder hinausschleiche, sagt er: »Warum schläfst du noch nicht, mein Junge?« Er ist leicht über das Waschbecken gebeugt und steht mit dem Rücken zu mir. Im Spiegel sieht er mich an. Er hat nur ein Handtuch um die Taille gewickelt, und quer über seinem braunen Rücken verläuft eine Narbe, die von einer schrecklichen Wunde stammen muß. Sie ist fast so dick wie mein Arm und sieht frisch aus, weil sie noch ganz rosa ist.

»Ich wollte nur einen Schluck Wasser trinken . . .«, sage ich und sehe in die Augen im Spiegel.

»Na dann, nur zu«, sagt er und wendet sich lächelnd zu mir um.

Ich mache einen Schritt auf das Waschbecken zu, aber er geht nicht zur Seite. Ich sehe zu ihm auf, weil ich nicht weiß, wie ich an den Wasserhahn kommen soll.

»Du erinnerst mich so sehr an meinen eigenen Sohn«, sagt er und sieht immer noch zu mir herunter.

»Ich komme nicht an den Wasserhahn«, bemerke ich und deute auf den Hahn hinter ihm.

»Oh, tut mir leid«, sagt er und macht Platz.

Ich trinke, und als ich mich wieder umdrehe, ist er verschwunden.

Wieder in meinem Zimmer rufe ich leise Frikkies Namen, um ihm von der Narbe des Generals zu erzählen. Aber Frikkie schläft tief und fest. Ich liege noch wach und denke an den General. Er ist sehr gutaussehend, und ich frage mich, ob Ilse vielleicht wirklich in ihn verliebt ist. Sie ist in der letzten Zeit so voller komischer Ideen, daß mich nichts überraschen würde. Aber der General ist fast genauso alt wie Dad, und Ilse ist gerade mal siebzehn! Außerdem ist er verheiratet, schließlich hat er mir gerade von seinem Sohn erzählt. Aber was ist, wenn seine Frau stirbt oder sich scheiden läßt? Der Himmel sei uns gnädig, wenn Ilse sich in ihren kleinen Kopf setzt, nach Chile zu gehen!

Die Aufklärer schätzen mehr als zehntausend kubanische Infanteristen allein in Südwestangola. Wir wurden angewiesen, die logistische und zahlenmäßige Überlegenheit unseres Feindes nicht unseren Truppen mitzuteilen. Stündlich sinkt die Moral der Truppe, sie versickert sozusagen im Staub. Die Wehrpflichtigen lassen immer mehr zu wünschen übrig. Wie gewöhnlich sorgt man sich im Hauptquartier überwiegend darum, daß ihnen nichts passiert. Wenn noch ein Wehrpflichtiger getötet wird, steht die Presse zu Hause Kopf.

Wenn die Presse es erfährt.

Ich erinnere mich an Xangongo, Neujahr '84. Wir waren zweihundert Kilometer im Landesinneren von Angola und hörten die Voice of America. Plötzlich vernahm man Dads Stimme über den Äther, und alle sahen mich an. Er erzählte der Welt, daß sich kein einziger südafrikanischer Soldat in Angola befinden würde. Der Rest des Interviews ging im allgemeinen Gejohle unter.

Der kleine Engländer in meiner Truppe, ein Wehrpflichtiger aus Durban, muß nur zwei Monate machen. Er jammert ständig wegen seiner Familie und seiner Freundin. Aus dem zu schließen, was er sagt, scheint er mitunter meine Gegenwart zu vergessen. Heute morgen erzählte er allen, daß er überhaupt keinen Armeedienst machen wollte. Ich ging hinüber zu der Gruppe und sagte:

»Du hattest die Wahl, du kleiner Hosenscheißer. Du hattest die Wahl.«

Er antwortete: »Aber ich bin nicht von der Patriotic Front wie Sie, Leutnant – ich bin vom National Service, und ich habe keine Wahl, wir müssen antreten, ob wir wollen oder nicht. Wenn wir nicht antreten, wandern wir für sechs Jahre ins Gefängnis.« Er lächelte mich sarkastisch an. Sie hassen die Leute von der Patriotic Front.

»Genau«, sagte ich, »du hattest die Wahl – genau wie ich – und da hast du dich für den einfachen Weg entschieden.«

Da war er ruhig.

Östlich von uns, Richtung Xangongo, hört man das Donnern von kubanischen T-55 und T-64 Panzern, die in Afrika herumfahren, als wäre es ihre Spielwiese.

Es ist an diesem Morgen eine ziemliche Quälerei, aus dem Bett zu kommen. Ich muß Frikkie den Wecker ans Ohr halten, damit er aufsteht. Seine Augen sind vor lauter Müdigkeit ganz klein. In der Küche verstauen wir Obst, Brot, eine Thermoskanne Kaffee und das Päckchen mit den Ködern in Dads Angeltasche. Die Straßenlaternen auf der Main Road sind noch an. Außer dem Meeresrauschen ist kein Laut zu hören. Da so früh am Morgen keine Autos unterwegs sind, spazieren wir mitten auf der Straße. Hinter den Hottentots-Holland verfärbt sich der Himmel langsam grau. In einer Stunde wird die Sonne über den Bergen aufgehen und die ganze False Bay in allen möglichen Farben erleuchten.

Das Meer auf der anderen Seite des Bahndamms ist wie ein gewaltiges Tier, das gleichmäßig ein- und ausatmet. Als wir in die Nähe der Carrisbrooke-Treppe kommen, die zur Boyes Drive führt, begegnen uns drei alte Coloureds. Sie haben auch ihr Angelzeug über der Schulter.

»*More Baas*«, grüßen sie mich, als sie an uns vorbeigehen. Sie kennen mich von Jan Bandjies Leuten.

Jan Bandjies Oupagrootjie hat auch in dieser Bucht gefischt. Damals durften sie noch größere Netze benutzen. Er sagt, acht oder neun Generationen hätten nur vom Fischfang gelebt. Aber jetzt gibt es hier wie überall weniger Fische, und sie dürfen nur bestimmte, kleinere Netze verwenden. Jan Bandjies sagt, es sei J & I, die die Fische aus der False Bay vertrieben hat, und ein Fischer nach dem anderen würde nun an Altersschwäche sterben. Und Jan möchte auch nicht, daß seine Söhne einmal Fischer werden. Er hat ihnen gesagt, sie sollen sich von den Booten fernhalten. Wenn sie aus Retreat mal für einen Tag herunterkommen, erlaubt er ihnen nicht, weiter hinaus als bis zum Kalk Bay-Kai zu fahren. Er sagt, im Meer wäre ohnehin fast kein Leben mehr und es falle ihm immer schwerer, die alten Geschichten zu glauben, wie viele Wale früher jedes Jahr in der

False Bay gefangen wurden, als der Kalk Bay-Hafen gerade erst entstand. Er sagt, man würde heute fast gar keine Wahle mehr sehen, weil die Engländer jedes Jahr alle Walkühe und ihre Babys umgebracht haben.

Jan Bandjies und seine Familie hatten schon immer in der Kalk Bay gelebt. Aber dann mußten sie umziehen, weil sich die Besucher aus Übersee über die schmutzigen Häuser der Coloureds beschwerten. Die Regierung hat ihnen schließlich irgend woanders hübsche, kleine Häuschen gebaut. Nur die Fischer, die eine von den Sozialwohnungen oberhalb von Zelda Kemps Haus bekommen haben, durften bleiben. Und das auch nur für die nächsten fünfzehn Jahre. Deshalb sind die meisten von ihnen ein Stück die Schienen rauf, Richtung Retreat, gezogen. Wenn Jan heute angeln geht, kommt er mit dem Fahrrad. Er sagt, seine Vorfahren kommen aus Java, aber Dad lacht nur darüber und meint, Jan Bandjies sei ein ganz stinknormaler Coloured vom Kap.

Wir sehen hoch zum Haus der alten Mrs. Streicher. In einem der oberen Zimmer brennt Licht, und ich sage zu Frikkie, daß die alte deutsche Hexe wahrscheinlich heimlich, still und leise etwas ausheckt. Denn im Dunkeln ist gut munkeln. In der Villa der Spiro-Zwillinge ist alles noch dunkel. Die Uhr am Bahnhofsturm von Muizenberg zeigt Viertel nach vier.

Am Postamt gehen wir zwischen den Gebäuden durch und dann die Beach Road hinunter bis zum Strand.

»Im *Burger Strandhuis* sind wieder Waisenkinder«, sage ich und gucke zum Haus hinüber. *Die Burger* bringt in dem großen Haus immer Kinder von armen Afrikaanern unter, damit sie wenigstens merken, wie es ist, Ferien zu haben. Einige der Kinder, die aus Transvaal und dem Freistaat kommen, haben noch nie zuvor das Meer gesehen.

Dad liest nur *Die Burger*, die jeden Morgen in unser Haus geliefert wird. Wir lesen nicht die *Cape Times* oder *The Argus*, weil die Journalisten, die dort arbeiten, fast alle Engländer oder Ausländer sind, die nicht von hier stammen und denen Südafrika gleichgültig ist. Die *Cape Times* verbreitet nur Propaganda. Wegen dieser Propaganda hat Dad Tannie Karla verboten, noch einmal unser Haus zu betreten.

»Wenn meine Mutter und mein Vater sterben, würde ich niemals in ein Waisenhaus gehen«, sagt Frikkie. »Ich würde weglaufen.«

»Ich auch.«

Wir gehen schweigend weiter über den Sunrise Beach, wo die Schlacht von Muizenberg stattgefunden hat, als die Briten das Kap eroberten. Dann gehen wir über die *Vleie* und kommen zum Robbenfelsen.

Es ist noch niemand am Strand. Die Möwen und die Mauersegler sitzen dichtgedrängt in den Dünen und haben die Köpfe eingezogen wie alte Leute. Sobald wir jedoch zu angeln beginnen, werden die Möwen zur reinsten Plage. Aber heute werde ich die Möwe töten, die es wagt, mich zu belästigen.

»Wir müssen versuchen, etwas zu fangen, bevor Dad kommt.«

»Ja«, sagt Frikkie. »Das Meer sieht nach einem guten Fang aus.«

Wir sprechen leise, während wir die Köder mit Bindfaden umwickeln. Der Breitling brennt an der Stelle an meinem Finger, wo Frikkie gestern nacht den Zirkel hineingestochen hat. Ich sehe zu ihm hinüber, ob er auch Schmerzen hat, aber er läßt sich nichts anmerken.

»Sieh mal, die Pferde!« ruft Frikkie, und ich löse den Blick von der Angel, um zu beobachten, wie sie von Osten her näher kommen. Die Rennpferde sind morgens oft hier, um an dem langen Strand zu trainieren. Sie galoppieren mit Coloured-Jockeys auf ihrem Rücken durch den Sand, und der Trainer geht am Strand auf und ab und beobachtet sie. Wenn die Jockeys die Pferde zu hart reiten, hört man die donnernde Stimme des Trainers, sie sollen langsamer machen. Die Coloureds sind keine richtigen Jockeys. Sie dürfen die Pferde nur im Training reiten, und manchmal reiten sie die armen Pferde zu hart, weil sie gerne Jockeys wären und die Rennen mitreiten möchten. Die zwei Stuten kommen langsam auf uns zu galoppiert und laufen in die Dünen, wo die Möwen und Mauersegler auffliegen und sich ein Stück näher am Strand wieder niederlassen. Kurze Zeit später kommt der Trainer vorbei. Wir grüßen ihn, und er nickt uns zu. Er raucht Pfeife und trägt Gummistiefel, in die er seine Hosenbeine gestopft hat.

Wir gehen hinunter zum nassen Sand, um die Angeln auszuwerfen. Ich habe Dads Rute mit der Penn 500, und Frikkie hat meine mit der Policansky, die Dad zusammen mit den Tarnanzügen aus Amerika mitgebracht hat. Chrisjan hat die beiden Ersatz-Angelrollen geklaut, die wir vorher hatten. Was bringt es, auf seine Sachen zu achten, wenn sie sowieso geklaut werden? Aber Dad ist sehr streng, wenn es um den sorgfältigen Umgang mit den Dingen geht. Er kauft lieber etwas, das vielleicht ein bißchen teurer ist, aber dafür länger hält. *Goedkoop koop is duur koop*, sagt Dad immer. Das ist eine der wichtigsten Lektionen, die Dad von Oupa Erasmus gelernt hat. Deshalb müssen Ilse und ich gut auf unsere Sachen aufpassen. Wir wurden auch nie so verwöhnt wie einige der reichen Kinder im Jan Van Riebeeck. Mum und Dad sind sich darin einig, daß Kinder, die alles auf einem Silbertablett serviert bekommen, nie den Wert des Geldes kennenlernen können.

Es hat noch kein Fisch angebissen. Wir setzen uns in den Sand, die Angel zwischen die Beine geklemmt. Ich denke immer noch an die Waisenkinder im Strandhaus von Muizenberg. Es kann einem bestimmt nichts Schrecklicheres zustoßen, als daß Vater und Mutter sterben. Schon manches Mal, wenn Mum mich wegen irgend etwas ausgeschimpft hat, wünschte ich mir, von zu Hause wegzulaufen, vor allem, wenn Dad gerade nicht da war. Ich kann mich noch an einmal erinnern, als ich dachte, es wäre gar nicht so schlecht, wenn Mum jetzt sterben würde. Das war, als Dad im Krieg in Rhodesien war.

Eines Tages kam Mum früher als sonst zu den Delports, um mich abzuholen. Nur Gloria war zu Hause. Als meine Mum wissen wollte, wo Frikkie und ich steckten, sagte Gloria, wir würden uns schon seit Stunden irgendwo in der Stadt herumtreiben. Sie erzählte ihr auch, daß sie überhaupt keine Kontrolle über uns hat und daß sie in ihrem ganzen Leben noch nie zwei so frechen Kindern begegnet ist. Von den Dingen her zu schließen, die Mum mir später vorwarf, muß sich das gerissene Luder Gloria eine ganze Menge Geschichten ausgedacht haben, um sich an uns zu rächen, weil wir ihr das Leben immer so schwer machen. Als Frikkie und ich nach Hause kamen und Mums Käfer vor der Einfahrt stand, wußte ich sofort, daß wir Schwierigkeiten bekommen würden. Zuerst wollte ich mir eine Lügengeschichte ausdenken. Aber Mum war so wütend, daß ich gar keine Gelegenheit hatte, auch nur einen Pieps zu sagen. Nachdem sie den Käfer vor dem Tor der High School geparkt hatte, wo wir auf Ilse warteten, sprach sie über die Millionen von schwarzen Kindern, die alle nur darauf warten, in die Schule gehen zu können. Sie sagte, an dem Tag, an dem all diese Schwarzen bessere Noten hätten als ich, könnte ich es gleich vergessen, jemals auf die Universität gehen zu wollen oder sogar eine Arbeit zu finden.

»Du mußt anfangen, richtig zu lernen, mein Kind, sonst entziehe ich dich Frikkies Einfluß. Oder willst du vielleicht in einem B- oder C-Kurs enden, wie dieses dumme Kind der Van Eedens?« Mum sprach jetzt so laut, daß sich die Leute in den anderen Autos nach uns umdrehten. »Denk daran«, fuhr sie fort, »wenn all diese Schwarzen und Coloureds anfangen zu studieren, werden die Dinge nicht mehr so einfach sein wie jetzt. Du wirst mit einem Job bei der

Bahn enden – ob dein Vater ein hohes Tier ist oder nicht! Und Millionen warten noch dort, wo diese Millionen herkommen. Sie vermehren sich wie die Kaninchen. Du wirst dich noch umschauen, wenn es in Zukunft schwierig für einen Weißen wird, der nichts taugt.«

Ich wünschte, sie würde aufhören! Die Leute in den anderen Autos konnten alles hören, was sie sagte. Direkt neben uns war die versnobte Mrs. de Vries, deren Tochter in meiner Klasse ist. Aber je mehr ich mir wünschte, Mum würde aufhören, desto lauter wurde sie. Ich spürte, wie meine Ohren rot wurden. Alle konnten sie schimpfen hören, und morgen würde es die ganze Klasse wissen.

»Hörst du mich, Marnus?« fragte Mum und sah mich böse an.

»Ja«, antwortete ich und rutschte tiefer in den Sitz, damit Mrs. de Vries mich nicht sehen konnte.

»Ja, *wer*?«

»Ja, *Mama*«, sagte ich und starrte sie mit weit aufgerissenen Augen an, in der Hoffnung, das würde sie zum Schweigen bringen, bevor die Kinder aus dem Tor strömten. Aber es nutzte rein gar nichts, und sie fuhr fort:

»Jeden Tag meines Lebens fahre ich für euch durch die Gegend. Jeden Tag meines Lebens opfere ich für eure Erziehung in der besten Schule. Und im Gegenzug bekomme ich von euch *nichts* dafür. Noch nicht einmal ein *Danke, Hund!* Aber warte nur, dein Tag wird kommen. Glaub mir, dein Tag wird kommen.«

Dann strömten die Kinder aus der Schule, und einige von ihnen sahen im Vorbeigehen in den Käfer. In diesem Moment haßte ich Mum so sehr, daß ich wünschte, sie würde sterben. Aber als ich in dieser Nacht allein in meinem Bett lag, der Südostwind heulte und die Fensterläden klapperten, als würde jemand über das Dach gehen, da dachte ich an Dad im Krieg in Rhodesien, und ich wünschte, er wäre nicht beim Militär. Ich schlich hinunter und schlüpfte zu

Mum ins Ehebett. Mum legte ihre Arme um mich, so daß mein Gesicht auf dem Kissen ganz nah an ihrem war. Dann fing sie leise an zu singen und sagte, der Südostwind würde ihre Stimme den ganzen Weg zu Dad tragen, weit weg bis nach Rhodesien. Mums Kopfkissen war wie immer warm und roch nach Oil of Olaz. Mit Mums Duft in der Nase fiel ich sofort in tiefen Schlaf.

Die Fische haben begonnen, an den Schnüren zu zupfen. Sie knabbern die Köder an. Nach einer Weile holen wir die Schnur wieder ein und befestigen neue Köder. Sogar mit dem Garn ist es den Dorschen gelungen, den Köder vom Haken zu holen. Wir werfen die Angeln wieder aus. Der Himmel hinter den Bergen ist rot geworden. Der Muizenberg Mountain ist die ganze Küste entlang bis nach Fish Hoek in ein rosa Licht getaucht. Es ist windstill, kein Lüftchen geht. Es wird ein heißer Tag. Wenn nur ein Fisch anbeißen würde, bevor Dad käme!

Von Dad und dem General ist noch immer nichts zu sehen, deshalb stecken wir unsere Angeln in den Sand, setzen uns hin und beobachten die Angelschnur. Ich weiß, daß Dad es nicht mag, wenn man die Rute in den Boden steckt, weil man dann nicht merkt, wenn ein Fisch nur leicht anbeißt. Man läuft so Gefahr, einen großen Fisch zu verpassen, der den Haken nur halb verschluckt hat. Der gute Angler, sagt Dad, ist immer wachsam.

Die Pferde reiten wieder vorbei, diesmal aus Richtung Muizenberg. Sand wirbelt hinter ihren Hufen auf, und aus ihren Mäulern tropft Schaum. Die Jockeys stehen in den kurzen Steigbügeln, und ihre in die Luft gestreckten Hinterteile wippen auf und ab.

Dann geht die Sonne über den Hottentots-Hollands auf, und wir sind geblendet. Die Pferde verschwinden im Gegenlicht. Ganz plötzlich sieht wie durch Zauberei alles ganz anders aus: Das Rosa am Himmel ist verschwunden, und das Wasser hat sich in ein helles Türkis verwandelt. Am

Muizenberg Mountain haben die Schluchten ihre Schatten verloren, und über der Boyes Drive sieht man grünes Berggras, die rosa und weißen Farbtupfer der Fynbos und die orangefarbenen Blüten der Nadelkissen-Proteen. Wie eine riesige, blaue Kuppel wölbt sich der Himmel über uns. Bis an die Stelle, wo er den Horizont berührt, ist keine einzige Wolke zu sehen. An Tagen wie diesen sagt Mum immer, daß die Hand Gottes über der False Bay ruht.

»Wo bleibt dein Vater und der andere Typ?« fragt Frikkie.

»Ich weiß nicht«, antworte ich und sehe den Strand entlang, »aber sie kommen bestimmt.«

In der Ferne kann ich etwas ausmachen, und ich kneife die Augen zusammen, um zu erkennen, was es ist, aber es sieht eher wie der Trainer aus, der zurückkommt. Wo die Pferde verschwunden sind, in Richtung *Voëlvlei*, sieht man noch einen anderen Angler, aber er ist zu weit weg, als daß man erkennen könnte, ob er schon etwas gefangen hat. Ich schütte den Kaffee in die Blechtassen. Doreen hat auch eine Blechtasse, die sie in der Küche benutzt, und einen eigenen Blechteller und Messer und Gabel. Sie bewahrt ihre Sachen zusammen mit den Kitteln in der Waschküche auf.

»Vielleicht hätten wir besser *Tjokka* als Köder genommen«, sagt Frikkie. »Wir sitzen hier jetzt schon länger als eine Stunde, ohne daß irgend etwas anbeißen würde.«

»Breitling ist das beste für Dorsche und Gelbschwanzmakrelen. Hast du schon mal gehört, daß jemand einen größeren Dorsch mit *Tjokka* gefangen hat?«

»Aber warum beißen sie dann nicht an?« fragt er, und ich wünschte, er wäre geduldiger. Gute Angler sind geduldig. Frikkie ist immer wegen allem ungeduldig.

Es ist jetzt ganz hell, aber noch gibt es keine Spur von Dad oder einem Fisch, der anbeißen wollte. Als Frikkie und ich gerade aufstehen wollen, um einen Schwarm Mauersegler zu vertreiben, gibt es an meiner Schnur plötzlich einen Ruck. Bevor ich die Angel greifen kann, ist sie schon umgefallen und schleift über den Sand in Richtung Wasser.

»Wir haben einen!« ruft Frikkie, und wir rennen hinter der Angel her, die schon fast im Wasser ist.

»Es muß ein dicker Brocken sein«, brülle ich, als ich die Angel hochnehme und das Gewicht am anderen Ende spüre. Die Schnur spult sich surrend ab, als ich den Bügel löse.

»Zieh ihn rein!« ruft Frikkie, und ich gehe ein paar Schritte zurück, um aus dem Wasser zu kommen.

»Es muß der größte Fisch in der Bucht sein!« brülle ich und versuche, ihn einzuholen.

»Einholen!« brüllt Frikkie. »Hol ihn ein, Marnus!« Aber jedes Mal, wenn ich versuche zu spulen, zieht mich der Fisch wieder zurück ins Wasser. Er schwimmt jetzt direkt aufs offene Meer hinaus. Es dauert nicht lange, und ich plage mich durchs Wasser, das mir bis an die Waden reicht. Wenn ich jetzt in ein Loch trete, werde ich den Fisch und die Rute verlieren.

»Es ist ein Marlin«, schreit Frikkie, und ich schaffe es, wieder zurück an den Strand zu gelangen.

»Bist du verrückt! Ein Marlin kommt nicht so nah an den Strand«, antworte ich und ringe nach Atem.

Innerhalb von wenigen Sekunden bin ich wieder im Wasser, diesmal bis zur Taille. Ich habe Angst, ihn zu verlieren. Deshalb gebe ich ihm so viel Schnur, wie ich kann.

»Es fühlt sich an wie ein Hai. Haie tun so etwas«, brülle ich nach hinten zu Frikkie. Meine Schultern brennen von der enormen Anstrengung, die Angel gerade zu halten.

»Komm da raus!« brüllt Frikkie, als ich noch tiefer hineingezogen werde. Ich lasse die Rute ein bißchen sinken, um meinen Armen eine Ruhepause zu gönnen, und als ich sie wieder hochnehmen will, biegt sich die Spitze so nach unten, daß es aussieht, als würde sie brechen.

»Komm da raus!« brüllt Frikkie wieder. »Er zieht dich rein.«

»Ich kann nicht!« rufe ich zurück. »Wenn ich zu stark ziehe, wird die Rute brechen!« Ich spüre, wie mein Rücken sich völlig verspannt. Ich weiß nicht, wie lang ich das noch durchhalte. Jedesmal, wenn sich die Schnur lockert, winde ich sie wie ein Verrückter auf und gehe zurück an den Strand. Einen Moment lang scheint es so, als hätte ich ihn verloren, aber dann spannt sich die Schnur, und er zieht mich wieder hinein. Meine Arme werden langsam schlapp, und ich wechsele die Hände, spule mit der linken Hand und halte die Angel mit der rechten.

Bald ist aber auch mein anderer Arm müde. Ich rufe Frikkie zu, er soll kommen und mir helfen. Das Wasser geht uns bis zur Taille. Er hält mich von hinten, und Schritt für Schritt gehen wir zurück an den Strand. Dann sagt Frikkie:

»Hol ihn jezt ein!«

»Ich kann nicht mehr spulen. Er hält die Leine gespannt. Du hast keine Ahnung, wie schwer das Vieh ist.«

»Na, dann laß mich mal«, sagt er.

»Nein, es ist mein Fisch. Ich weiß, was ich tue.« Aber bevor ich mich's versehe, bin ich wieder im Wasser, und die Brandung strudelt um meine Taille. Frikkie brüllt mir vom Strand aus nach.

»Du wirst verdammt noch mal ertrinken und obendrein diesen verdammten Fisch verlieren!« Er sagt immer ›verdammt‹, wenn er sauer ist. Meistens ignoriere ich das einfach.

»Laß mich in Ruhe, Frikkie!« brülle ich zurück, obwohl ich weiß, daß ich es allein nicht schaffen kann. Noch zweimal holt Frikkie mich an den Strand zurück. Meine Beine werden müde und immer wackliger, und meine Hände sind von der Angelrute vollkommen wund gescheuert. Vielleicht ist es doch besser, den Fisch mit Frikkie zu teilen – als ihn ganz zu verlieren. Oder sogar auch noch Dads Angel zu verlieren.

»Kommt Dad immer noch nicht?« rufe ich über die Schulter. Dad wird mir sagen können, wie ich diesen Fisch besiege. Frikkie sagt, sie seien noch nicht in Sicht.

Ich muß mich ausruhen. Meine Arme fühlen sich an, als würden sie gleich abbrechen, und jedesmal, wenn ich die Hände wechsle, zittern sie so, daß ich mich zwingen muß, den Griff nicht zu lockern. Ich komme keinen Schritt vorwärts. Immer, wenn ich die Schnur aufwinde, muß ich sofort danach wieder ein Stück Schnur geben, um zu verhindern, daß die Rute sich ins Wasser biegt. Ich kann sie Frikkie nicht überlassen. Wenn er die Angelrute in der Hand hat, bedeutet das, daß wir beide den Fisch gefangen haben, und dann gehört der Fisch nicht mehr nur mir allein. Aber schließlich muß ich mir eingestehen, daß der Fisch zu stark für mich ist. Vielleicht kann Frikkie ihn für eine Weile übernehmen, bis sich meine Arme und Beine etwas erholt haben.

»Komm her und nimm die Angel ein bißchen«, sage ich. Als er sie in die Hand nimmt, weiß ich, daß ich das bereuen werde. Jetzt gehört der Fisch uns beiden, auch wenn er bei mir angebissen hat.

Als Frikkie sagt, er werde diesem Fisch eine Lektion erteilen, warne ich ihn, daß er Ärger kriegt, wenn er ihn verliert.

»Bieg die Rute nicht so!« brülle ich Frikkie an, obwohl er neben mir steht. »Sie wird brechen! Frikkie!« Die Wellen schwappen um unsere Taille, und meine Hände brennen. Sie hören einfach nicht auf zu zittern.

Der Fisch schwimmt nun von Seite zu Seite, und wir gehen am Strand entlang hinter ihm her. Es sieht so aus, als hätten wir keinen einzigen Meter Schnur gewonnen, weil die Spule immer wieder surrt, wenn sich der Fisch von uns entfernt. Ich stelle mir vor, wie der Fisch mit neunzig Metern Schnur im Maul davonschwimmt.

»Du solltest diesen Fisch besser nicht verlieren, Frikkie Delport! Hol ihn nur ein, wenn er dir Schnur läßt! Paß auf!« brülle ich, als eine große Welle ihn umzureißen droht. Aber er springt samt Angel hoch, und als seine Füße wieder den Boden berühren, windet er sie wie ein Verrückter auf.

»Jetzt hab ich dich, du Bastard«, sagt er mehr zu sich selbst, und die Spitze der Angel biegt sich nach unten und verschwindet unter der Wasseroberfläche. Ich schreie ihn an, er soll vorsichtig sein, und meine Stimme hört sich seltsam heiser an. Als er es schafft, wieder zurück an den Strand zu kommen, zittern seine Hände, und seine Schultern sind nach vorne gebeugt. Er nimmt die Angel von einer Hand in die andere.

Der Strand ist immer noch menschenleer, aber ich habe Angst, daß Dad und der General auftauchen, wenn Frikkie die Angel hält.

»Laß mich wieder«, sage ich, und er ist zu erschöpft, um mit mir zu streiten.

Es scheint so, als würde auch der Fisch allmählich müde, und ich gewinne etwas Schnur. Wenn er nach draußen zieht, schwimmt er nicht mehr gerade, sondern im Zickzack. Frikkie läßt sich in den Sand fallen, um sich auszuruhen. Er sitzt da und ruft mir Befehle zu, wie ich den Fisch einholen soll. Er sagt, es sei entweder ein Seehund oder ein Wal. Ich nuschle, er sei bescheuert und habe keine Ahnung von Fischen.

»Wenn es ein Seehund wäre, hätten wir ihn schon längst gesehen, weil Seehunde nicht so lang unter Wasser bleiben. Und Wale kommen nicht in so flaches Wasser. Es ist ein großer Dorsch oder ein Hai. Haie tun so etwas.«

»Aber einen Hai kann man ja gar nicht essen. Was machen wir dann mit ihm?«

»Wir geben ihn Doreen, die Coloureds essen Haie.«

Meine Arme sind wieder ganz lahm, und mein ganzer Rücken tut weh. Mir ist danach, die Angel mit Absicht zu zerbrechen, weil ich nicht möchte, daß Frikkie den Fisch einholt. Es ist jetzt brütend heiß, und der Schweiß läuft mir in die Augen, so daß ich ihn mit dem Unterarm abwischen muß.

Gerade will ich Frikkie zum zweiten Mal die Angel überlassen, als wir Dad und den General sehen. Es ist, als würde ich von irgendwoher neue Kraft bekommen. Ich versuche, die Angel nicht von einer Hand in die andere zu nehmen, sondern sie nur in einer Hand zu halten.

»Komm aus dem Wasser, Marnus«, ruft Dad vom Strand her. Aber ich kann mich nicht bewegen, und die Rute biegt sich hinunter ins Wasser.

»Nimm die Rute ein Stück runter, Marnus. Halt sie gerade und roll ein.«

»Ich kann nicht einrollen, Dad. Er hat zuviel Kraft«, sage ich über die Schulter. Die Schnur wird plötzlich lokker, und ich denke, er ist weg. Ich rolle wie wild ein und gehe zurück an den Strand. Dann ist er wieder da, die Angelrute biegt sich, und er zieht mich zurück ins flache Wasser.

»Halt die Angel tiefer!« ruft Dad, und ich lasse die Spitze sinken und versuche, sie parallel zum Wasser zu halten. Aber ich bin inzwischen so müde, daß ich sie dann nicht mehr hochnehmen kann. Meine Arme und mein Rücken sind völlig taub, das Brennen der Muskeln ist vorüber. Beide Arme zittern, und ich kann nichts dagegen tun.

»Wie lang kämpft ihr hier schon?« ruft Dad.

Ich drehe mich um und antworte, daß es ungefähr eine Stunde sein müßte, und Dad brüllt mich an, ich soll die Rute nicht aus den Augen lassen.

»Er kämpft schon seit fast einer Stunde mit ihm«, sagt Dad zum General.

»Das ist ganz schön lang. Wißt ihr, was das für ein Fisch ist?«

»Ich glaube, es ist ein *Geelstert* oder vielleicht ein Hai«, versuche ich zu antworten, aber vor lauter Anstrengung fällt mir das Sprechen schwer.

»Eine Gelbschwanzmakrele«, übersetzt Dad und sagt: »Laß ihn nicht so mit dir spielen, Marnus – benutze die Rolle.«

Jetzt wünschte ich, sie wären nicht gekommen. Ich habe solche Angst, den Fisch zu verlieren oder nicht stark genug zu sein, um ihn einzuholen. Ich stehe jetzt wieder bis zur Taille im Wasser. Dad brüllt mich an, ich solle rauskommen. Aber ich kann mich einfach nicht bewegen, meine Arme und Beine sind schrecklich schwer. Dads Stimme dringt nun in Afrikaans zu mir über das Wasser: »Komm mit dem Fisch hierher an den Strand, Marnus! *Hoor jy my?*«

Ich höre den Ärger in seiner Stimme, aber ich kann nichts tun. Immer, wenn ich versuche aufzuspulen, zieht er mich tiefer hinein. Ich kann auch Frikkie nicht mehr fragen, ob er mir hilft, und meine Arme schaffen es einfach nicht mehr.

»Ich kann nicht mehr, Dad«, sage ich, ohne mich umzudrehen. Ich habe Angst, daß ich anfangen muß zu weinen.

»Was hast du gesagt?« ruft Dad.

»Ich krieg ihn nicht raus, Dad.«

»Reiß dich zusammen, Marnus! Stell dich richtig hin!«

»Ja, Dad.«

Inzwischen ist ziemlich viel Schnur auf der Rolle, aber ich kann mein Handgelenk nicht mehr bewegen. Ich weiß nur, daß der Fisch immer noch meilenweit hinter den Brechern ist. Wenn ich jetzt die Angel in die andere Hand nehme, wird sie einfach hinunterfallen. All meine Muskeln sind tot, und ich stehe so unbeweglich da wie eine Salzsäule. Vor meinen Augen beginnt alles zu verschwimmen, wie wenn man beim Rugbytraining zu viel gerannt ist oder unter Wasser die Augen zu lange aufläßt. Ich habe das Gefühl, jeden Moment könnte mich eine Welle umwerfen, und dann wäre ich zu erschöpft, um zu schwimmen. Hinter mir höre ich die Stimmen von Dad und dem General. Ich kann nicht hören, was sie sagen, und es klingt so, als kämen ihre Stimmen aus den Wellen.

Plötzlich ist Dad neben mir im Wasser. Er legt seine Hand auf meine Schulter. »Marnus, reiß dich jetzt zusammen, und hol den Fisch ein.« Ich kann ihn nicht ansehen, aber ich höre, daß er wütend ist.

Meine Hände kämpfen mit der Rolle, und eine Zeitlang wird nur Schnur abgespult. Ich warte, daß Dad wieder etwas zu mir sagt. Ich spüre, daß er mich ansieht, aber er sagt kein Wort mehr.

Langsam beginne ich einzurollen. Manchmal zieht mich der Fisch ein paar Schritte nach vorne, aber meistens kann ich spüren, daß er näher kommt. Ich vergesse meine müden Arme und spule immer weiter. Tränen strömen mir über das Gesicht, und ich kann sie nicht aufhalten. Der Fisch läßt mir ein bißchen Schnur, und ich gehe wieder zurück. Dad bleibt immer an meiner Seite. Vorwärts und rückwärts.

»Hilf mir, Dad«, bitte ich ihn, obwohl ich sehen kann, daß die Schnur nun unmittelbar hinter den Brechern ist. Er kann nur noch ungefähr neun Meter weit weg sein.

»Geh zurück«, sagt Dad. »Geh zurück Richtung Strand und hör auf, dich wie eine Heulsuse zu benehmen. Mister Smith und Frikkie sehen dir zu.«

Ich beiße die Zähne zusammen und versuche, die Tränen zu unterdrücken, aber ich kann es nicht.

»Ja, Dad«, antworte ich und höre dann tatsächlich auf zu weinen. Wo ist dieser Fisch? Bitte, laß mich diesen Fisch kriegen, bitte. Ich fange an zu beten, spüre, daß ich mich immer weiter nach vorne beuge.

»Okay«, sagt Dad. »Jetzt mußt du gleichzeitig ziehen und einholen. Komm schon! Heb die verdammte Rute an, und hol die Schnur ein. Halte die Leine gespannt, sonst verlierst du ihn!«

Am Ende sind wir wieder im seichten Wasser, und ich gewinne den Kampf.

»Zieh, Marnus! Heb die Angel an, er kommt!«

Plötzlich ist der Hai in der vorderen Welle.

Als die Welle bricht, können wir ihn sehen: Es ist ein großer Sandhai. Ich höre aufgeregte Stimmen von hinten. Mit allerletzter Kraft hole ich ein, aber er läßt mich nicht noch weiter zurückgehen. Bei der nächsten Welle sehe ich ihn wieder, er wirft seinen großen Kopf hin und her und versucht verzweifelt, den Haken loszuwerden. Dad brüllt mich an, ich soll die Schnur gespannt halten und einholen, sonst würde ich ihn verlieren.

Dann, wie ein großes U-Boot, das an die Oberfläche kommt, schießt er mit der nächsten Welle hoch. Seine glatte Haut glitzert in der Sonne, und als die Welle bricht, reißt er mich mit sich. Dann schießt er urplötzlich in Richtung Strand. Für den Bruchteil einer Sekunde ist die Schnur locker, und im nächsten Moment fliegt der Haken mit dem Köder durch die Luft.

Der Hai verschwindet in den Wellen.

Ich stehe im seichten Wasser, und die Angel in meinen Händen fühlt sich plötzlich sehr leicht an. Wie einzementiert stehe ich im Sand und sehe auf die Stelle, wo er eben noch war, noch vor einem Augenblick.

»Er hat dich besiegt«, sagt Dad.

Zum ersten Mal, seit er sich neben mich ins Wasser gestellt hat, sehe ich zu ihm hoch. Aber er wendet sich ab und geht. Er hat die Sonne im Rücken, die inzwischen hoch am Himmel steht. Ich versuche, sein Gesicht zu erkennen, aber das Licht ist zu grell für meine Augen. Eine Zeitlang bin ich geblendet und hole die leere Schnur ein, bis der Haken vor mir hin und her baumelt, und ich das Klicken des Schnurfangbügels höre.

Warum hat er mir nicht geholfen? Wenn er mir geholfen hätte, als der Hai näher kam, hätte ich ihn nicht verloren.

Wie ein gerissener Hund kam der Hai ganz nahe an mich heran, und als ich gerade dachte, ich hätte es geschafft, riß er sich los und ließ mich wie einen Volltrottel mit der leeren Angel vor dem General stehen. Wenn Dad mir nur geholfen hätte, wäre alles anders gekommen.

Ich möchte mich nicht umsehen. Unter dem Schweiß merke ich, wie meine Ohren rot werden. Sie müssen von hinten wie rote Bete aussehen, aber was macht das jetzt noch aus. Ich gehe rückwärts zum Strand zurück, bis ich den trockenen Sand unter meinen Füßen spüre. Ich möchte mich nicht umdrehen. Ich höre, wie er sagt, daß sie nun gehen müssen. Er muß sich trockene Sachen anziehen, bevor sie den Brigadegeneral Van der Westhuizen abholen.

Erst als sie weg sind, drehe ich mich um und schlurfe zurück zur Angeltasche, wo Frikkie auf mich wartet. Keiner von uns sagt ein Wort. Frikkie gießt Kaffee aus der Thermoskanne in die Blechtassen und reicht mir eine herüber. Ich setze mich hin, um zu trinken, aber ich kann kaum die Tasse heben. Meine Arme fühlen sich an wie Blei, und ich fange wieder an zu weinen. Die Tränen fallen in den dampfenden Kaffeebecher. Ich starre auf das Meer hinaus und wünsche mir . . . Aber noch bevor ich es denken kann, fallen mir wieder die Waisenkinder im Strandhaus ein, und ich trinke meinen Kaffee und versuche, an etwas anderes zu denken.

Später sagt Frikkie: »Weißt du, das war wirklich knapp, du hättest den verdammten Hai fast gehabt.«

»Verdammt knapp, ja«, antworte ich. »Frikkie«, frage ich, »hast du schon jemals so ein Gewicht an der Angel gespürt?«

Er schüttelt den Kopf. »Ich hätte geschworen, daß es ein Wal ist, aber du hattest recht, sie kommen nicht so nah an den Strand.«

Wir packen das Angelzeug zusammen und gehen nach Hause.

In dieser Nacht, nachdem die Lichter aus sind, fragt mich Frikkie, warum der General Spanisch spricht, wenn er aus Chile kommt. Ich sage, ich weiß es nicht genau, aber ich glaube, Chile hat einmal zu Spanien gehört. Während wir uns unterhalten, erinnere ich mich an letzte Nacht im Badezimmer, und ich erzähle Frikkie von der riesigen Narbe, die ich auf dem Rücken des Generals gesehen habe.

»Was glaubst du, woher er sie hat?« fragt er, und ich sage, er muß sie vom Krieg in Chile haben. Es sieht so aus, als hätte eine Mine oder etwas Ähnliches die Wunde in seinen Rücken gebrannt.

»Ich wünschte, ich könnte sie auch mal sehen«, sagt er.

Ich liege auf dem Rücken und denke eine Weile nach, dann schlage ich vor, daß wir den Teppich zusammenrollen und durch die Löcher im Fußboden gucken.

Damit der Boden nicht knarrt, bewegen wir uns ganz vorsichtig. Wir liegen auf dem Bauch und spähen abwechselnd hinunter ins Gästezimmer. Unter uns steht der General am Fenster. Er ist ganz nackt. Er steht mit dem Rücken zu uns. Gewunden wie eine Schlange läuft über seinem Rücken von der rechten Schulter bis zur anderen Hüfte die Narbe. Schweigend starren wir durch das Loch nach unten. Obwohl es bis zu der Stelle, an der er steht, ein ganzes Stück ist, halte ich den Atem an.

»Hast du seine Muskeln gesehen?« flüstert Frikkie, und ich sehe ihn an und lege meinen Finger auf die Lippen. Frikkie darf noch einmal gucken, und dann rollen wir den Teppich leise wieder aus und schlüpfen in unsere Betten.

»Hast du diese Arme gesehen?« flüstert Frikkie.

»Ja«, antworte ich und bin so müde wie noch nie zuvor in meinem Leben, »aber Dads sind noch größer.« Kurz bevor ich einschlafe, muß ich an Jan Bandjies denken, der mir einmal erzählt hat, daß es vielleicht stimmt, daß Jona von einem Fisch verschluckt wurde, aber welcher Fisch es auch immer gewesen sein mag, es war mit Sicherheit kein Wal.

Denn Wale, sagt Jan, sind zwar riesig groß, haben aber ganz kleine Kehlen. Nicht um alles in der Welt hat Jona durch die enge Kehle eines Wals gepaßt.

Einer der Leutnants kam gestern ums Leben, als ein T-54 auf einen Ratel traf. Aus dem Hauptquartier kommen keine Informationen, wieviel Mann bei dem Angriff verwundet wurden. Vor einem Jahr starb einer der Offiziersanwärter aus meinem Kurs an der Militärschule. Beim Beschuß und der Truppenbewegung konnte ihm keiner das Wasser reichen. Er sprach Afrikaans mit einem starken englischen Akzent, aber immerhin sprach er es überhaupt. Während seiner Zeit als Gruppenführer und Vasbyt *wurde immer klarer, daß er der beste Offizier im Kurs sein würde. Es war schwer zu glauben, daß er erst achtzehn Jahre alt war. Manchmal verspürte ich einen Anflug von Neid auf seine perfekten Inspektionen und seine brillanten 2,4-Zeiten. Einmal habe ich ihn gefragt, wie ein* Soutpiel *eine 2,4 mit Gurt,* staaldak en geweer *in unter sieben Minuten laufen könne. Er lachte nur und sagte, daß ich nicht vergessen dürfe, daß nicht alle* Souties *Softies seien.*

Ein eintausend Rand teures Training später, und alles scheint ihm so wenig genützt zu haben. Ich denke an seine Eltern, die noch nichts von seinem Tod wissen. Es ist auch möglich, daß sie nie erfahren werden, daß er hier oben war.

Aber Dad weiß, daß ich hier bin. Ich frage mich, wie lange es wohl dauern wird, bis sie es ihm sagen, wenn mir etwas zustoßen sollte. Wahrscheinlich würden sie es ihm sofort sagen. Und wie wird er es Mum beibringen? Wird er sein Auto in der Auffahrt parken, seinen Blick über die Bucht schweifen lassen und dann langsam die Stufen zur Veranda hinaufgehen, während er sich jedes Wort im Kopf zurechtlegt? Oder hat er den Boden für dieses Thema schon lange bereitet?

Aber die Eltern jenes Mannes, der gestern hier ums Leben kam, werden warten müssen. Und sie werden nie erfahren, was mit ihrem Sohn geschehen ist.

Frikkie läßt sein Fahrrad bei uns zu Hause, weil er übermorgen, wenn die Schule zu Ende ist, wieder zu uns kommen wird. Außerdem paßt der Chopper nicht in den Käfer. Doreen fährt auch mit uns in die Stadt. Sie und Frikkie sitzen auf dem Rücksitz, Doreen gibt keinen Mucks von sich. Sie hat immer noch nichts von Little-Neville gehört und fährt wieder zum Bahnhof, um nachzusehen, ob er vielleicht heute ankommt. Sie hat einen von Mums alten Koffern dabei, denn wenn Little-Neville nicht am Bahnhof ist, will sie nach Touws River fahren, um nachzusehen, was passiert ist. Doreen kann ihre Schwester in Touws River nicht anrufen, weil sie dort kein Telefon haben. Mum sagt, sie solle die Polizei in Beaufort anrufen und sie bitten herauszufinden, ob Little-Neville irgend etwas zugestoßen sei. Aber Doreen sagt, daß ihre Schwester weit außerhalb der Stadt wohnt und sie selbst hinfahren und nach dem Rechten sehen wolle. Mum sagt, Doreen würde den Teufel an die Wand malen, sie selbst sei sicher, daß Little-Neville heute morgen am Bahnhof sitzen und auf sie warten würde. Mum sagt, vielleicht habe sich Doreen einfach das falsche Datum gemerkt, wann die Schule für die Coloureds aufhört.

Mum setzt ihre Sonnenbrille auf und macht den Kassettenrecorder an, um Jazz zu hören. Zu Hause möchte Dad nicht, daß wir Jazz hören. Dad mag nur klassische Musik, deshalb möchte Mum nicht, daß wir ihm von der Jazzmusik im Auto erzählen. Dad sagt, Jazz ist nur einen Schritt von der Popmusik entfernt. Er gehört in Nachtclubs wie das *Charlie Parker* in Sea Point und nicht in ein christliches Haus wie unseres. Frikkies Eltern sind einmal im *Charly Parker* gewesen, aber auch nur, weil sie mit englischen Freunden hingehen mußten.

Immer wenn wir über Dad und Jazz reden, sagt Mum, das soll unser Geheimnis bleiben. Sie lacht dann und sagt, Dad sei bei der Musik ein bißchen altmodisch. Mum singt oft mit, und manchmal singen sie und Ilse auch mehrstimmig mit. Am liebsten mag ich »Summer Time« von Ella Fitzgerald oder »Ramblin' Rose« von Nat King Cole. Manchmal, wenn ich sauer auf Mum bin, überlege ich, ob ich ihr damit drohen soll, Dad von der Jazzmusik zu erzählen. Aber ich habe zu große Angst, das anzusprechen, geschweige denn, es Dad wirklich zu erzählen. Außerdem sagt Mum immer: »Wir haben alle unsere kleinen Geheimnisse.«

Es ist dasselbe wie mit unseren heimlichen Besuchen, die wir früher immer Tannie Karla abgestattet haben. Oder mit der Tatsache, daß Tannie Karla raucht. Mum hat Ouma Kimberley nie erzählt, daß Tannie Karla raucht, obwohl sie weiß, daß Rauchen eine Sünde ist. Mum sagt, das würde Ouma nur unnötig verletzen. Wenn sie es erführe, würde sie nur denken, daß sie bei der Erziehung ihrer Töchter versagt hätte. Mum findet es schrecklich, wenn eine Frau raucht, und noch schlimmer, daß ihre eigene Schwester es tut.

Manchmal singt Mum beim Klavierspielen. Aber sie singt nie, wenn Gäste da sind. Dann begleitet sie nur Ilse. Dads Lieblingslied ist das von Schubert über die Forelle, und normalerweise begleitet Mum Ilse, wenn sie es singt. Ich mag das Lied, weil es Dads Lieblingslied ist, aber ich kann Ilses schrille Stimme nicht ertragen und daß sie sich immer so in Szene setzt, wenn sie singt. Sie wirft ihren Kopf hin und her und hält ihre Hand unter die Brust wie Maria Callas auf einer von Dads Platten.

Wenn die Schule oder die Symphonie Mum bittet aufzutreten, lehnt sie immer ab, denn sie hat ein für alle Mal ihre Entscheidung gefällt. Aber zu Hause singt Mum manchmal Niederländisch oder Flämisch, und ich kann jedes Wort verstehen, weil es fast genauso ist wie Afrikaans. Das schönste Lied, das Mum singt, heißt »Remember Me«. Ilse sagt, das sei das letzte Lied gewesen, das Mum in der Oper als Dido gesungen hat. Obwohl der Text einfach nur »Remember me, Remember me« lautet, mag ich dieses Lied von allen Liedern, die Mum singt, am liebsten. Vielleicht mag ich es auch deshalb so gerne, weil Mum es immer sang, als Dad in Rhodesien im Krieg war. Abends, wenn Ilse und ich im Bett lagen, hat Mum sich immer an den Flügel gesetzt. Eines Nachts, als sie »Remember Me« spielte, bin ich hinuntergegangen, um zuzuhören. Ich beobachtete sie, wie sie an ihrem Flügel saß. Während sie sang, liefen ihr die Tränen über die Wangen.

Mum weint so, wenn Dad fort ist, weil wir ihn alle sehr vermissen. Von allem in der Welt habe ich am meisten Angst davor, daß Dad etwas im Krieg zustoßen könnte. Wenn ich, als Dad in Rhodesien war, nachts plötzlich Angst bekam, ging ich immer zu Mum ins Bett. Mum zog mich näher an sicher heran und sagte, wir sollten Dad in unsere Gebete einschließen, weil Gott auf der Seite der Gerechten kämpft.

Als wir durchs Plumstead, Wynberg und schließlich Rondebosch fahren, hören wir Nat King Coles »Ramblin' Rose«. An einigen Stellen im Lied singt Mum Diskant, und ich drehe mich zu den anderen um, um zu sehen, ob Frikkie und Doreen es gehört haben. Doreen lächelt mich an, aber ich sehe, daß sie in keiner guten Verfassung ist. Manchmal singt Mum auch in der Kirche Diskant. Das ist mir ziemlich peinlich, weil sich dann alle Kinder in den Bänken vor uns umdrehen und uns anstarren. Besonders schlimm ist es, wenn Ilse auch noch Diskant singt, weil Ilses Stimme Triller macht, und das hasse ich.

Ich habe im Schulchor gesungen, als ich in der dritten Klasse war, aber Dad hat gesagt, daß ich nicht singen muß, wenn ich nicht möchte. Dad zwingt uns nie, irgend etwas zu machen, was wir nicht wirklich wollen. Wenn ich in einem Chor singen möchte, kann ich das tun, aber ich bin einfach nicht so musikalisch wie Mum und Ilse. Ich langweile mich auch immer ziemlich schnell beim Singen, obwohl ich gerne zuhöre, wenn Mum singt. Im gleichen Jahr hat der Musiklehrer Hanno Louw und mich beim Musikwettbewerb *Eisteddfod* zum Solosingen angemeldet. Wir haben ein Lied gesungen, das »Ek marsjeer nou deur Suid-Afrika« heißt und und beschreibt, wie jemand durch das Land wandert und die herrlichen Berge und das Meer sieht. Hanno hat Silber bekommen und ich Bronze. Das war mein erstes und letztes Solo. Von da an nannten wir jeden, der singt, eine Schwuchtel. Außer wenn Mum dabei ist, weil sie es schrecklich findet, jemanden so zu nennen, nur weil er singt. Sie sagt, man sei keine Schwuchtel, bloß weil man singt, aber Dad lacht nur und sagt, er sei sich da nicht so sicher.

Mum hat schon gesungen, als sie noch ein kleines Mädchen war. Sie sagte einmal, es sei ein Wunder, daß sie aus einer kleinen Stadt wie Kimberley gleich zur Oper kam. Gottes Gnade und viel harte Arbeit, das bezeichnet Mum als die Grundlage ihrer Gesangskarriere. Sie mußte hart arbeiten, weil sie nicht mit einem silbernen Löffel im Mund geboren wurde. Mum weiß, wie es ist, wenn man kein Geld hat. Ilse hat einmal einen Artikel über Sophia Loren in *Die Huisgenoot* gelesen und gesagt, daß Mum eine ganz ähnliche Geschichte habe. Sophia Loren ist in den Elendsvierteln in Italien aufgewachsen und hat es trotzdem geschafft, berühmt zu werden. Nun ist Kimberley nicht genau wie Italien, aber die Armut ist überall die gleiche. Es ist für ein armes Kind viel schwieriger als für ein reiches, im Leben Erfolg zu haben. Ich bin sicher, daß Mum sich deswegen so um Zelda Kemp kümmert.

Aber meistens spricht Mum nicht über ihre Kindheit. Außer wenn ich faul oder undankbar bin. Dann erzählt sie mir von der Zeit, als sie noch ein Kind war, in einem Internat in Mafeking leben mußte und Ouma und Oupa immer nur in den Ferien sah. Oupa hatte kein Auto, und die Bedingungen in der Kalahari, wo sie ihre Farm hatten, waren so schlecht, daß man es mit Worten gar nicht beschreiben kann. Das war noch vor der Dürre, die sie dazu zwang, nach Kimberley zu ziehen.

Wir haben Oupa Kimberley, wie wir ihn nennen, nie kennengelernt, weil er schon tot war, bevor wir auf die Welt kamen. Ouma lebt immer noch im Altenheim in Kimberley, weil sie in der Nähe von Oupas Grab sein möchte. Sie kommt uns einmal im Jahr besuchen, normalerweise um Ostern herum mit dem Zug, und bleibt einen Monat. Aber Tannie Karla besucht uns nicht mehr, weil Dad ihr verboten hat, den Fuß in unser Haus zu setzen.

Tannie Karla war ein *Laatlam* und wurde erst nach der Ankunft in Kimberley geboren. Sie ist viel jünger als Mum und nur zwölf Jahre älter als Ilse. Bis vor einiger Zeit besuchte sie uns immer in den Ferien. Sie ging mit mir angeln und bestieg mit Ilse und mir den Muizenberg Mountain. Einmal, als wir ein Picknick machten, flochten Ilse und sie Heidekränze, die setzten wir uns auf den Kopf und liefen den ganzen Tag damit in den Bergen herum. Von allen Verwandten war Tannie Karla unsere Lieblingstante. Sie brachte uns immer zum Lachen, und wenn sie mit uns zusammen war, benahm sich auch Mum anders. Später, als Tannie Karla auf der Universität in Stellenbosch war, kam sie oft übers Wochenende zu uns, und einmal fuhr Ilse auch für ein ganzes Wochenende zu ihr ins Studentenwohnheim.

Aber als Tannie Karla ihr Studium beendet hatte und für die *Cape Times* arbeitete, wurde es anders. Jeder fragte sie, warum sie nicht zu der *Die Burger* ging, aber sie sagte nur, sie wolle ihr Englisch verbessern, und das könne sie nur, wenn sie für eine englische Zeitung arbeitete. Und dort hat sie sich auch mit den Liberalen eingelassen. Als sie anfing, Plateauschuhe und Jeans zu tragen, bemerkte Dad, sie würde eher wie jemand aussehen, der in der liberalen Hochburg in Kapstadt studiert hätte und nicht in *seiner* Alma Mater. Wenn sie uns besuchen kam, hatten Dad und sie oft Streitgespräche, bis Dad schließlich sagte, er habe genug von ihren seltsamen Ansichten. Er wolle nicht, daß sie noch einmal unser Haus betritt.

Aber für uns schien Tannie Karla immer noch dieselbe zu sein wie vor ihrer Zeit mit den Liberalen bei der *Cape Times.* Bis zu dem Zeitpunkt, als sie die *Cape Times* verließ und nach Übersee ging, nahm Mum uns regelmäßig zu heimlichen Besuchen in ihre Wohnung in Camps Bay mit. Aber wir durften es Dad nicht erzählen, weil Dad sagte, daß sie sich mit den Schwarzen einließe und Dinge gegen die Regierung sagte. Dad meint, es waren die Liberalen, Angehörige der eigenen Rasse, die Verwoerd 1966 im Parlament getötet hatten. Dad sagt, es sei das einzige Mal gewesen, daß Helen Suzman für einen Moment ihre ständigen Klagen über die armen Bantus unterbrochen hätte. Sie hielt den Mund, als Onkel PW sich an sie wandte und ihr sagte, daß sie und ihre liberalen Handlanger für die Ermordung des Ministerpräsidenten verantwortlich seien.

Aber weil Tannie Karla Mums Schwester ist, haben wir sie weiterhin besucht. Bis zu einem bestimmten Tag. Es passierte an einem Nachmittag, als Dad in Rhodesien war. Wir saßen zusammen auf der Terrasse des *Carousel* in Sea Point und aßen Eis. Wir lachten viel, und Tannie Karla machte lustige Kommentare über die Leute an den anderen Tischen. Später fingen sie und Mum an, sich zu streiten, weil Tannie Karla Dinge sagte, die Mum nicht gefielen. Tannie Karla sagte, es sei eine Schande, daß wir uns noch nicht einmal die Mühe machten herauszufinden, warum Chrisjan nicht mehr zu uns zur Arbeit kommt. Immerhin, sagte sie, hätte er mehr als dreißig Jahre für uns im Garten gearbeitet. Mum sagte, es sei überflüssig, daß wir ihn suchen gingen, um herauszufinden, warum er nicht mehr kommt.

»Karla«, sagte Mum, »da gibt es nichts, was man herausfinden könnte! Die Zeiten haben sich geändert. So sind die

Coloureds heutzutage nun mal. Die Zeiten, in denen sich ein Arbeitgeber auf ihre Loyalität und Aufrichtigkeit verlassen konnte, sind schon lange vorbei. Sie sind einfach so geworden – sie lassen sich treiben.«

»Aber Chrisjan hat jahrelang bei euch im Garten gearbeitet, Leonore! Wie kannst du da sagen, *die Coloureds* lassen sich treiben?« fragte Tannie Karla mit gerunzelter Stirn.

»Es ist genauso, wie ich es sage: Die Coloureds sind nicht mehr das, was sie einmal waren. Sie sind rastlos und unzuverlässig geworden. Sie werden immer mehr wie die Bantus. Du hast es ja selbst gesehen, wie in Durban mit den Werftarbeitern alles bergab geht – sie streiken zu Tausenden. Jetzt sprechen sie sogar schon davon, Gewerkschaften und so etwas zu gründen. Sie haben sich verändert –«

»Leonore, jetzt hör mir ausnahmsweise einmal zu!« sagte Tannie Karla und beugte sich beim Sprechen über den Tisch. »Vergiß die Coloureds und die Bantus und laß uns über die zwei Menschen reden, die für dich arbeiten.«

»Wir sprechen von Chrisjan«, erwiderte Mum. »Laß Doreen aus dem Spiel. Du wirst in der ganzen False Bay keine glücklichere Hausangestellte finden als Doreen.« Dann sagte Mum, Chrisjan wäre nicht wiedergekommen, weil er Dads Angelausrüstung gestohlen habe, und sie wolle nicht länger darüber reden.

Tannie Karla warf ihre Hände in die Luft und zündete sich eine neue Zigarette an. Nach einer Weile sagte sie, sie würde niemals heiraten. Mum wollte wissen, was denn das Heiraten mit der ganzen Sache zu tun habe. Tannie Karla antwortete, daß sie genug Frauen gesehen hätte, die für ihren Ehemann alles aufgäben – sogar ihren Verstand. Sie hätte genug davon mitbekommen, wie Dad Mum unterdrückt, um sich ganz sicher zu sein, daß sie niemals den Bund fürs Leben schließen wolle. Sie würde niemals zulassen, daß ein Mann sie so in den Boden stampft, wie Dad es mit Mum tut. Sie sagte, weil sie Kinder so sehr liebe, könne sie sich sogar vorstellen, ein Kind zu haben, ohne verheiratet zu sein. Aber von Mann und Ehe würde sie die Finger lassen.

Mum war so sauer auf Tannie Karla, daß sie mir und Ilse befahl zu gehen, wir sollten nicht hier sitzen und uns einen solchen Blödsinn anhören! Tannie Karla versuchte, uns davon abzuhalten, und meinte, es sei nicht nötig, daß wir gingen, aber Mum wurde nur noch wütender. Mein Schoko-Nuß-Eisbecher war gerade mal zur Hälfte gegessen, aber Mum befahl mir, ihn stehenzulassen.

Als wir den Chapman's Peak Drive zurück nach St. James fuhren, sagte Mum, daß Tannie Karla nicht mehr ganz bei Trost sei. Wo auf dieser Welt gebe es eine glücklichere Ehe als ihre? Tannie Karla habe eine ganze Menge gesagt, was nicht für unsere Ohren bestimmt war, und wenn wir sie noch öfter zu Gesicht bekämen, würde sie uns indoktrinieren. Dad hatte die ganze Zeit recht gehabt. Tannie Karla war eine Kommunistin, und Kommunisten wären in ihrem Haus nicht willkommen, und sie würde auch nicht zulassen, daß sie in das Leben ihrer Kinder träten. Da bemerkte Ilse, daß Dad nie gesagt hatte, Tannie Karla sei eine *Kommunistin* – Dad hatte gesagt, sie sei eine *Liberale*. Aber Mum sagte, die Kommunisten und die Liberalen seien im Endeffekt das gleiche, und Ilse solle sich nicht zu Dingen äußern, von denen sie keine Ahnung hätte. Sie sagte, Ilse solle aufpassen, daß sie nicht genauso enden würde wie Tannie Karla.

Dann war Ilse für den Rest der Heimfahrt sauer, weil sie Tannie Karla so gern hatte. Ich verstand nicht, warum Mum so böse war, sie und Tannie Karla taten mir leid. Ich wünschte, sie hätten sich noch etwas länger unterhalten, dann hätten sie vielleicht alles klären können, und wir wären noch Freundinnen. Aber seit diesem Tag haben wir Tannie Karla nicht mehr gesehen und auch nicht mehr über sie gesprochen. Es ist, als hätte sie nie existiert. Später haben wir von Ouma Kimberley erfahren, daß sie nach England gegangen ist.

Eines Tages kam in St. James ein Brief mit Tannie Karlas Handschrift auf dem Umschlag an. Er war an »Miss« Leonore Erasmus adressiert. Abgestempelt war er in England, und Tannie Karla in London war die Absenderin. Ich brachte den Brief ins Wohnzimmer zu Mum, die gerade am Flügel saß. Mum sah sich den Umschlag lange an und sagte dann, sie würde den Brief nicht lesen. Sie sagte, das »Miss« vor ihrem Namen habe vermutlich etwas zu bedeuten und sie habe nicht die Absicht, sich so leicht reinlegen zu lassen.

Sie ließ mich einen neuen Umschlag und den Schreibblock holen. Auf ein Blatt Papier schrieb sie: »Meine liebe Karla – wir sehen uns wieder beim Jüngsten Gericht. Deine Schwester Leonore.« Dann schrieb sie den Absender auf den neuen Umschlag, knickte ihre Nachricht um den ungeöffneten Brief von Tannie Karla und steckte alles in den neuen Umschlag, den sie zuklebte.

»Nimm eine Ein-Rand-Münze aus meinem Portemonnaie und gib den Brief Doreen, sie soll ihn wegbringen.« Mum fing wieder an zu spielen, aber es hörte sich nicht sehr sicher an.

Ich fand Ilse im Flur und erzählte ihr, was passiert war, und daß Mum den Brief ungelesen zurückschickte, weil auf dem Umschlag »Miss« statt »Mrs.« stand. Ilse gab mir ein Zeichen, ruhig zu sein und ihr zu folgen. Wir gingen in unser Badezimmer, und Ilse verschloß die Tür. Ich konnte Mum immer noch Klavier spielen hören, und ich fragte mich, was Ilse wohl vorhatte.

»Ich möchte Tannie Karlas Brief lesen«, sagte Ilse und streckte mir die Hand entgegen.

»Bist du wahnsinnig?« stieß ich entsetzt hervor. »Mum hat mir gesagt, ich soll ihn Doreen geben.«

»Du kannst ihn gleich Doreen geben. Laß ihn uns erst lesen.«

»Aber wenn der Umschlag geöffnet ist, können wir ihn nicht mehr wegschicken.«

»Wir werden ihn mit Dampf öffnen und danach mit Kleber wieder verschließen.«

Ich gab ihr den Brief, und sie drehte den Heißwasserhahn auf. Dann hielt sie den Umschlag über den Dampf, bis der Badezimmerspiegel anfing zu beschlagen. Nach einiger Zeit konnte sie den Umschlag öffnen, ohne ihn zu zerreißen. Sie las schnell Mutters Notiz und öffnete dann auch Tannie Karlas Brief. Bevor sie ihn las, sah sie mich ernst an und sagte:

»Marnus, du darfst Mum nie erzählen, daß wir den Brief gelesen haben, hast du verstanden?« Ich nickte.

Sie setzte sich auf den Badewannenrand und las den Brief leise vor, gerade laut genug, daß ich mithören konnte. Hin und wieder hielt sie inne und lauschte auf das Klavier. Ich habe nicht alles verstanden, was Tannie Karla geschrieben hat.

12. Januar 1973
London

Meine liebste Leonore,

ich schreibe diesen kurzen Brief, weil es mir unmöglich ist zu akzeptieren, daß du jeden weiteren Kontakt mit mir verweigerst. Genauso unerträglich ist mir die Vorstellung, daß ich die Kinder nie wiedersehen könnte.

Das ist doch alles so unnötig, liebe Schwester. Menschen können unterschiedliche Meinungen vertreten, doch müssen sie deshalb auch unbedingt Feinde sein? Aber wir haben ja so große Angst vor allem. Wir wurden so erzogen, daß wir uns vor allem fürchten, was nur den kleinsten Anschein des Unbekannten an sich hat. Man hat uns so erzogen, daß wir vor der ganzen Welt Angst haben.

Aus Deinen Kenntnissen in der Musik weißt Du, meine

liebe Leonore, daß es im Mittelalter eine Sünde war, in mehr als einer Stimme zu singen: Aber ja, mehrstimmiges Singen war Ketzerei! Und doch singen wir heute zu Ehren Gottes in acht oder sogar zwölf verschiedenen Stimmen. Und wir lachen über das Dogma und die Dummheit des Mittelalters. Aber wenn wir lachen, vergessen wir meist Tausende, vielleicht sogar Millionen von Menschen, die getötet wurden, damit es einmal größere Kreativität und Freiheit geben würde – Veränderungen, die uns heute selbstverständlich erscheinen. Sie waren nicht selbstverständlich – sie wurden erkämpft.

Als Picasso begann, die kubistische Malweise in seinen Bildern anzuwenden, wurde er als Narr und Idealist beschimpft. Heute ist er als einer der größten Künstler dieses Jahrhunderts anerkannt.

Warum wurden wir so erzogen, daß wir Angst haben vor Leuten, die anders denken, sich anders benehmen oder anders aussehen als wir? Und warum ist es für diese Angst so einfach, dort Wurzeln zu schlagen und zu erblühen, wo das Unkraut des Hasses, der Selbstsüchtigkeit und des Terrors wächst? Warum hast du Angst davor, mich erklären zu lassen, warum *ich der Ansicht bin, daß Johan Dein Leben bestimmt? Warum weigerst Du Dich anzuhören,* warum *ich sage, daß er Dir Dein Leben gestohlen hat? Leonore, verstehst Du nicht – es ist nicht* Deine *Ehe, die ich kritisieren möchte – es ist* jede *Ehe, in der das Potential einer Frau verkümmert, weil ein Mann glaubt, das Recht zu haben, über ihr Leben zu bestimmen!*

Unterscheiden sich die Antworten auf diese Fragen wesentlich von den Gründen, deretwegen er nicht möchte, daß seine Kinder erfahren, was es bedeutet, in Südafrika schwarz zu sein? Und warum kannst Du solche Angst haben, daß Du mich lieber aus Deinem Leben streichst, als mich anzuhören und dann zu entscheiden, was Du glauben willst und was nicht? Sind sogar meine Ideen eine sol-

che Bedrohung für Dich? Meine liebe Leonore, wenn meine Ideen darüber, was in diesem Land falsch läuft, Dich so erschrecken, dann kann ich nur den Tag fürchten, an dem Du von den Ideen der meisten Coloureds in diesem Land erfahren wirst.

Oh, was habe ich gelacht über Johan, der mich als englische Liberale bezeichnete! Seltsamerweise waren wir uns über viele englischsprachige Südafrikaner einig. Sie *sind es oft, die nach Gerechtigkeit rufen und sich gleichzeitig auf Kosten derer bereichern, für deren Freiheit sie sich stark machen. Das gleiche erlebe ich hier in England und im restlichen Europa, diese erschreckende Doppelmoral!*

Und Du, meine Schwester, was wirst Du tun, wenn eines Tages eines Deiner Kinder anders denkt und handelt als Du? Abschließend möchte ich noch an eine Sache erinnern: Unsere Kinder könnten einmal über uns lachen, so wie wir über das Mittelalter gelacht haben. Aber vielleicht werden uns unsere Kinder auch nie verzeihen.

Umarme Ilse an meiner Statt.

In Liebe,

Karla

*

Als wir bei Frikkies Haus in Oranjezicht ankommen, wartet Doreen im Auto, während wir uns von den Delports verabschieden. Die Delports sind sehr reich, und sowohl Frikkies Vater als auch seine Mutter fahren einen Mercedes. Sie haben kein Ferienhaus wie wir, sondern verbringen ihre Ferien meistens in einem Nobelhotel in der Plettenberg Bay. Manchmal mieten sie auch ein großes Haus, und dann fährt Gloria mit. Mister Delport bittet Mum, Dad schöne Grüße von ihm zu bestellen. Dad kennt Mister Delport, weil sie sich treffen, wenn Frikkie und ich Rugby spielen, und außerdem von einigen Versammlungen. Ich glaube, es ist die

Versammlung, zu der Dad immer jeden ersten Dienstag im Monat geht, denn als Frikkie einmal an einem Wochenende seine Zahnbürste bei uns vergessen hatte, nahm Dad sie auf die Dienstags-Versammlung mit. Am nächsten Morgen erzählte Frikkie in der Schule, daß sein Vater sie mit nach Hause gebracht habe. Er sagt, sein Dad geht auch oft Dienstag abend weg, aber er sagt nie genau, wohin er geht. Er spricht immer nur von kulturellen Veranstaltungen.

Als wir zurück zum Käfer kommen, lehnt Gloria, den Ellbogen gegen das Auto gestützt, an der Fahrerseite und schwatzt mit Doreen. Ihr Kopf ist zur Hälfte im Fenster verschwunden. Sie hat goldene Plateauschuhe an und trägt riesige Ohrringe, die so weit neben ihrem Afro-Look herausragen, daß man ihre Wangen kaum sieht. Mum möchte gerne einsteigen, aber Gloria schwatzt einfach weiter, als ob wir nicht da wären. Mum räuspert sich, und Gloria zieht ihren Kopf aus dem Wagenfenster heraus.

»Ach du meine Güte, Mrs. Erasmus! Da stehe ich und schwatze fröhlich wie unter Nachbarn, und Sie wollen los! Nun, ich muß auch gehen. Bis bald mal, Doreen, und hey, ich hoffe, mit deinem Sohn geht alles in Ordnung!« Sie gibt die Tür frei und sagt zu Mum: »Ja, und Ihnen wünsche ich schöne Ferien, Mrs. Erasmus. Hey, Weihnachten ist schließlich nur einmal im Jahr!«

»Auf Wiedersehen, Gloria«, sagt Mum, und ich merke, daß sie verärgert ist.

Bevor Gloria weggeht, sieht sie mich an und sagt: »Na dann . . . see you later, alligator«, dann zwinkert sie mir zu, dreht sich um und stolziert davon, auf ihren riesigen Plateausohlen, die sie noch einmal so groß aussehen lassen. Ich bin so froh, daß Doreen nicht wie Gloria ist, aber ich sage nichts.

Mum hält in Saasveld in der Kloof Road an, um frische Brötchen und den *Rapport* zu kaufen. Während sie im Geschäft ist, zeige ich Doreen unsere Schule auf der anderen

Straßenseite. An Wochenenden und in den Ferien sieht das Schulgebäude total verlassen aus, und ich erzähle Doreen von der Direktorin, die vom Aufseher erhängt wurde. Man sagt, daß ihr Geist in den Ferien im Kunstsaal spukt, wenn sie weiß, daß niemand sie stören wird. Doreen scheint überhaupt nicht zuzuhören. Sie nickt nur und sagt kein Wort. Sie sieht heute gar nicht freundlich aus, und ich denke, daß das vielleicht daran liegt, daß sie sich Sorgen um Little-Neville macht.

Ich drehe mich nach hinten und frage sie, ob es an Little-Neville liegt, daß sie mit ihren Gedanken so weit weg ist. Ich weiß nicht genau, ob sie wirklich mit den Gedanken weit weg ist, aber ich frage sie trotzdem, weil sie mir leid tut. Sie nickt und stiert wieder vor sich hin.

»Hast du Angst, daß er den Zug verpaßt hat, Doreen?« frage ich sie, weil ich denke, daß es ihr vielleicht hilft, wenn sie darüber spricht. Mum sagt immer, man soll schlechte Gefühle nicht in sich aufstauen, weil sie einen sonst von innen vergiften.

»Marnus«, sagt sie und stiert weiter auf die Straße, »so sind Mütter nun mal bei ihren Kindern. Du weißt ja, wie Madam sich immer um dich und die liebe Ilse sorgt.«

Ich denke eine Weile nach, dann sage ich leise: »Aber Doreen, Mum sagt, daß du dir vielleicht ein falsches Datum gemerkt hast, wann die Schule der Coloureds aufhört. Dann würde Little-Neville ja noch kommen.«

Sie schüttelt den Kopf und nimmt einen kleinen, schwarzen Kalender aus ihrer alten Handtasche. Sie zeigt auf eine der Seiten, wo steht: »Schulen der Coloured, Kapprovinz« mit einem Datum, das schon vorbei ist.

Direkt vor Adderley warten Mum und ich im Käfer, während Doreen in das Bahnhofsgebäude geht, um nachzusehen, ob Little-Neville mit dem Morgenzug angekommen ist. Es ist fürchterlich heiß, und meine Beine kleben an den Plastiksitzen fest. Mum liest die Zeitung und gibt mir die Comics. Dann kommt Doreen ohne Little-Neville zurück.

Mum steigt aus, um mit Doreen zu reden, und ich stecke meinen Kopf durch das Fenster, um zu hören, was nun passieren soll. Doreen sagt, sie wird heute nachmittag den Zug nehmen, um herauszubekommen, was mit Little-Neville los ist.

»Aber meine liebe Doreen«, sagt Mum, »wir rufen lieber erst mal dort an. Ich spreche mit der Polizei und bitte sie, zum Haus deiner Schwester zu fahren. Das erspart dir die ganze lange Fahrt.«

»Nein, Madam«, erwidert Doreen, »Doreen spürt, daß etwas mit Little-Neville passiert ist. Er ist mein Jüngster, und er war bisher noch nie *loslyf*. Wenn ihm etwas zugestoßen ist, muß Doreen bei ihm sein.«

Schließlich gibt Mum auf und sagt mir, ich soll den Kofferraumhebel im Wagen ziehen. Doreen nimmt ihren Koffer aus dem Kofferraum, und Mum gibt ihr ein bißchen Geld für die Zugfahrt. Wir verabschieden uns, und Mum bittet sie, sofort anzurufen, wenn sie in Touws River ist oder wenn sie etwas über Little-Neville herausgefunden hat. Wir fahren los und biegen in die Adderley Street. Eine Möwe sitzt auf dem Kopf der Jan-Van-Riebeeck-Statue. Mum sagt, sie hofft, daß Little-Neville nichts zugestoßen ist. Er ist Doreens ganzer Stolz und nicht so ein *Skollie* wie ihre anderen Kinder. Doreen hat sogar einmal gesagt, daß er gerne Geistlicher werden will. Er möchte der Geistliche der Niederländisch-reformierten Missionskirche für die Coloureds werden. Mum hat Doreen versprochen, daß sie, wenn Little-Neville gut in der Schule ist und nicht alle möglichen Sachen wie die anderen anstellt, für seine Studiendarlehen die Bankbürgschaft übernehmen wird. Wir fahren den De Waal Drive entlang, und Mum legt die Nat-King-Cole-Kassette ein. Hunderte von Segelbooten gleiten durch die Tafelbucht. Der Berg neben uns sieht in dem klaren, blauen Himmel noch größer aus als sonst. Als wir dann über die Groote Schuur fahren, kurbeln wir die Käferfenster ganz hinunter, um uns ein wenig Kühlung zu verschaffen, und singen mit:

»Ramblin' Rose, Ramblin' Rose . . . Why you ramble, no one knows . . .« Den ganzen Weg nach Hause singen wir mit. Als wir in die St. James Street einbiegen, schaltet Mum den Kassettenrecorder aus.

Bevor wir aus dem Auto steigen, fährt sich Mum mit einer Bürste durch ihr Haar und zupft die losen, blonden Haare von ihrer Bluse. Sie biegt den Rückspiegel nach unten und schminkt sich die Lippen. Währenddessen beobachtet sie mich aus dem Augenwinkel und lächelt mir zu. Sie reibt ihre Lippen übereinander und sagt:

»Deine Mutter hat sich für vierundvierzig doch noch ganz gut gehalten, oder was meinst du, mein Junge?« Obwohl Mum sich bemüht, ganz ernst auszusehen, weiß ich, daß sie einen Spaß macht.

»Mum, du bist viel hübscher als Mrs. Delport.«

»Na so was! Und dabei ist Mrs. Delport mindestens zehn Jahre jünger als ich – du kleiner Charmeur.« Und sie beugt sich herüber und gibt mir einen Kuß auf die Wange. Bevor ich die Tür öffne, wischt sie schnell mit dem Daumen den Lippenstift weg, während die anderen Finger unter meinem Kinn bleiben.

»Eines Tages wird Mums Junge mit seinen wunderschönen Augen und den langen Wimpern die Herzen aller Mädchen brechen.«

Wir frühstücken auf der Veranda, wo es angenehm kühl und die Sicht besser ist als vom Eßzimmer aus. Dad legt eine Bach-Platte auf, und die Musik dringt in den Garten. Genau wie auf der anderen Seite des Berges gleiten hier viele Segelboote durch die Bucht. Mum sagt, daß wir glücklicherweise in ein paar Tagen nicht mehr hier sind, denn bei diesem schönen Wetter wird es im Ort bald von Urlaubern aus dem ganzen Land nur so wimmeln.

Nach dem Frühstück blättert Dad die Zeitung durch. Er sagt, daß es in Mosambik schon wieder einen Terroristenanschlag gegeben hat. Er sagt, die Portugiesen sind zu dumm, um dieses Land richtig zu regieren. Die FRELIMO wird jeden Tag stärker. Ich denke an die Portugiesen, die das Café ein Stück oberhalb von Frikkies Haus gekauft haben, nachdem sie aus Mosambik gekommen sind. Frikkie und ich nennen die Kinder immer FRELIMOS. Dann werden sie fuchsteufelswild und jagen bis an das Eingangstor der Delports hinter uns her. Wenn sie uns in den Garten folgen wollen, drohen wir ihnen mit der Polizei und sagen ihnen, daß sie hier in Südafrika und nicht in Mosambik sind. Und wenn sie nicht lernen, sich wie anständige Menschen zu benehmen, sollten sie dahin zurückgehen, woher sie gekommen sind.

Der General sagt, daß Chile dankbar sein müsse, daß es dort nicht so viele Schwarze gibt. Zumindest sieht es in seinem Land nun besser aus. Es sei Chile gelungen, die schlimmsten Kommunisten schließlich und endlich loszuwerden. Er sagt, die Republik muß sich von den Anführern befreien, die die eigentlichen Unruhestifter sind. Wenn wir die Anführer herausnehmen, können wir den Geist der Revolution loswerden. Das haben sie in Chile gemacht, sagt er. Im September haben sie sich von dem Krebsgeschwür befreit, das für die ganzen Probleme verantwortlich war. Sein Name war Salvador Allende. Der General sagt, die Republik kann in ihrer jetzigen Situation einiges von Chile lernen. Umfassende militärische Kontrolle ist alles, was man braucht, um zu verhindern, daß die Fäulnis um sich greift.

Später am Vormittag schlägt Mum vor, einen Ausflug zum Cape Point zu machen, um dem General zu zeigen, wo die beiden Ozeane aufeinandertreffen. Der General sitzt vorne neben Dad im Auto, Mum, Ilse und ich sitzen hinten. Während wir fahren, erzählt uns der General von Chile und wie wunderschön es dort ist. Immer, wenn Dad oder Mum auf etwas am Straßenrand oder oben in den Bergen zeigen, sagt er: »*Qué, hermoso es hermoso* ... In bestimmten Gebieten in Chile sieht es auch so aus!« Und dann erzählt er uns von der Stadt Santiago, wo er mit seiner Frau und seinem Sohn lebt. Er berichtet auch von der Militärakademie, *Escuela Militar*, auf der er studiert hat. Er sagt, das ist das West Point von Chile, und schon als kleiner Junge wollte er dorthin gehen. Er sagt, die Berge hier an der Südspitze Afrikas sind fast genauso schön wie die Anden in Chile. Aber dann lacht er plötzlich. Oben auf den Anden, sagt er, steht eine riesige Christusfigur, *El Cristo Redentor de Los Andes*, die über die Menschen in Chile und Argentinien wachen soll.

Immer, wenn er spricht, dreht er sich zu uns um. Als er wieder einmal erzählt, wie es in Chile aussieht, sagt Ilse: »Das klingt ja einfach ... *hermoso, hermoso*!«

Er lacht und sieht sie mit seinen blauen Augen lange an, dann sagt er: »*Sí Señorita, sí, sí.*« Und wir lachen alle, weil Ilse nicht weiß, was sie sagen soll und aus dem Fenster starrt. Es sieht so aus, als würde sie rot.

Mum sagt, sie müsse oft daran denken, was wohl den Seeleuten von Jan Van Riebeeck durch den Kopf ging, als sie zum ersten Mal zum Kap kamen und dieses wunderschöne Land sahen. Der General sagt, daß man sich vielleicht die gleiche Frage bei Columbus stellen könne, als er Amerika entdeckte.

Dann fragt er mich, ob ich den Kampf mit dem Hai gestern gut überstanden hätte. Ich sage, ja, das habe ich. Aber meine Arme und mein Rücken sind immer noch ganz steif, und ich schäme mich dermaßen, ihn so nah am Strand verloren zu haben, daß ich nicht weiß, ob ich es jemals vergessen werde.

Unmittelbar bevor die Sonne aufgeht, sind sie da. Ihre Geschosse treffen die Zweige um uns herum. Sie müssen unsere

Position schon eine ganze Weile gewußt haben – denn mit den ersten Schüssen kann man das Dröhnen nahender Kampfhubschrauber hören. Ich habe noch nicht einmal Zeit, das Funkgerät mitzunehmen. Instinktiv greife ich nur nach dem kleinen Gurt und dem Gewehr. Gott sei Dank schlafen wir mit den Patronentaschen am Körper. Ich renne los.

Ich versuche, über den Lärm hinwegzubrüllen, daß wir das Feuer nicht erwidern können, solange der Feind nicht in Sichtweite ist, aber es bringt nichts. Ich bülle nur, sie sollen laufen. Zweige peitschen mir ins Gesicht und über die Oberarme, als ich durch die Dämmerung renne. Hinter mir höre ich einen dumpfen Aufschlag, und Sekunden später, als der Mörser sein Ziel erreicht, fliegt der Boden um mich herum durch die Luft. Ich brülle wieder, daß jeder so schnell wie möglich wegrennen soll, bevor die Hubschrauber kommen – bevor es hell wird und sie uns aus der Luft wie Antilopen abknallen können.

Der nächste Mörser geht hoch, und ich höre einen Schrei. In den Zweigen über mir fliegen Leuchtspurgeschosse vorbei wie todbringende Leuchtkäfer, von dem Lärm dröhnt mein Kopf. Als ich fast über einen abgeworfenen Gurt stolpere, wird mir plötzlich klar, daß ich nichts mehr für sie tun kann. Von diesem Moment an ist jeder sich selbst überlassen. Ich werfe einen kurzen Blick über die Schulter, dann laufe ich schneller und bitte Gott, er möge uns gnädig sein.

Der Lärm entfernt sich, und ich verfalle in ein Tempo, das ich halten kann. Ich versuche immerzu, die Truppe aus meinen Gedanken zu verdrängen. Nach einer Stunde habe ich immer noch keine Spur von ihr entdeckt. Die ersten roten Morgenwolken tauchen im Osten auf, und ich laufe weiter in diese Richtung. Ich kann nur hoffen, daß die, die lebend herausgekommen sind, alles daransetzen, so weit wie möglich vom Stützpunkt wegzukommen. Am meisten Sorgen mache ich mir um die Verwundeten.

Gegen Mittag muß ich Wasser suchen, obwohl ich weiß, daß

ich nicht anhalten sollte. Wenn man einmal stehengeblieben ist und den automatischen Rhythmus des Körpers unterbrochen hat, ist es sehr schwierig, ihn wiederzufinden. Aber meine Lippen sind aufgeplatzt, und ich spüre, daß die Blasen an meinen Füßen wie glühende Pilze anschwellen. Ich laufe langsamer und kann ein kleines Wasserloch ausmachen, das von einem Gestrüpp aus Dornensträuchern umgeben ist.

Selbst der Anblick des widerlich braunen Wassers kann meinen Durst nicht schmälern, und ich muß mich zwingen, zuerst zu überprüfen, ob die Wasserstelle auch sicher ist. Ich sehe mich um und lausche, während ich versuche, den Atem anzuhalten, und gleichzeitig gegen den Wunsch ankämpfe, mich in dieses Wasserloch zu stürzen und die Kohlen zu löschen, die meinen Brustkorb verbrennen.

Ich durchkämme mit den Augen die Bäume nach dunklen Punkten und trete schließlich aus der Deckung. Mit der R4 in einer Hand lasse ich mich auf ein Knie nieder und schöpfe mir mit der freien Hand das Wasser in den Mund. Ich trinke so viel wie möglich und gehe dann wieder zurück in Deckung.

Mein Magen krampft sich von dem vielen Wasser zusammen, und ich setze mich an einen Baumstamm. Kein Vogelgezwitscher in den Bäumen. Nur das allgegenwärtige, monotone Zirpen der Zikaden und das Donnern aus dem Norden.

Ich frage mich, was Dad gerade macht. Hat man ihn darüber informiert, daß es heute morgen mit uns keinen Funkkontakt gab? Gibt er wütende Befehle, seinen Sohn zu suchen?

Jetzt bin ich allein, Dad.

Ohne irgendeinen meiner Männer.

Ich mache mir Sorgen um die Truppen. Keine Übung hätte sie angemessen auf das vorbereiten können, was heute morgen geschah. Gestern abend konnte ich mich fast nicht zu dem Befehl durchringen.

»Wenn wir in der Nacht angegriffen werden, versuchen wir uns nach Qalueque im Osten durchzuschlagen«, sagte ich zu dem schwarzen Gruppenführer und wies ihn an, diesen

Befehl weiterzuleiten. Ich habe ihn kaum angesehen, als ich mit ihm sprach. Erst als er im Halbdunkel verschwand, rief ich ihm nach.

»Warum sind Sie hier?« fragte ich ihn. Er drehte sich überrascht um und starrte mich verwundert an, als hätte ich nun völlig den Verstand verloren.

»Ich frage Sie, warum Sie hier sind – in Angola?«

Ich konnte mich gerade noch davon abhalten, ihn zu fragen, warum er gegen seine eigene Freiheit kämpfe. Ich wartete auf seine Antwort, ich wartete darauf, ihn sagen zu hören, daß ihr System eine Art ökonomische Wehrpflicht habe, daß er hier ist, weil er wegen des Systems keinen anständigen Job finden kann. Aber er zuckte mit den Schultern und sagte:

»Um zu kämpfen, Hauptmann. Wir sind nicht wie die Kubaner, die ihre Frauen in den Krieg schicken. Kriege müssen von Männern geführt werden.«

Ich lächelte und sagte: »Ja . . . weiß Gott . . . am Ende seid ihr Schwarzen genauso wie die verdammten Weißen.«

Er sah mich einen Moment an und fragte dann: »Wie sollten wir sonst sein, Hauptmann?«

Als er in die hereinbrechende Dunkelheit ging, sah ich auf seinen schmalen Rücken unter der Uniform, und sein dunkler Nacken kam mir seltsam verwundbar vor.

In Muizenberg, St. James und Kalk Bay sind viele der Häuser mehr als hundert Jahre alt. Früher verbrachten die Parlamentarier und die reichen Kapbewohner hier ihre Ferien. Noch vor dem Krieg, als Oupa Erasmus herkam, waren diese Gegenden *die* Ferienorte. Nach dem Krieg zogen die reichen Engländer weg auf die Atlantikseite des Kaps nach Sea Point, Three Anchor Bay und Clifton. Aber es leben immer noch viele Engländer hier, wie die Spiros, die Smiths und die Wileys. Die einzigen, die wir wirklich kennen, sind die Spiros. Ihre Zwillinge sind fast genauso alt wie ich. Wie alle Juden sind sie steinreich, und Mister Spiro besitzt sämtliche Tankstellen auf der Halbinsel. Sie leben in einer großen, zweistöckigen Villa in der Nähe vom Rhodes Cottage.

In der Kalk Bay sind die Häuser sogar noch älter als in Muizenberg und St. James, weil sich hier die ersten Fischer niederließen und einen Hafen bauten. Am Anfang hieß die Bucht noch Kalkhoven Bay, wegen des Kalksteins, der hier abgebaut wurde. Aber nachdem man gemerkt hatte, daß man mit dem Walfang mehr Geld verdienen konnte, wurde die Kalksteinmine stillgelegt und ein Hafen gebaut.

Damals kamen jedes Jahr Tausende von Walen in die Bucht. Das Boot, das dem Ur-Oupagrootjie von Jan Bandjies aus Java gehörte, holte zwischen achtzig und hundert Wale pro Jahr ein. Und sein Boot war nur eines von vielen. Alles lief gut bis zur Schlacht von Muizenberg um 1800, als die Engländer das Kap übernahmen. Viele Boote wurden den Fischern abgenommen, und die meisten mußten sich eine Arbeit auf einem englischen Schiff oder in einer Fabrik suchen, weil die kleinen Boote nicht mit den großen Schiffen konkurrieren konnten. Seit unsere Regierung weiter oben an der Bahnlinie hübsche Häuschen für die Fischer gebaut hat, laufen jeden Morgen sogar noch weniger Boote aus der Kalk Bay aus.

St. James ist nach der ersten kleinen Kirche benannt, die hier erbaut wurde. An der Mauer unseres Postamts sind schöne, bunte Bilderkacheln, auf denen Leute zu sehen sind, die in die alte Kirche gehen. Sie tragen seltsame, spitze Hüte und haben eine dunkle Haut und schmale Augen. Deshalb kommen sie vielleicht aus dem Osten oder woandersher.

Die Bahnlinie wurde gebaut, als das Kap britisch war. Der Bau der Bahnlinie hat viel Aufregung verursacht, weil die Fischer wollten, daß sie oben am Berg, also hinter den Städten entlang führt. Aber die Engländer ignorierten sie und bauten sie an der Küste entlang. Dad sagt, wenn die Briten nur auf die Fischer gehört hätten, wäre unser Besitz noch mehr wert, denn jetzt ist unser Haus durch die Bahnlinie vom Strand abgetrennt. Aber mit all den Bergen rundherum ist es trotzdem noch eines der schönsten Plätzchen in diesem Land. Dad sagte das auch einmal, als wir das Auto auf dem Sir Lowry's Pass abstellten und die ganze False Bay überblickten. Wir kamen von Onkel Samuels Farm in Grabouw zurück, und die Sonne ging gerade unter. Der Rücksitz des Autos war vollgepackt mit Äpfeln. Sie lagen zwischen Sägespänen in Sperrholzkisten, damit sie keine Druckstellen bekamen. Die Kisten waren so hoch gestapelt, daß man fast nicht durch die Heckscheibe sehen konnte. Als Dad und ich aus dem Auto stiegen, um uns den Sonnenuntergang anzusehen, war der ganze Himmel tiefrot. Das Wasser in der Bucht war spiegelglatt, und das Tafelbergmassiv erhob sich pechschwarz hinter den fernen Lichtern der Stadt. Wir standen dort oben, sahen hinunter, und Dad sagte, daß es nichts Schöneres auf der Welt gebe als das, was wir hier vor uns sähen. Er sagte, *nichts* und *niemand* könne uns das jemals wegnehmen. Wir alle, und besonders die Afrikaaner, die alles in Tanganjika verloren hatten, hätten genug durchgemacht. Menschen wie Onkel Samuel könnten davon Zeugnis ablegen. Und dann erzählte Dad mir noch einmal die Geschichte:

Als Onkel Samuel das Land verließ, mußte er mit einem Flugzeug von Tanganjika nach Salisbury flüchten. Die Schwarzen unter Julius Nyerere wollten ihn zwingen, seine Schulden bei der Bank zu begleichen – und zwar *nachdem* man seine Farm beschlagnahmt hatte. Eines Tages bekam er einen Brief, in dem stand, daß die Regierung sein Land übernehme und daß er an dem und dem Tag seine Farm verlassen haben müsse. Einige Tage danach erhielt er einen weiteren Brief, in dem es hieß, daß er seine Schulden bei der Bank begleichen sollte. Sie nahmen ihm seinen Paß ab und erklärten, daß er das Land nicht verlassen dürfe, bis er seine

Schulden bezahlt habe. Das Jahr hatte eine gute Ernte gebracht, und er hatte sechs neue John-Deere-Traktoren gekauft, deshalb waren seine Schulden sehr hoch. Onkel Samuels Felder im Oljorro-Gebiet erstreckten sich bis zum Horizont, und er hatte sogar ein kleines Sprühflugzeug, um Pestizide über die Export-Ernte zu sprühen. Man mußte dort nicht düngen wie hier in Grabouw, weil in Tanganjika der Boden so fruchtbar war, daß alles von selber wuchs.

Und plötzlich wurde ihnen alles weggenommen.

Deshalb schickte Onkel Samuel Tannie Betta, Barrie und Marion auf das Kenia-Schiff in Mombasa. Die neue Regierung dachte, sie würden nur in die Republik kommen, um Verwandte zu besuchen. Sanna Koerant war auch dabei – obwohl alle schreckliche Angst davor hatten, daß sie sich verplapperte. Bevor sie fuhren, gab Onkel Samuel Tannie Betta einen Brief für Oupa Erasmus mit, den sie ihm nach ihrer Ankunft überreichen sollte. In diesem Brief bat er Oupa, den Flughafen in Salisbury darüber zu informieren, daß an einem bestimmten Tag ein Flugzeug aus Tanganjika landete. Und daß der Mann an Bord keine Papiere hätte.

Weil Oupa so viele Freunde in Rhodesien hatte, war es ein leichtes, die Sache zu organisieren, und Oupa fuhr selbst dorthin, um Onkel Samuel abzuholen. Oupa hat sogar Ian Smith persönlich kennengelernt und ihm später seine Glückwünsche zukommen lassen, als er Rhodesiens Unabhängigkeit von Großbritannien ausrief. In Dads Arbeitszimmer ist ein Dankesbrief von Ian Smith' Sekretär, der auf den 25. November 1965 datiert ist.

Onkel Samuel bat einen Freund, eine kleine Cessna mit Pilot vom Haile-Selassie-Flughafen in Äthiopien zu mieten. Das Flugzeug kostete viertausend Pfund – zweitausend beim Abflug und weitere zweitausend, wenn sie es schafften. Es war alles sehr gefährlich, weil sich die Startbahn, von der sie abheben sollten, direkt neben dem Tsavo-Nationalpark befand und nur für Tsetsefliegen-Sprühflugzeuge gedacht war.

In der Flugnacht schloß Onkel Samuel die Tür des Farmhauses und drehte sich nicht mehr um. Das Flugzeug flog ohne Licht los und ließ die Farm hinter sich und das Land, das Onkel Samuel und Tannie Betta so geliebt hatten. Das einzige, was er mitgenommen hatte, waren die unzähligen Filmspulen, die Fotos und die Dias. Das gesamte neue Landwirtschaftsgerät und alles andere blieb auf der Farm zurück. Sie flogen lange ohne Licht, dann tankten sie in Lilongwe in Malawi auf. Schließlich ging es weiter nach Salisbury, wo Oupa Erasmus sie schon erwartete.

Während Dad und ich dort oben standen, um uns den roten Himmel anzusehen, sagte er mir, daß wir deshalb nie mehr zurückgehen könnten. Die Schwarzen haben die Weißen vertrieben, und alles, was uns geblieben sei, wäre das hier um uns herum. Und er beschrieb mit dem Arm einen großen Bogen in den Himmel.

»Dieses Land war leer, bevor unsere Leute hier ankamen. *Alles, alles,* was du vor dir siehst, haben wir aus dem Nichts geschaffen. Das ist unser Land, Gott hat es uns geschenkt, und wir werden uns darum kümmern. Koste es, was es wolle.«

Als wir wieder ins Auto stiegen, war es erfüllt vom Duft der Äpfel. Ich drehte mich zu den Kisten auf dem Rücksitz um, aber es war schon zu dunkel, und man konnte sie nicht mehr erkennen.

»Dad, riechst du die Äpfel?« fragte ich in die Dunkelheit.

»Ja, Marnus«, antwortete Dad und fuhr den Volvo wieder auf die Straße. »Sogar die Äpfel, die wir in dieses Land gebracht haben.«

Heute geht es in der Schule ziemlich ruhig zu. Die Zeugnisse sind fertig, und wir müssen nur still dasitzen und lesen. Frikkie kann nicht ruhig sitzen, deshalb schickt Miss

Engelbrecht ihn aus der Klasse hinaus auf den Gang. In der Pause werfe ich Ilses Brote mit Erdnußbutter und Sirup in den Müll und kaufe mir in der Kantine eine Portion Fritos.

Nach der Schule holt Mum uns ab. Mum sagt, sie wird heute abend zu Ilses Preisverleihung ihr Elsbieta-Rosenworth-Kleid anziehen, auch wenn es ein bißchen zu schick für diese Gelegenheit sein könnte. Ilse fragt, ob Doreen sich schon gemeldet hat, und Mum sagt, sie hätte noch nichts von ihr gehört. Aber keine Nachricht sei eine gute Nachricht, und sie habe von Anfang an den Eindruck gehabt, Doreen würde übertreiben.

Ich ziehe meine Schuluniform aus, und als ich wieder hinunterkomme, sagt Mum mir, ich solle Ilse heute in Ruhe lassen. Mum möchte nicht, daß Ilse am Abend ganz aufgeregt ist. Heute abend werden wir erfahren, ob Ilse für nächstes Jahr zur Schulsprecherin bestimmt wurde. Wenn ich angeln oder im Meerbad schwimmen gehen will, soll ich darauf achten, rechtzeitig wieder zurück zu sein, damit ich mich umziehen und zu Abend essen kann, bevor wir losfahren. Wir müssen früh los, weil Ilse sich mit dem Chor noch einsingen muß.

»Kommt Mister Smith auch, Mum?« frage ich.

»Nein«, antwortet sie. »Er muß übrigens jede Minute zurück sein. Aber heute abend geht er zum Brigadegeneral Van der Westhuizen. Man wird ihn hier abholen, noch bevor wir losfahren.«

Ich treffe die Spiro-Zwillinge, die zwischen den kleinen, bunten Strandhütten unten am Meerbad von St. James spielen. Wenn Frikkie nicht hier ist, spiele ich manchmal mit ihnen. Es ist nicht schlimm, daß sie nicht richtig Afrikaans sprechen können, weil Ilse und ich zweisprachig aufgewachsen sind. Dad sagt, daß es in Südafrika zwei offizielle Sprachen gibt und daß man es im Leben zu nichts bringen wird, wenn man sie nicht beide fließend spricht.

Wir würden die Extra-Stunden, die wir hatten, um unser Englisch zu verbessern, sicher nie bereuen.

David und Martin Spiro sind ein Jahr jünger als ich und häßlich wie die Nacht. Sie sind sogar noch häßlicher als Zelda Kemps Brüder. Als Ilse einmal sagte, die Zwillinge würden mit ihren zerdrückten Gesichtern aussehen wie Wasserflöhe, wurde Mum sehr böse. Sie sagt, daß man nie jemanden aufgrund seines Aussehens verurteilen soll. Maria Callas wäre zum Beispiel ein viel besserer Sopran gewesen, als sie noch aussah wie ein Walroß, als später, wo sie eher einer verhungerten Biafrafrau ähnelte. Das beweist nur, daß das Aussehen sehr trügerisch sein kann. Wenn die Welt *das* akzeptieren würde, ging es uns allen sehr viel besser.

Mister Spiro, dem die Tankstellen hier gehören, muß die schlechte Lage und die neuen Benzineinsparungen deutlich zu spüren bekommen. Benzin darf jetzt nur noch an Werktagen verkauft werden, und weil der Ölpreis so hoch ist, dürfen die Menschen nur achtzig Stundenkilometer fahren. Weil Dad General ist, bekam er eine Sondergenehmigung, und wir können so viel herumfahren, wie wir wollen. Aber er mißbraucht diese Genehmigung nie, und wir fahren nur igendwohin, wenn es wirklich notwendig ist. Dad sagt, die Regierung wäre vielleicht sogar gezwungen, die Tankstellen auch bei Nacht zu schließen, bis man die Araber wieder zur Vernunft gebracht hätte. Die Araber waren in der Bibel die Philister, und sie haben sich in all den Jahrhunderten nicht geändert. Ein Schakal bleibt immer verschlagen.

Die Spiros kommen nächstes Jahr in die fünfte Klasse, deshalb erzähle ich ihnen, daß es das schwerste Jahr überhaupt ist, mit den meisten Hausaufgaben. Die Kinder würden reihenweise sitzenbleiben, und wenn man einmal in der Schule sitzenbleibt, kann man es schon vergessen, jemals einen Job zu finden. Jemandem, dem so eine Schande anhaftet, würde kein Arbeitgeber Vertrauen schenken.

Wir spielen den ganzen Nachmittag am Strand, und später gehen wir zu ihnen nach Hause, um etwas zu trinken. Sie laufen mit mir zurück nach St. James, weil sie, wenn Ebbe ist, noch einmal ins Wasser gehen wollen. Am liebsten würde ich mitkommen, aber ich muß nach Hause, um mich für heute abend fertigzumachen. Wir laufen an Mrs. Streichers Haus vorbei, das neben den Carrisbrooke-Treppen am Hang liegt. Von der Straße aus kann man das Haus kaum sehen, weil es so zugewuchert ist. Vor dem Haus wächst eine riesige Hibiskushecke mit gelben Doppelkelchblüten. Ich sage zu David und Martin, daß ich ein paar für Ilse pflücken will, um ihr viel Glück für die Preisverleihung zu wünschen. Mum gibt ihren Musikschülern immer Blumen vor einem Auftritt, weil das so üblich ist.

»Aber Mrs. Streicher wird dir das nicht erlauben«, sagt Martin. »Sie ist viel zu geizig.« Martin spricht immer zuerst, weil er drei Minuten vor David zur Welt kam.

»Ja«, stimmt David zu. »Außerdem ist sie eine Deutsche!«

»Wir müssen sie ja nicht fragen. Wir pflücken sie einfach vom Zaun aus«, sage ich und stemme meine Hände in die Hüften. Das mache ich immer, wenn ich sie daran erinnern will, daß ich älter bin als sie. Manchmal macht Frikkie das auch bei den *Voortrekkern*, wenn er nicht das tun will, was ich sage. Dann erinnere ich ihn einfach daran, daß ich von der Mehrheit zum Gruppenführer gewählt wurde und er auf mich hören *muß*.

»Und wenn sie uns sieht?«

»Ja! Oder wenn sie einen von uns kriegt?«

»Sie kommt immer nur nachts aus dem Haus«, antworte ich. »Wir haben sie einmal die Straßen entlanglaufen sehen, als wir aus dem Autokino kamen. Sie schläft tagsüber.«

»Wir sollten das lieber nicht tun«, sagt David. Er ist ein richtiger Waschlappen. Er hat vor allem Angst, besonders vor Frikkie, weil Frikkie ihn einmal fast eine Minute lang getunkt hat, als er uns »haarige Felsenspinnen« nannte.

»Kommst du, Martin?« frage ich betont verärgert, »David ist ein richtiger Feigling«, und laufe als erster die Treppen zur Hecke hoch. Ich höre, wie sie mir folgen.

»Wir dürfen keinen Krach machen. Sonst wecken wir sie auf«, sagt David.

Ich merke an seiner Stimme, daß er wieder Angst hat, weil sie sich genauso anhört, wie wenn er mit Frikkie spricht.

»Na, dann halt die Klappe«, zische ich ihm zu. Das sagt Mrs. Engelbrecht in der Englischstunde immer zu Frikkie.

Wir steigen flüsternd die Stufen hoch. Als wir oben ankommen, spähe ich über das Gartentor, um zu sehen, ob die Luft rein ist. Dann pflücken wir die gelben Blumen. Wenn man Hibiskus plückt, muß man die Blumen mit dem Stiel abbrechen. Ich sage David, er soll nicht nur die Blüten abrupfen, weil sie sich ohne Stiel nicht halten. Als wir genug haben, machen wir einen großen Strauß daraus. Beim Runtergehen werfe ich die mit den kürzesten Stielen auf die Treppe.

Da hören wir plötzlich eine Stimme hinter uns. Wir drehen uns um. Sie steht auf dem Treppenabsatz neben dem Törchen, direkt über uns.

»Juden!« krächzt sie. »Ihr Juden!« Dann verzieht sich ihr Gesicht, als würde es zerbrechen, und sie reißt ihren Mund weit auf und schreit so laut, daß ihre Stimme die Berge hoch schallt.

»Lauft weg!« brüllt Martin, als sie von neuem ansetzt. Wir drehen uns um und stürzen die Treppen hinunter: Martin vorne, ich in der Mitte und David hinten. Wir nehmen drei Stufen auf einmal, und ihre Stimme gellt immer noch hinter uns her. Ich werfe einen Blick über die Schulter, um zu sehen, ob sie uns folgt, aber sie steht immer noch oben am Törchen. Da verpasse ich eine Stufe und falle hin. Der Hibiskus fliegt in alle Richtungen. David stolpert fast über mich, aber er springt zur Seite, an mir vorbei und rennt hinter Martin her. Ich rapple mich schnell wieder auf und jage hinterher. Sie haben gerade die Main Road erreicht und biegen nach links zu ihrem Haus. Ohne ihnen noch einen Blick zuzuwerfen, wende ich mich nach rechts und laufe in Richtung St. James. Erst als ich das Meerbad erreiche, werde ich wieder langsamer.

Ich untersuche meine Knie. Die Haut ist abgeschürft, und Blut läuft an einem Schienbein herunter. Ich wasche die Wunde im Meer aus. Davon brennen die Knie noch mehr. Bis ich nach Hause komme, ist mein ganzes Bein bis zum Fuß voller Blut. Mum wird toben, wenn ich ihr sage, daß das passiert ist, als ich Blumen klauen wollte. Mum sagt, wer stiehlt, wird lügen, und wer lügt, endet früher oder später als Mörder.

Ich möchte in unser Badezimmer gehen und das Blut abwaschen, bevor Mum es sieht, aber die Tür ist verschlossen. Das muß der General sein. Dann muß ich das andere Bad benutzen, da das Blut nun auf den Teppichboden im Flur zu tropfen droht. Mum steht hinter Ilse am Frisiertisch vor dem großen Spiegel. Ich versuche mich vorbeizuschleichen – aber Mum dreht sich um. Sie will sich gerade wieder zum Spiegel wenden, da sieht sie mein Bein.

»Was hast du mit deinen Knien gemacht! Geh vom Teppich runter und wasch das ab!«

»Ich bin auf den Felsen hingefallen, Mum«, sage ich und stelle mich auf die Kacheln im Bad. Ich stehe im Türrahmen vom Badezimmer und sehe Mum an. Nun dreht sich auch Ilse um. Es sieht so aus, als würde sie weinen. Ich frage mich, was mit ihr los ist. Vielleicht zieht sie eine Show ab, damit sie heute abend unsere ganze Aufmerksamkeit bekommt. Mum hat ihr rotes Kleid an und Ilse ihre Schuluniform. Der Ehrenblazer liegt auf dem Bett. Auf der Brusttasche prangt in Goldbuchstaben das Jan-Van-Riebeeck-Motto: Sei Du selbst.

»Geh sofort unter die Dusche und wasch dich!« sagt Mum wütend.

»Aber ich kann doch nichts dafür, daß ich ausgerutscht bin, Mum«, sage ich.

»Hör auf, Widerworte zu geben, und wasch dich, bevor ich es mir anders überlege und dich eigenhändig von Kopf bis Fuß abschrubbe!« Sie dreht sich wieder zum Spiegel und macht Ilse einen langen Pferdeschwanz. Im Spiegel sieht es so aus, als würde Ilse wieder weinen. Mum sieht zu mir über die Schulter. »Wenn du fertig bist mit Duschen, trockne dich zuerst mit dem Waschlappen ab. Ich möchte das Blut nicht auf allen Handtüchern haben. Dann machst du Jod auf die Knie, damit sie nicht eitern.«

»Ja, Mum . . . Mum, das Jod ist in unserem Badezimmerschränkchen. Aber in unserem Bad ist Mr. Smith.«

Mum fährt herum und hält die Haarbürste drohend in meine Richtung: »Dann *wartest* du eben, bis er fertig ist, und holst *dann* das verdammte Jod. Geh jetzt auf der Stelle unter die Dusche!«

Ich ziehe mein Hemd aus und versuche, die Shorts hinunterzustreifen, ohne sie voll Blut zu machen. Als ich gerade in die Dusche steige, kommt Mum und sagt, ich soll herauskommen, damit sie sehen kann, wie schlimm es ist. Sie geht in die Hocke und untersucht meine Knie. Ilse starrt mich im Spiegel an, deshalb lege ich die Hände vor meinen kleinen Mann.

»Es ist nicht so schlimm. Aber für heute abend solltest du ein Pflaster darauf machen, damit die Hose nicht blutig wird. Zu dumm, daß du keine Shorts anziehen kannst, es wäre besser, wenn die Wunden richtig trocknen könnten.«

Mum ist nicht mehr sauer.

»Wo ist Dad, Mum?«

»Wir treffen ihn in der Schule, mein Junge. Er ist im Büro. Es gab ein paar Probleme an der Grenze von Mosambik.«

»Warum weint Ilse, Mum?«

Mum blickt mich an, aber es sieht nicht so aus, als würde sie mir antworten. Sie ist eine Weile still, dann sagt sie: »Ilse ist nur ein wenig mitgenommen, wie Mummy auch . . .« Sie schließt ihre Augen, bevor sie weiterspricht. »Doreen hat gerade angerufen. Little Neville hatte einen Unfall. Er wurde sehr schwer verletzt.«

Ilse hat wieder angefangen zu weinen.

»Was ist passiert, Mum?«

Mum seufzt und sagt: »Er hat sehr schwere Verbrennungen. Sie wissen nicht, ob er überleben wird.«

Obwohl ich Little-Neville nie gesehen habe, tut er mir sehr leid, weil er Doreens Jüngster ist.

»Wie hat er sich verbrannt, Mum?«

Mum will gerade sagen, daß das eine sehr lange Geschichte ist und wir später darüber reden werden, als Ilse sie unterbricht:

»Sag es ihm, Mummy! Sag Marnus, was sie ihm angetan haben«, und ihre Schultern fangen so stark an zu zittern, daß sie aufhört zu sprechen.

Ich weiß nicht, was hier eigentlich los ist. Jetzt hat auch Mum Tränen in den Augen. Sie erhebt sich und lehnt sich gegen das Waschbecken. Sie preßt die Lippen aufeinander und fängt dann widerstrebend an zu erzählen: »Little-Neville und einer seiner Cousins gingen zum Rangierbahnhof in Touws River, um Kohle zu stehlen. Sie wollten sie Doreens Schwester mitbringen, bevor sie zurück nach Kapstadt fuhren.« Sie schließt die Augen, bevor sie weiterspricht. »Er wurde erwischt. Sie haben ihm die Kleider ausgezogen und seinen Rücken mit Speck oder so etwas eingerieben. Und dann . . . haben sie ihn vor den Heizkessel der Lokomotive gehalten.« Nun weint Mum auch, und ich habe ebenfalls Tränen in den Augen. Ich weiß nicht, was ich machen soll. Wenn Mum und Ilse nur aufhören würden zu weinen, könnte ich vielleicht einen klaren Gedanken fassen. Ich lege meine Hand auf Mums Arm und sage: »Wein doch nicht, Mum, bitte.«

Mum nimmt mich in den Arm und flüstert, daß ich jetzt unter die Dusche gehen soll. Ich weiß, daß sie flüstert, weil sie versucht, ihre Tränen zu unterdrücken. Bevor ich die Dusche anmache, werfe ich noch einen Blick auf Ilse. Sie sitzt immer noch vor dem Spiegel und weint.

Das Wasser brennt an den Knien, aber ich gewöhne mich schnell daran. Während ich mich wasche, denke ich an den armen Little-Neville und an Doreen. Es muß wirklich das Allerschlimmste sein, solche Verbrennungen zu haben.

Als ich fertig bin, trockne ich mich erst mit dem Waschlappen ab und wickle dann das Handtuch um meine Taille. Als ich aus dem Bad komme, sagt Mum, daß sie drüben bei den Kemps war und Zelda für heute abend eingeladen hat. Wir müssen gleich hinüber, um sie abzuholen.

»Oh, Mum! Warum muß sie immer überallhin mitkommen?« frage ich.

»Weil das die einzige Möglichkeit für sie ist, überhaupt ein bißchen Kultur zu erleben. Außerdem ist sie nicht *immer überall* dabei. Hör auf, so selbstsüchtig zu sein, und denke auch einmal an die anderen.«

»Ja, Ma«, antworte ich und bin verärgert, weil Zelda nun mitkommt. Als ich rausgehe, ruft Mum mich zurück.

»Mum hat dich wirklich lieb, mein Kind. Das wollte ich dir nur sagen.«

Ich wische meine Hände am Handtuch ab und sage: »Ich hab dich auch lieb, Mum.«

Die Tür zu unserem Badezimmer ist jetzt offen, und ich hole die Jodflasche aus dem Schränkcken. Ich setze mich auf die Toilette, um die Abschürfungen mit einem Wattebausch zu betupfen. Während ich die Watte mit Jod befeuchte, kommt der General ins Bad und fragt mich, was passiert ist. Ich sage, daß ich auf den Felsen ausgerutscht bin. Er hockt sich vor mich und sieht sich meine Knie an, die unter dem Handtuch hervorkommen. Sein Haar ist naß und zurückgekämmt, er riecht nach Seife.

»Laß mich das machen«, sagt er und nimmt mir die Flasche und den Wattebausch aus der Hand. Er lächelt mich an und sagt: »Wahrscheinlich brennt es ein bißchen«, und es hört sich eher wie »bießchen« als wie »bißchen« an. Er lächelt und sieht mich erwartungsvoll an.

Ich nicke, und er tupft sachte die Wunden ab. Das Rot geht durch den Wattebausch und verfärbt seine Fingerspitzen. Seine Hände sind braun und mit kurzen, schwarzen Haaren bedeckt, die vom Arm bis hinunter zu den Fingern gehen.

»Brennt es sehr?«

»Nein«, antworte ich und schüttle den Kopf.

Ich gebe ihm die Pflaster, und er klebt sie über meine Knie, so daß die roten Stellen verdeckt sind.

»Mein Sohn hat auch immer irgendwelche Kratzer. Das ist bei Jungen normal.«

»Danke, Mister Smith.«

»Es war mir ein Vergnügen«, antwortet er und geht zur Tür. Dort bleibt er stehen und dreht sich zu mir um. »Was soll ich damit machen?« fragt er und hält mir in der geöffneten Hand die Schutzstreifen der Pflaster entgegen.

»Die . . . geben Sie sie mir«, sage ich. »Ich schmeiß sie weg.«

Er gibt mir die kleinen, weißen Papierstreifen, und ich starre auf seinen Rücken, als er aus dem Bad geht.

Ich sitze ganz still und spüre, wie sich meine Muskeln allmählich verhärten. Ich sollte weiterlaufen, bevor sich mein Körper weigert, dem Diktat des Verstands Folge zu leisten. Aber die Mittagszeit ist die schlimmste Tageszeit, und die Sonne brennt unbarmherzig herab und läßt jeden Schatten zu Staub zerfallen.

Ich klopfe auf meine Hose, um meine Beine wieder zum Le-

ben zu erwecken, und meine Hand bleibt auf einem flachen Gegenstand in der Oberschenkeltasche liegen. Nach einigem Zögern knöpfe ich sie auf. Als ich den Brief auffalte, bemerke ich, daß die Papierecken aufgeweicht sind. An den Rändern jeder Seite sind gelbe, feuchte Flecken. Schweiß. Sie sehen aus wie die Blätter, die wir als Kinder an den Ecken über eine Kerze hielten, um sie wie alte Dokumente aussehen zu lassen.

18. Mai 1988
St. James

Mein liebster Marnus,
ich habe das unbändige Verlangen, Deinen Namen zu schreiben. Deinen Namen zu rufen, immer und immer wieder, um ganz sicher zu sein, daß Du weißt, daß ich mit Dir und keinem anderen spreche. Manchmal glaube ich, daß unsere dringendsten Bedürfnisse mit zunehmendem Alter immer weniger werden.

Durch die Gnade unseres Himmlischen Vaters ist hier alles in Ordnung. Das Kap ist so wunderschön, wie Du es einfach noch in Erinnerung haben mußt. Und momentan, in der Zeit des weichen Regens und der kühlen, feuchten Nächte, machen Dad und ich manchmal ein Feuer im Kamin und hören Musik. Dad lag ein paar Tage mit einer Grippe im Bett. (Natürlich das Ergebnis seiner ewigen Schwimmerei im Meer mitten im Winter. Er glaubt, seit seiner Heirat nicht einen einzigen Tag älter geworden zu sein.) Jetzt ist er wieder auf den Beinen und arbeitet mehr als je zuvor. Er reist sehr viel, und es scheint, als stünde ein Ende des Krieges bevor, aber noch ist nichts sicher. Mehr darf ich nicht dazu schreiben, das verstehst Du doch, oder?

Unsere Gardenien sind von irgendeiner Krankheit befallen, und es würde mich nicht wundern, wenn wir dieses Jahr keine einzige Blüte hätten. Davon abgesehen, ist der Garten grün, und die Zwiebeln, die wir vor ein paar Wochen in den Boden gesteckt haben, fangen an zu keimen.

An den Abenden, wenn Daddy fort ist, sitze ich manchmal am Flügel und denke ununterbrochen an Euch beide, die Ihr so weit weg von mir seid. (Wir haben jetzt zwei Wachleute hier, die rund um die Uhr das Haus bewachen. Es ist einfach nicht mehr so sicher wie früher. Letzte Woche haben sie auf dem Highway wieder Steine auf Onkel Samuel geworfen. Ein Autofahrer kam ums Leben, als ein Stein ihn durch die Windschutzscheibe traf. Mein Sohn, du solltest die Hütten am Straßenrand sehen. Sie gehen, so weit das Auge reicht. Wenn es nachts regnet, tun mir diese Menschen unglaublich leid. Ich habe in der Kirche mit einer großen Sammelaktion für alte Decken und Kleider begonnen.)
Ilse hat mich letzten Monat für eine Woche besucht, als Dad nicht da war. Sie hat sich Urlaub genommen, und wir beide sind durch die Gegend gezogen wie junge Mädchen. Wir haben uns ein paar wunderbare Filme in Rosebank angesehen und in einem kleinen Restaurant am Hout Bay Quay gegessen. Wenn Du zurückkommst, zeige ich es Dir als erstes!)
Mister Spiro verkauft seine Tankstellen, und auch sein Haus steht seit drei Monaten zum Verkauf. Ich habe gehört, daß er eine horrende Summe verlangt, die kein Interessent aufbringen kann. (Wann die Rezession vorbei ist, weiß niemand. Überall rufen die Schwarzen zu Sanktionen gegen uns auf, und im ganzen Land gibt es Ausstände und Streiks. Offensichtlich macht sich keiner von ihnen klar, daß es ihre eigenen Leute sind, die unter diesem Vorgehen am meisten leiden. Aber wie Dad immer sagt: Die Regierung wird nicht mit ihnen verhandeln, solange sie nicht auf Gewalt verzichten. Die Frucht der Gerechtigkeit wird im Frieden gesät.)
Vor ein paar Wochen ist etwas passiert, das ich Dir gerne erzählen möchte. Eines Nachmittags, mein letzter Schüler war gerade gegangen, stieg ich hinauf in Dein Zimmer,

um hinaus auf die Bucht zu schauen. (Ich mache das hin und wieder.) Es war einer jener grauen Herbsttage, an denen das Meer in der Bucht dunkelblau und unruhig ist. Während ich so auf dem Fenstersims saß, meinen Gedanken nachhing und hinaus auf die See blickte, sah ich plötzlich etwas in den Wellen. Das Wasser war dort nicht besonders tief, um genau zu sein, eher flach, nur ein paar Meter hinter den Felsen. Ein Wal! Marnus, kannst Du Dir das vorstellen? Mitten im Herbst und so nah am Strand! Und das war noch nicht alles, in regelmäßigen Abständen schlug er mit seinem prachtvollen Schwanz gegen die Wasseroberfläche und schickte eine große Gischtwoge in die Luft, die ich oben von Deinem Zimmer aus sehen konnte.

Ich rannte hinunter, schnappte mir meinen alten, grauen Pullover und rief nach Doreen. Sie begleitete mich in ihrem Kittel, wir liefen durch die kleine Unterführung und dann zum Strand. Ich übertreibe nicht, wenn ich sage, daß er nur knapp fünfzig Meter hinter den Felsen, in dem kleinen Meeresarm neben dem St.-James-Becken schwamm. Er war so nah, daß wir sogar die Rankenfüßer und andere Gewächse auf seiner Haut erkennen konnten. Wir standen auf den Felsen und quietschten jedesmal los, wenn sein Schwanz mit einem ohrenbetäubenden Schlag auf das Wasser klatschte. Sicherlich hat es etwas zu bedeuten, wenn er solche Wassermassen mit seinem Schwanz zum Himmel schlägt. Dann sagte Doreen, sie wünschte, Du wärst hier und könntest diesen gigantischen Fisch sehen, da Du doch als Junge immer so begeistert von Walen warst.

Und dann fing Deine Mutter an zu weinen, weil ich Dich plötzlich vor mir sah, wie Du damals warst, mit Deinem glänzenden, blonden Haar und den Augen, so blau wie die Bucht an einem Sommertag.

Ich erinnerte mich daran, wie Du mit Deinen kleinen, nackten Füßen hier herumgelaufen bist, die Angel über die schmale Schulter geworfen. Ich konnte mir den Wal nicht länger ansehen, und Doreen und ich gingen wie zwei alte Frauen den Hügel wieder hinauf. In der Zwischenzeit war ein heftiger Wind aufgekommen, und als wir wieder zu Hause waren, muß ich ein Anblick für die Götter gewesen sein (Du weißt ja, wie wild mein Haar von der Seeluft wird), denn Doreen starrte mich im Flur mit Augen so groß wie Untertassen an.

Mein Junge, ich muß nun schließen, weil Daddy von unten ruft, daß er jetzt aufbricht, und ich möchte, daß er diesen Brief mit der Feldpost für Südwestafrika aufgibt. Als Du im Dezember hier warst, habe ich Dich so inständig gebeten, nicht wieder zurück in den Busch zu gehen, aber Du wolltest nicht hören. Deshalb bitte ich Dich nun zum letzten Mal: Komm nach Hause, bitte, dieser Ort ist leer und grau ohne Dich.

Ich beende nun diesen Brief, aber meine Gedanken werden immer bei Dir sein. Ich bete für Dich, mein Negerkind. In Liebe

Mum

Dann höre ich etwas. Nur ein ganz leises Geräusch links von mir. Ich setze mich auf und lausche mit geöffnetem Mund. Jetzt ist es wieder ganz ruhig. Vielleicht habe ich es mir nur eingebildet. Ich nehme die R4 und stoße mich vom Boden ab. Ich falte den Brief und lasse ihn wieder zurück in meine Tasche gleiten. Es ist noch immer totenstill. Als ich die Tasche zuknöpfe, höre ich es wieder: ein Zweig, der unter einem Kampfstiefel bricht, oder vertrocknetes Laub, das von einem Gurt unachtsam heruntergerissen wurde. Mein Herz pocht bis in die Ohren, und das lähmende Gefühl der Angst wickelt sich um meine Beine wie eine warme Hand. Ich renne los.

Während wir auf den Brigadegeneral Van der Westhuizen warten, der den General abholen soll, erzählt Mum ihm von den Kemps. Sie sagt, daß sie auch Afrikaaner seien, aber schrecklich arm. Viele Afrikaaner wären arm gewesen, bevor die National Party 1948 die Wahlen gewann. Davor gehörte fast alles den Briten und den englischen Südafrikanern. Aber seit wir unsere eigene Regierung haben, hat sich das Blatt gewendet. Aber leider nicht für die armen Kemps. Mum sagt, sie versucht alles für die kleine Zelda zu tun, was in ihrer Macht steht, weil sie weiß, was es bedeutet, arm zu sein.

Der General fragt Ilse, warum sie heute abend so still ist. Ich wünschte, er würde sie in Ruhe lassen, weil sie zur Abwechslung endlich mal den Mund hält und nicht so tut, als könne sie Spanisch sprechen. Ilse erzählt ihm von Little-Neville. Er sagt, er würde jeden umbringen, der seinem Sohn so etwas antun würde, und Mum sagt, ja, das wäre für jeden eine schreckliche Sache.

Nachdem der General mit Brigadegeneral Van der Westhuizen verschwunden ist, fahren wir nach Kalk Bay, um Zelda abzuholen. Ihre Brüder und ihr Vater sitzen auf der Veranda und sehen aus wie *Makoppolanders*. Mum steigt aus dem Käfer, und während Mister Kemp sich erhebt, ruft er etwas über seine Schulter. Einen Augenblick später kommt Zelda auf die Veranda und geht an seiner Hand die Treppe hinunter. Mister Kemp hat nur Khakishorts und ein weißes Unterhemd an.

»Sie hat das grüne Trägerkleid an«, sagt Ilse und verdreht die Augen. »Großer Gott, sieh dir an, wie dieses arme Kind herumläuft.«

Es ist eins von Ilses alten Kleidern, mit kleinen, gelben Karos. Zelda hat sich einen Gürtel um die Taille geschnallt, damit das Kleid nicht auf dem Boden schleift, und trägt dazu ihre schwarzen Schnürschuhe für die Schule. Um ihren Hut hat sie ein grünes Band gewickelt. Ihre roten Zöpfe hängen bis auf ihre Brust, und anstatt der Bommeln hat sie gelbe Bänder darumgebunden. Sie sieht eher aus, als wäre sie zum Boswell-und-Wilkie-Zirkus unterwegs und nicht zur feierlichen Preisverleihung.

Während Mum sich mit Mister Kemp unterhält, klettert Zelda neben mich auf den Rücksitz, und Ilse sagt ihr, daß sie sehr hübsch aussieht.

Dann fahren wir los, den Boyes Drive runter. Obwohl die Sonne noch nicht untergegangen ist, steht der Mond schon über den Hottentots-Holland. Mum sagt, die Berge sehen heute vor dem blauen Himmel wie violette Orgelpfeifen aus.

Keiner sagt etwas, und wir fahren schweigend weiter. Als wir schon fast in Newlands sind, sagt Mum zu Ilse, daß sie sich die Sache mit Little-Neville nicht so sehr zu Herzen nehmen soll. Heute abend ist ihre Preisverleihung, und weil sie so hart gearbeitet hat, sei sie es sich selbst schuldig, jeden Moment des Abends zu genießen. Mum sagt, wir müssen daran denken, daß das Leben nicht immer einfach sei. Der Herr durchkreuzt unseren Weg manchmal mit Kummer, aber in solchen Zeiten sollten wir immer an Hiob denken. Es ist nicht an uns zu fragen, *warum* diese Dinge passieren. Es ist der Wille Gottes, und das einzige, was wir machen können, ist beten, daß Little-Neville geheilt wird. Ilse sagt, was alles noch schlimmer macht, ist die Tatsache, daß drei weiße Männer ihm das angetan haben.

»Waren es wirklich Weiße, Mum?« frage ich nach und beuge mich zwischen den Sitzen nach vorn. Mums goldene Ohrringe schwingen vor und zurück als sie antwortet:

»Ja, mein Sohn. Aber davon wird Little-Neville auch nicht wieder gesund – und es war ja auch nicht ganz richtig von ihm, die Kohlen zu stehlen.«

Ilse dreht ihren Kopf zu Mum und kneift die Augen zusammen. Sie macht den Mund auf, als wolle sie etwas sagen, aber dann schüttelt sie nur den Kopf und sieht wieder aus dem Fenster. Ich frage mich, was Mum damit meint und warum sie jetzt nichts mehr dazu sagt. Auch wenn Little-Neville Kohlen gestohlen hat, glaube ich trotzdem nicht, daß irgend jemand das Recht hat, ihn vor den Heizkessel der Lok zu halten. Ob Little-Neville ein Coloured ist oder nicht, spielt gar keine Rolle, so etwas tut man niemandem an, schon gar keinem Kind. Es muß so schrecklich gewesen sein, als sie ihn genommen und vor den brennenden Heizkessel gehalten haben! Er muß entsetzlich geschrien haben, und ich frage mich, ob ihn niemand gehört hat.

»Mum«, sage ich und beuge mich wieder zwischen den Sitzen nach vorne, um sie besser zu sehen, »ist denn niemand gekommen, um ihm zu helfen, als er geschrien hat?«

»Marnus«, antwortet sie leise, »wir wissen nicht, ob er geschrien hat, wir wissen doch nicht einmal genau, was dort passiert ist . . .«

»Aber Mum, er muß geschrien haben! Es muß ganz schrecklich weh tun, wenn man sich so verbrennt. Wenn wir grillen und nur ein winziges Stückchen Kohle kommt unter meinen Fuß, dann . . .«

Aber Mum unterbricht mich: »Marnus, mein Junge, bitte. Laß uns warten, bis wir von Doreen genau erfahren, was passiert ist. Die Herumspekulierererei hilft uns momentan nicht weiter.«

»Aber Mum«, rede ich weiter, »warum haben die weißen Männer das getan?«

»Mein liebes Kind«, sagt sie, und ihre Stimme klingt müde, »wenn ich das wüßte, würde ich es dir sagen. Aber nicht alle Weißen sind Christen. Außerdem gibt es auch eine weiße Unterschicht. Eisenbahner sind in der Regel nicht gerade sehr gut erzogen.«

Ilse wendet sich an Mum und fragt: »Oh, wo hat Mummy denn erfahren, daß es Eisenbahner waren?« Mum räuspert sich und sagt, sie hätte nur angenommen, daß es Eisenbahner waren, weil es schließlich in einer Lokomotive geschehen sei.

Ich lehne mich zurück und sehe, wie Zelda mich mit weit aufgerissenen Augen anstarrt. Plötzlich fällt mir wieder ein, daß sie mir neulich erzählte, ihr Vater würde im nächsten

Jahr vielleicht bei der Eisenbahn arbeiten. Ich frage sie, ob sie schon gehört hätte, daß sie in Beaufort West Doreens Kind vor dem Heizkessel einer Lok haben schmoren lassen. Als sie den Kopf schüttelt, sage ich ihr, daß Little-Neville vielleicht sogar sterben muß. Ich sage ihr auch, daß es drei weiße Männer waren, die das getan haben.

»Was wird mit ihnen passieren?« fragt sie.

Ich zucke mit den Schultern und beuge mich wieder nach vorne zwischen die Sitze. »Mum, werden die Männer, die Little-Neville das angetan haben, ins Gefängnis kommen?«

»Marnus . . . bitte, mein kleines Negerkind.« Ich merke, daß sie nicht mehr darüber sprechen möchte.

»Wie alt ist Doreens Kind?« fragt mich Zelda jetzt. Ich weiß nicht genau, wie alt er ist, aber ich getraue mich nicht, Mum zu fragen. Ilse antwortet vom Beifahrersitz, ohne den Kopf zu wenden: »Er ist zehn, Zelda.«

Jetzt sind wir alle wieder still. Little-Neville ist ein Jahr jünger als ich. Demnach ist er ein Jahr älter als Zelda und genauso alt wie die Spiro-Jungen.

Als wir den De Waal Drive am Tafelberg entlangfahren, sieht man, wie sich die Stadt an den Hängen nach oben schiebt, dann Kloof Neck hinauf und Bo-Kaap unter dem Lion's Head und wieder hinunter zur Tafelbucht. Wenn das Meer ruhig ist wie heute, hat man das Gefühl, Robben Island sei näher an der Küste. Früher war Robben Island eine Leprakolonie. Aber heute ist es das Gefängnis für die gefährlichsten Verbrecher. Der Gefängnisleiter ist der Vater von Theo De La Bat. Theo ist in Ilses Klasse, und er wohnt im Schulwohnheim. Jedes Wochenende fährt er mit dem Boot hinüber zur Insel. Ich frage mich, ob die De La Bats am Wochenende zwischen all den Dieben und Mördern auf der Insel keine Angst haben. Ich glaube, der verrückte Tsafendas, der Verwoerd umgebracht hat, ist ebenfalls auf der Insel – zusammen mit den ganzen gefährlichen

Schwarzen, die gerne das Land regieren würden. Vielleicht kommen die Männer, die Little-Neville verbrannt haben, auch nach Robben Island. Vielleicht müssen sie den Rest ihrer Tage Steine klopfen, oder sie werden vielleicht gehängt, wer weiß das schon?

Mum stellt das Auto auf dem Parkplatz neben dem Schulschwimmbad ab. Ilse steigt sofort aus, weil sie sich mit dem Chor einsingen muß. Sie begleitet den Chor auf dem Klavier. Bevor sie geht, sagt Mum: »Denk daran, mein Mädchen, wir drücken dir die Daumen. Aber wenn es nicht klappt, ist es wirklich auch nicht schlimm.«

Ilse lächelt Mum durch das Fenster an und bedankt sich.

»Und Daddy wird jede Minute hier sein«, sagt Mum.

Dad sagt immer, er wünschte, Oupa und Ouma Erasmus wären noch am Leben. Sie wären stolz auf die Erfolge ihrer Enkelkinder. Es ist schrecklich für Dad, daß Oupa und Ouma nicht die Möglichkeit hatten zu sehen, wie Ilse und ich größer werden. Vor allem Ouma, weil sie sehr an uns beiden hing.

Ich klettere über die Sitze, um auf den Beifahrersitz zu kommen, vergesse dabei aber meine aufgeschürften Knie, und als ich schon zur Hälfte vorne bin, schreie ich vor Schmerzen auf.

»Das kommt davon, wenn man über Sitze klettert«, sagt Mum.

Mum dreht sich zu Zelda um und sagt ihr, daß sie den Hut abnehmen kann. Hüte seien bei der Preisverleihung nicht wirklich notwendig. Aber Zelda sagt, sie möchte ihn gerne aufbehalten, weil ihre Mutter extra losgegangen ist, um das grüne Band für heute abend zu kaufen. Mum lächelt und sagt, es sei schon in Ordnung, sie könne ihn natürlich auch aufbehalten.

Mit Zelda an Mums Hand gehen wir die Allee zwischen dem Wohnheim und dem Gebäude entlang, in dem die Boerneef-Sammlung untergebracht ist. Ich versuche, soviel

Abstand wie möglich von Zelda zu halten, falls mich hier jemand kennt. Wir gehen die Stufen am Ende der Halle hinauf und setzen uns zwischen die Ehrengäste. Weil Dad der Vorsitzende des Schulkomitees ist, sitzen wir bei den anderen Mitgliedern des Komitees.

Alle sind sehr schick angezogen, mit Anzügen und feinen Kleidern, aber ich finde, Mum ist von allen Müttern die hübscheste. Die Frauen tragen Goldschmuck und Juwelen, die für mich wie Diamanten aussehen. Die Leute sind angezogen wie bei einem Konzert im Rathaus. Einige kommen zu uns herüber und sprechen mit Mum, denn jeder kennt sie noch aus der Zeit, als sie berühmt war. Einige fragen sie, wo Dad sei, andere wünschen ihr viel Glück für Ilse. Ich finde es albern, wenn Leute zu ihr kommen und ihr viel Glück für Ilse wünschen – denn immerhin geht es heute nicht darum, daß Mum Schulsprecherin wird.

Zelda regt mich auf. Sie sitzt die ganze Zeit vorne auf der Stuhlkante und starrt jeden an. Dann läßt sie das Programm fallen, und es flattert unter die Stühle in der Reihe vor uns. Mum sagt ihr zwar, sie solle stillsitzen, läßt mich aber zwischen den Stühlen herumkrabbeln, um das Programm aufzuheben. Als ich mich auf dem Parkettboden hinknie, tun meine aufgeschürften Knie wieder weh. Ich wünschte, Zelda wäre nicht mit.

Zum Glück kommt Dad ein paar Minuten später. Er trägt seine Uniform mit den Generalsabzeichen. Jeder sieht ihn an, und er muß viele Hände schütteln, bevor er zu uns herüberkommt. Erst beugt er sich zu uns hinunter und küßt uns, dann setzt er sich zwischen Mum und Zelda. Er drückt Zelda kurz die Hand. Nach einer Weile tausche ich mit Zelda die Plätze, damit ich neben Dad sitze.

Dann beginnt die Preisverleihung. Zunächst werden alle möglichen dummen Reden gehalten, aber dann verteilen sie die Preise. Ilse bekommt einen Preis, weil sie Klassenbeste und Spielführerin des Korbballteams ist. Als sie auf die

Bühne geht, um sich den Preis abzuholen, sagt der Rektor, sie sei im letzten Jahr, als sie in Übersee war, ebenfalls eine gute Botschafterin für Südafrika und das Jan Van Riebeeck gewesen. Sie bekommt auch eine Auszeichnung fürs Debattieren, weil sie und ihr Partner zweite bei der nationalen Junior *Rapportryers*-Debatte wurden. Wenn sie eine Debatte vorbereitet, hilft ihr Dad mit den Reden, aber in letzter Zeit streiten sie sich nur noch über alles. Das Thema für die *Rapportryers*-Debatte war diesmal: »Getrennte Entwicklung ist moralisch gerechtfertigt«. In ihrer Rede mußte Ilse sagen, daß alle Menschen gleich sind und man es daran sehen könne, daß die Regierung für die Schwarzen mehrere Millionen Rand ausgibt, damit sie ihre eigenen Länder aufbauen. Dad und Ilse haben sich viel gestritten, weil Ilse immer denkt, sie wüßte alles besser als Dad. Am Ende schmollte sie und schrieb Wort für Wort das auf, was Dad ihr diktierte.

Ilse nimmt seit der achten Klasse an den Debatten teil. Sie hat für jede Rede, die sie schreibt, das gleiche Ende. Egal, welches Thema es ist, Dad zeigt ihr immer, wie sie die Rede formuliert, damit das Ende paßt. Dad sagt, es sei ein Schluß, der die Leute bewegt. Er geht folgendermaßen: »Meine sehr verehrten Damen und Herren, Herr Vorsitzender, verehrte Jury« – dann macht sie eine lange Pause –, »wir glauben an unsere Zukunft« – dann kommt wieder eine lange Pause –, »wir glauben an uns«, und dann kommt eine sehr lange Pause, in der sie der Jury in die Augen sieht, bevor sie schließt »und meine Damen und Herren, Herr Vorsitzender . . . wir glauben an Gott.«

Nachdem der Chor gesungen hat, geht der Rektor wieder auf die Bühne und stellt sich hinter das Pult. Jetzt werden die Klassen- und Schulsprecher für das Jahr 1974 verkündet. Er liest nacheinander die Namen vor. Die Klassensprecher gehen die Treppe zur Bühne hinauf, und alle klatschen. Die Klassensprecher stellen sich zu beiden Seiten des Rektors in einer geraden Reihe mit dem Gesicht zum Publikum auf. Die Jungen auf der linken, die Mädchen auf der rechten Seite. Als er Ilses Namen vorliest, klatschen wir wie die Wahnsinnigen.

Der Rektor sagt, jetzt würden die Namen des stellvertretenden Schulsprechers und der stellvertretenden Schulsprecherin vorgelesen. Er sieht auf sein kleines Zettelchen, und Dad lächelt, als wüßte er schon Bescheid. Ich weiß, daß Ilse nicht die stellvertretende Schulsprecherin werden wird, weil wir alle glauben, daß es Karien Botha sein wird. Der Rektor liest vor: »Die stellvertretende Schulsprecherin für das Jahr 1974 ist – Karien Botha.« Alle klatschen, und Karien schlägt sich die Hände vor den Mund und bricht in Tränen aus. Ich sehe zu Mum hinüber. Sie klatscht und lächelt über das ganze Gesicht. Zwei Leute vor uns drehen sich um und lächeln sie und Dad an.

Der Rektor verkündet nun den stellvertretenden Schulsprecher. Es ist der Junge, der mit Ilse die Debatten vorbereitet. Ich denke, Ilse wird enttäuscht sein, weil sie gerne gewollt hätte, daß er Schulsprecher wird. Der Applaus verstummt, und es ist jetzt ganz ruhig im Saal.

»Und nun verkünde ich den Schulsprecher und die Schulsprecherin für das nächste Jahr – dies ist der Moment, auf den wir alle gewartet haben«, sagt der Rektor und sieht auf sein Zettelchen. In der Halle ist es jetzt noch ruhiger, und ich drücke Ilse die Daumen. Jetzt möchte ich wirklich auch, daß sie Schulsprecherin wird, obwohl sie mich oft herunterputzt. Aber was ist, wenn der Rektor jetzt zufällig den falschen Namen vorliest? Wenn er einfach den Zettel mit Ilses Namen darauf für einen anderen Zettel gehalten und weggeworfen hat? Das wäre wirklich schrecklich für die arme Ilse.

Er räuspert sich und blickt über das Publikum. Dann sieht er wieder auf seinen Zettel und sagt: »Die Schulsprecherin für 1974 ist – Ilse Erasmus!«

Wir applaudieren alle. Ilse steht lächelnd auf der Bühne, während die Mädchen, die neben ihr stehen, sie küssen und umarmen. Freudentränen laufen Mum über die Wangen, und Dad lächelt und sieht so stolz aus, wie ich ihn noch nie gesehen habe. Jetzt ist Ilse in seine Fußstapfen getreten. Ich kann nicht anders, als ebenfalls stolz auf sie zu sein, und Zelda klatscht so stürmisch, daß es aussieht, als würde sie sich gleich ihre Arme auskugeln. Die Leute in den Reihen vor uns drehen sich um und gratulieren Mum und Dad.

Als der Beifall abebbt, legt Dad seine Hand auf meine Schulter und zieht mich enger zu sich heran. Er zwinkert mir zu und sieht dann schnell wieder in Richtung Bühne, wo der Rektor gerade den Schulsprecher verliest. Schulsprecher wird der Junge, von dem jeder sagt, daß er nächstes Jahr beim Craven Week die Flügelposition spielen wird. Aber Dad sagt, er klebe zu sehr am Ball. Die einzige Sache, die Dad beim Rugby überhaupt nicht mag, ist, wenn jemand den Ball nicht abgibt.

Der Rektor bittet alle, sich zu erheben, um »Die Stem« zu singen. Er nickt Ilse zu, und sie geht über die Bühne zum Klavier. In der Regel spielen Ilse oder der Musiklehrer die Begleitung. Der Rektor nickt wieder, und Ilse fängt an zu spielen. Alle räuspern sich, um gleich loszusingen. Als sie mit dem Vorspiel halb durch ist, hört Ilse plötzlich auf zu spielen. Alle sehen sie an. Sie sitzt vor dem Klavier und starrt auf ihre Hände.

Dann fängt sie wieder an, aber als wir gerade einsetzen wollen mit »Ringing out from our blue heavens«, bricht sie wieder ab!

Dad und Mum ziehen die Augenbrauen zusammen. Ich denke, daß Ilse zu aufgeregt ist, um spielen zu können, weil sie Schulsprecherin geworden ist.

Als der Rektor gerade jemand anderen zum Klavier bitten will, spielt Ilse die Einleitung zum dritten Mal. Diesmal hämmert sie so ungestüm auf die Tasten, daß ihr Pferdeschwanz am Hinterkopf hin- und hergeworfen wird. Alle starren sie an, obwohl sie eigentlich schon singen sollten. Ich spüre, wie Dad neben mir erstarrt. Normalerweise singen alle, wenn man bei den letzten Takten von »Die Stem« ankommt, immer ein bißchen langsamer, damit man das Ende ausklingen lassen kann. Aber heute abend bleiben die Stimmen hinter dem Klavier zurück, denn Ilse spielt einfach mit dem gleichen Tempo weiter und läßt uns das »At Thy will to live or perish, O South Africa, dear land« nicht in die Länge ziehen.

Dann spielt sie *wieder* die ersten Akkorde, wie ganz am Anfang, und das Publikum wiederholt, nachdem es ein paar Takte verpaßt hat, die erste Strophe noch einmal. Nur sehr wenige Leute können die zweite Strophe von ›Die Stem‹, weil man normalerweise immer nur die erste singt. Deshalb wiederholen die meisten die erste. Diejengen, die die zweite Strophe kennen, singen »In the promise of our future and the glory of our past . . .«, allerdings vertauschen viele der Leute, die um uns herum stehen, versehentlich den Text der zweiten mit dem der vierten Strophe und singen »That the heritage they gave us for our children yet may be: Bondsmen only to the Highest and before the whole world free . . .«, und Ilse spielt, als hätte es nie eine Absprache gegeben, daß nur die erste Strophe gesungen wird.

Als wir das Ende der Strophe erreichen, möchte das Publikum wieder die letzten Takte ausdehnen, aber Ilse behält das Tempo bei und beginnt mit der *dritten* Strophe. Obwohl die anderen Klassensprecher nach wie vor auf der Bühne strammstehen, werfen sie verstörte Blick zu Ilse hinüber. Niemand scheint den Text dieser Strophe zu kennen, denn inzwischen singt jeder einfach irgend etwas, was ein bißchen komisch klingt. Während einige singen: »When the wedding bells are chiming, or those we love depart, Thou dost know us for Thy children and dost take us to Thy heart . . .«, wiederholen die meisten anderen: »From our plains where creaking wagons cut their trails into the earth . . .«

Inzwischen ist allen klar, daß sie alle vier Strophen singen müssen, und als wir ans Ende der dritten Strophe kommen, versucht keiner mehr, langsamer zu singen. Mums laute Stimme übertönt all die anderen, und während die meisten singen: »At Thy call we shall not falter . . .«, singt Mum: »As our fathers trusted humbly, teach us, Lord, to trust Thee still: Guard our land and guide our people in Thy way and to Thy will.« Alles klingt ziemlich konfus, und ich denke bei mir, daß das die längste »Die Stem« ist, die je gesungen wurde. Als das Stimmenchaos zu einem Ende kommt, spielt Ilse noch ein paar wilde Läufe die Tasten rauf und runter und ein paar Akkorde, um deutlich zu machen, daß es nun zu Ende ist. Jetzt wird es in der Halle totenstill. Es ist, als würden alle darauf warten, daß etwas passiert. Erst allmählich setzen sich die Leute wieder hin.

Der Rektor fordert uns auf, den Kopf zum Gebet zu senken. Dad und ich stehen mit den anderen Männern auf, und der Rektor spricht ein Gebet. Er dankt Gott, daß in diesem Jahr das Rugby- und das Korbballteam des Jan Van Riebeeck so erfolgreich waren und bittet, daß die Schule auch im nächsten Jahr mit guten Leistungen gesegnet wird. Während er betet, öffne ich meine Augen, um zu sehen, was Ilse macht. Ich kann nicht genau erkennen, ob ihre Augen geschlossen sind, aber ihr Kopf ist so weit nach vorne gebeugt, daß er fast das Klavier berührt. Von hier aus ist sie so weit weg, hinter dem großen Klavier, daß sie mir ganz klein vorkommt, viel kleiner als sonst. Ich höre den Rektor »amen« sagen und schließe schnell meine Augen, um sie dann wieder mit allen anderen zu öffnen.

Während wir im Foyer herumstehen und auf Ilse warten, kommen sehr viele Leute zu Dad und Mum und gratulieren ihnen. Einer von ihnen ist Ilses Klassenlehrer.

»Meinen Glückwunsch«, sagt er, »sie hat jeden einzelnen Preis wirklich verdient.« »Danke, Pieter«, sagt Mum. »Es ist wunderbar, daß sie Klassensprecherin wurde – das war wirklich schon alles, womit wir gerechnet hatten.«

Als alle anderen Gratulanten weg sind und nur noch der Lehrer bei uns steht, fragt ihn Dad, ob er bei Ilse eine Veränderung festgestellt hat, seit sie aus Holland zurückgekommen ist. Er denkt einen Augenblick nach, bevor er antwortet.

»Wissen Sie, Herr General, es ist, als wäre sie . . . wie soll ich mich ausdrücken . . . irgendwie *überkritisch* geworden im Laufe des letzten Jahres. Mitunter ein bißchen unberechenbar – wie heute abend wieder bei der Hymne . . . aber das könnte ebensogut die Aufregung gewesen sein . . . aber, äh, verstehen Sie, was ich meine?«

»Ja«, sagt Dad. »Wir begreifen einfach nicht, was in ihrem Kopf vorgeht. Und was die Sache noch seltsamer macht, ist, daß sie trotzdem außerordentlich erfolgreich ist, sieht man einmal von diesem neuen Benehmen ab.«

»O ja! Sie ist eine der besten Schülerinnen, die das Jan Van Riebeeck jemals hervorgebracht hat«, sagt der Lehrer und nickt mit dem Kopf. »Aber . . . wie soll ich sagen? . . . Es sieht so aus, als wolle sie unsere Autorität anzweifeln – natürlich nicht bei mir – aber ein paar andere Mitglieder des Kollegiums haben sich gegen ihre Ernennung ausgesprochen, weil sie . . .« Er bricht mitten im Satz ab, weil Ilse und eine Freundin näher kommen.

»Herzlichen Glückwunsch, mein Kind«, sagt Mum, und sie und Ilse umarmen sich.

»Danke, Mummy«, sagt sie, und dann umarmt sie sich mit Dad, dann mit Zelda und schließlich mit mir. Es kommen noch mehr Eltern und Kinder, die viel Wirbel um sie machen. Nachdem jeder an der Reihe war, gehen wir zurück zum Auto.

Dad sagt, er müsse noch einmal zurück ins Büro, und

möglicherweise würde es sehr spät heute, weil es noch einen anderen Terroranschlag in Mosambik gegeben habe. Vielleicht muß er sogar später noch nach Pretoria. Dad nimmt Ilse in den Arm und sagt, es täte ihm sehr leid, daß er nicht zu Hause sein könne, um mit uns ihren Erfolg zu feiern. Er sagt, er würde es irgendwann wiedergutmachen. Dann lächelt er mich an und sagt:

»Und das nächste Mal, Junge, bist du an der Reihe.«

Dad kann Mister Smith nicht abholen, deshalb bittet er Mum, ihn auf dem Rückweg beim Brigadegeneral Van der Westhuizen aufzusammeln. Wir legen alle Trophäen auf die Ablage hinter den Rücksitz und wünschen Dad gute Nacht.

»Und, was hältst du von der neuen Schulsprecherin?« fragt Mum Ilse, als der Käfer den De Waal Drive hochfährt.

»Oh, sie wird alles tun, was man von ihr erwartet«, antwortet Ilse und sieht hinunter über die Stadt.

»Und ›Die Stem‹?« hakt Mum nach.

Ilse ist für einen Moment still, dann sagt sie: »Mir war gerade so danach . . .«

»Nicht ganz der rechte Ort und der rechte Zeitpunkt für so etwas, oder, mein Kind?« In Mums Stimme schwingt ein verärgerter Unterton mit. Ilse sieht weiter aus dem Fenster, ohne zu antworten.

Da fährt Mum fort: »Mister Rautenbach hat gesagt, daß du dich im Laufe des letzten Jahres verändert hast – seit du aus Holland zurück bist. Ist das nicht genau dasselbe, was Dad immer sagt? Daß du in allem nur das Schlechte siehst und ständig Widerworte gibst?« Mum scheint auf eine Antwort zu warten, aber als Ilse nichts sagt, macht sie weiter: »Meine liebe Ilse, du solltest einmal darüber nachdenken, was eigentlich mit dir los ist. All diese Talente, mit denen Gott dich gesegnet hat, sie werden dir gar nichts bringen, wenn du nicht lernst, das zu tun, was die Gesellschaft von dir erwartet. Es kommt auf dasselbe hinaus, wie sein Licht unter den Scheffel zu stellen. Ungeachtet, wie gut du in allem bist – wenn die Leute dich nicht mehr mögen, wird alles sinnlos. Bist du erst einmal unbeliebt, wirst du nie mehr eine führende Position bekommen. Hörst du, was Mummy sagt?«

»Beliebtheit ist nicht alles, Mum.«

»Vielleicht nicht, aber *un*beliebt zu sein, kann die *Hölle* sein.«

»Wie zweifelsohne für Tannie Karla«, sagt Ilse.

»Ilse«, sagt Mum, und ich kann hören, daß sie wirklich sauer ist, »versuchst du etwa, mich vorzuführen? Wenn du nicht aufpaßt, wirst du genauso enden wie sie!«

»Und dann? Werdet ihr mich dann auch von zu Hause verbannen?« fragt Ilse leise.

Mum ist für eine Weile still. Dann sagt sie: »Laß uns uns den Abend nicht noch weiter verderben.« Und sie macht den Kassettenrecorder an, und wir hören Sarah Vaughans »It shouldn't happen to a dream«.

Als wir zum Haus der Van der Westhuizens kommen, geht Mum hinein, um den General abzuholen. Ilse steigt aus und kommt nach hinten, damit der General auf dem Beifahrersitz sitzen kann. Zelda ist eingeschlafen, und Ilse nimmt ihren Hut und legt Zeldas Kopf auf ihren Schoß. Sie hebt Zeldas Füße hoch und legt sie über meine Beine. Das Licht der Straßenlaterne fällt ins Auto und läßt Zeldas Gesicht wie Wachs aussehen, so weiß wie die *Katjiekrulkopkinders.* Ihre Wimpern und ihre Augenbrauen sind rötlichgelb, und über die Lider verlaufen feine Äderchen. Die Zöpfe gehen hoch und runter, wenn sie atmet, und ihr Mund ist leicht geöffnet. Die Stirn ist ein wenig gerunzelt. Wenn ich sie mit ihren Beinen über meinen so ansehe, sieht sie plötzlich sehr hübsch aus. Frikkie und ich müssen aufhören, sie zu ärgern. Außerdem ist es bestimmt nicht schön, arm zu sein und immer Ilses alte Kleider tragen zu müssen.

Mum kommt mit dem General zum Auto zurück. Während wir nach Hause fahren, fragt er Ilse, ob er ihre Preise einmal sehen darf, und sie holt sie hinter dem Rücksitz hervor und zeigt sie ihm.

Bei den Kemps steigt der General mit Mum aus und trägt Zelda die Treppen hinauf. Mum hat Zeldas Hut in der Hand.

Wieder zu Hause gehen wir ins Wohnzimmer, und Mum öffnet zur Feier des Tages eine Flasche Champagner. Obwohl heute kein Sonntag ist, schenkt Mum mir ein halbes Glas ein, und Ilse bekommt ein volles Glas. Dann zieht Mum ihre Schuhe aus und legt die Beine neben sich auf dem Sessel hoch.

Nachdem wir auf Ilse angestoßen haben, sagt der General: »Du mußt ganz schön gut sein, wenn du so viele Preise gewonnen hast. Was machst du denn sonst noch, außer Trophäen sammeln?«

Ilse lacht und sagt: »Nun ja, ich lese sehr gerne – wie ich Ihnen neulich schon gesagt habe. Das ist so ziemlich alles, wozu ich noch Zeit finde.«

»Liest du auch Liebesromane?« fragt der General und lächelt Mum und dann Ilse an.

»Oh, alles. Ich lese alles, was mir in die Finger kommt. Im Moment lese ich gerade Moby Dick.« Sie verdreht die Augen in meine Richtung und fügt hinzu: »Das ist so ziemlich der einzige gute Rat, den mir mein kleiner Bruder jemals gegeben hat. Haben Sie Moby Dick gelesen, Mister Smith?«

Ich *weiß* ja, daß Ilses Moby Dick anders ist als meiner, aber warum zum Teufel muß sie mich vor dem General mein *kleiner Bruder* nennen! Sie ist so eine Klugscheißerin, und ich wünsche mir wirklich, daß ihre Überheblichkeit sie eines Tages zu Fall bringen wird. Bei Gelegenheit werde ich sie daran erinnern, was mit Nebukadnezar geschehen ist, und vielleicht sogar daran, daß sie Tannie Karlas Brief hinter Mas Rücken gelesen hat.

»Ja, den habe ich gelesen«, sagt der General. »Das ist eine

der phantastischsten Geschichten, die jemals über das Meer und den Walfang geschrieben wurden.«

Dann sagt Ilse, sie glaubt, in dieser Geschichte stecke noch weit mehr als nur die Walfangthematik. Der General zieht fragend die Augenbrauen hoch, und Ilse sagt etwas von Kapitän Ahab und Quiqueg, die für unterschiedliche Dinge stünden, und daß Ismael sich zwischen diesen beiden entscheiden müsse.

Der General streicht über seinen Schnurrbart und fragt: »Und hast du auch jemanden wie Quiqueg, einen mysteriösen Fremden?«

Ilse lacht schüchtern und sagt nein.

»Aber warum nicht? Ein schönes Mädchen in deinem Alter ... Da gibt es doch sicher jemanden?«

Ilse ist einen Moment lang still. Dann sieht sie zu Mum hinüber und sagt: »*Gracias* für das Kompliment, Mister Smith. Aber ich darf mich nicht mit Fremden treffen.«

Mum schnalzt mißbilligend mit der Zunge. »So ein Unsinn, Ilse! Du darfst *jeden* zum Freund haben, den du möchtest.«

Ich glaube auch, daß Ilse da Unsinn redet, weil ich gut mit Jan Bandjies befreundet bin, und obwohl Jan kein richtiger Walfänger ist wie Kapitän Ahab oder Quiqueg, waren alle seine Vorfahren Walfänger. Deshalb kommt es fast auf dasselbe hinaus. Ich bin mir sicher, daß Ilse nur versucht, mit dem General zu flirten, und sich deshalb diese ganzen Geschichten ausdenkt.

Er lächelt und sagt: »Nun, und was ist mit mir ... ich bin ein Fremder?« Er sieht sie verschmitzt an, weil er sie nun richtig in die Enge getrieben hat.

Aber Ilse schüttelt bloß den Kopf und sagt: »Nein, nicht wirklich. Sie sind kein Fremder ...«

»Schon möglich, vielleicht hast du recht. Aber ich komme aus einem fernen Land. Einem Land mit vielen Geheimnissen!«

Ilse ist für eine Weile still. Dann sagt sie: »Das stimmt schon, aber Sie sind trotzdem ... ein General ... wie mein Vater.«

»Trotzdem *bin* ich ein Fremder«, sagt er und lächelt Mum an.

Aber Ilse schüttelt wieder nur den Kopf und sagt: »Sie sind wie mein Vater, wie Kapitän Ahab.«

Der General wirft seinen Kopf zurück und lacht. »Macht die Tatsache, daß wir beide Generäle sind, uns zu Ahabs?« Und als er lächelt, zieht er eine Augenbraue nach oben, so daß sich seine weißen Zähne deutlich von dem schwarzen Schnurrbart abheben. Ilse zuckt mit den Schultern und murmelt so etwas wie, daß sie in dem Fall ja nicht wirklich die Wahl gehabt hätte. Dann sitzt sie da und schmollt.

Mum fragt Mister Smith, ob er noch ein Glas Champagner möchte. Ich bin mir inzwischen ganz sicher, daß zwischen Ilse und ihm etwas abläuft. Ich beobachte Ilse aus dem Augenwinkel. Die ganze Geschichte mit dem Fremden verstehe ich nicht. Ich bin mir sicher, daß sie ein Geheimnis haben.

Der General fragt Mum, ob sie etwas für ihn singen würde. Mum singt nie vor Fremden, aber ich glaube, daß sie heute abend in einer sehr guten Stimmung ist, weil sie über alle Witze des Generals lacht. Vielleicht kann ich ihn auf die Narbe auf seinem Rücken ansprechen, aber ich fürchte, Mum wird sagen, das sei eine zu persönliche Frage. Ilse sagt, Mum solle ein Lied von Jacques Brel singen. Wie es mit »Les Désespérés« wäre? Aber Mum möchte zuerst etwas Lebhafteres singen. Der General bittet sie, etwas ganz speziell für ihn zu singen, damit er sich an sie erinnern könne. Er wird vielleicht morgen im Haus vom Brigadegeneral Van der Westhuizen übernachten, so daß heute sein letzter Abend mit uns wäre. Als er das sagt, werfe ich Ilse schnell einen Blick zu, aber sie sitzt nur regungslos da, als hätte sie nichts gehört.

Der General sagt, Mum soll etwas singen, was ihn an sie erinnern würde, wann immer er es in Zukunft hört. Mum setzt sich an den Flügel, und von meinem Platz aus kann ich ihre Füße auf den Pedalen sehen, und die Naht der Strumpfhose, die an den Fußspitzen entlangläuft. Ilse steht auf und öffnet den Deckel des Flügels. Bevor Mum zu singen anfängt, sieht sie den General an und sagt: »Ich singe ein Lied von Gershwin. Aber Sie dürfen es auf keinen Fall Johan sagen. Er haßt Jazz.«

»*Afirmativo*. Unser Geheimnis. Ich verspreche es«, antwortet er und zwinkert mir zu.

Ilse kichert und sagt, Mum solle noch einen Augenblick warten. Sie läuft hinaus und kommt mit Streichhölzern und dem silbernen Kerzenständer wieder. Mum lacht und sagt, Ilse würde eine richtige Show daraus machen. Ilse dimmt das Licht. Dann stellt sie den Leuchter auf den Notenständer des Flügels und zündet die Kerzen an. Kein Mensch kann Ilses Launen verstehen. Sie ändern sich schneller als die Gezeiten. Noch vor ein paar Sekunden saß sie mit einem Schmollmund in der Ecke, und jetzt ist sie plötzlich die Ballkönigin! Ilse tritt vor den Flügel und sagt: »Meine sehr verehrten Herren, ich habe die Ehre, Ihnen . . . nach einer Pause von zwanzig Jahren . . . Miss Leonore Stein zu präsentieren!« Wir klatschen, und Mum senkt ihren Kopf und sieht ganz schüchtern aus.

Mum singt »Summer Time« von George Gershwin. Sie singt es ganz langsam, wie richtigen Jazz, und bewegt dabei ihre Schultern wie jemand, der einen langsamen Tanz aufführt. Ihr Oberkörper und ihre Arme wiegen sich im Rhythmus, und das rote Kleid fällt in sanften Wellen um den Klavierhocker. Mum sieht so wunderschön aus am Flügel. Im Kerzenschein ist ihre Haut ganz zart und schimmert rosa, und ich wünschte, die ganze Welt würde sie jetzt sehen. Sie singt das Lied zweimal, beim zweiten Mal lebendiger und mit vielen schönen Akkorden auf dem Klavier.

Als das Lied vorbei ist, applaudieren wir begeistert. Mum steht auf und verbeugt sich wie in einem richtigen Konzert.

Der General sagt einen langen Satz auf spanisch, und Mum dankt ihm und sagt, sie würde zwar kein Spanisch verstehen, aber es hätte sich wie ein Kompliment angehört. Er sagt, daß Mums Stimme ihn tief bewegt habe.

»Sind alle Menschen in Chile Spanier, Mister Smith?« möchte ich wissen.

Er lacht. Dann sagt er: »Wir sind nicht wirklich Spanier. Die meisten von uns sind Chilenos, aber wir sprechen alle Spanisch.«

»Die meisten Chilenos haben spanische und indianische Vorfahren, nicht wahr, Mister Smith?« fragt Ilse nun.

Er sagt *sí* und bittet Mum, noch ein weiteres Lied zu singen. Sie willigt ein, sagt aber, danach müßten wir ins Bett gehen. Immerhin hätten wir morgen noch einen Tag Schule, und wenn wir nicht bald schlafen gingen, würden wir morgen nicht aus den Betten kommen.

Nun singt Mum »Les Désespérés« von Jacques Brel. Sie singt es sehr langsam und sanft und sieht dabei verträumt in die Ferne. Ihre Stimme bebt und erfüllt allmählich das ganze Haus. Ich sehe Ilse an, die zu Mum hinüberstarrt. Tränen strömen über ihre Wangen, und ich frage mich, ob sie weint, weil Mum so wunderschön singt oder weil der General abreist. Aber ich glaube, es ist Mums Stimme, denn obwohl ich nicht viel vom Singen verstehe, singt Mum heute abend so, wie ich sie noch nie habe singen hören. Sogar Mimi Coertse ist heute nichts gegen Mum.

Nachdem die letzten Töne verklungen sind, klatschen wir nicht sofort. Im Haus ist es ganz still, und Mum hält den Blick gesenkt.

»Hermoso, hermoso . . . das war ausgezeichnet«, durchbricht der General schließlich die Stille. Mum wendet sich langsam zu uns um. Sie lächelt und sagt, es ist höchste Zeit für uns, ins Bett zu gehen.

Und bevor ich mich bremsen kann, sehe ich Ilse an und sage: »Vorher muß Ilse noch das Forellenlied singen.« Ilse sieht mich an, als hätte ich nicht alle Tassen im Schrank, weil sie ganz genau weiß, daß ich es nicht ausstehen kann, wenn sie singt. Ich reiße unschuldig meine Augen auf, damit sie sieht, daß der Vorschlag nett gemeint ist. Aber bevor sie antworten kann, sagt Mum:

»Marnus, es ist schon so spät . . .«

Ich möchte unbedingt, daß der General Dads Lieblingslied hört, deshalb ziehe ich meine Augenbrauen hoch und mache ein trauriges Gesicht, damit sie merkt, wie wichtig es mir ist.

»Mir ist heute abend nicht nach Singen«, wendet Ilse ein.

»Bitte, Mum«, bettle ich, »sag Ilse, sie soll das Forellenlied für Mister Smith singen, nur einmal, bitte, Mum.«

»Marnus«, antwortet Mum, »es ist spät, und Ilse möchte jetzt nicht singen. Ab in die Falle, ihr zwei.«

Ilse steht auf und sagt gute Nacht, aber ich gebe noch nicht auf: »Nur einmal, eine einzige Strophe . . .«

Mum unterbricht mich in Afrikaans: »Hör mit dem Unsinn auf, Marnus. Merkst du nicht, daß Ilse sich unwohl fühlt in Gesellschaft dieses fremden Mannes! Geh jetzt.«

Ich sehe den Gereral an, der lächelnd in seinem Sessel sitzt. Auch wenn er kein Afrikaans versteht, weiß ich, daß ich mich vor ihm lächerlich gemacht habe. Wir verabschieden uns, und Ilse versucht zum ersten Mal nicht ihr *Buenas Noches.* Heute abend sagt sie keinen Piep. Während wir uns die Zähne putzen, sehe ich sie an und sage: »Ich weiß genau, warum du eben nicht das Forellenlied singen wolltest.«

Sie ist fertig, und als sie sich hinunterbeugt, um sich den Mund auszuspülen, sehe ich auf ihren dicken Pferdeschwanz, der über ihrem Rücken hängt. Sie wischt sich mit dem Handtuch den Mund ab und fragt dann: »Ja? Und wie ist deine Theorie?«

»Keine Sorge«, sage ich, »ich bin ja nicht von gestern.« Sie verdreht die Augen und verläßt ohne ein weiteres Wort das Badezimmer.

Ich ziehe meine lange Hose vorsichtig aus, damit ich nicht an meine Knie komme. Dann schlüpfe ich in die Pyjamahose, aber es ist zu heiß, um mit Oberteil zu schlafen. Nachdem ich das Licht ausgemacht habe, gehe ich langsam zu meinem Bett und gebe mir dabei Mühe, nicht mit den Knien irgendwo anzustoßen. Plötzlich fällt mir wieder ein, daß der General heute zum letzten Mal bei uns übernachtet. Ich denke wieder an seine Narbe auf dem Rücken und wünschte, ich könnte sie noch ein letztes Mal sehen. Langsam schleiche ich mich deshalb auf Zehenspitzen in die Mitte des Zimmers. Es ist fast Vollmond, und das Mondlicht scheint durch das Fenster. Als ich den Teppich wegrolle, dringt durch die zwei kleinen Löcher im Dielenboden das Licht von unten zu mir hoch. Ich lege mich auf die Seite, wegen meiner Knie. Als ich mich auf den Bauch rolle, winkle ich die Beine an.

Der General steht vor Oumas Frisiertisch und betrachtet sich in dem großen, ovalen Spiegel. Die Unterhosen, die er trägt, sehen nicht so aus wie Dads und meine, sie sehen eher aus wie Rugbyshorts. Ich kann die Narbe ganz deutlich erkennen. Ich sehe auf sein Gesicht im Spiegel, und plötzlich schlägt mir das Herz bis zum Hals. Obwohl ich es nicht genau erkennen kann, sehe ich einen rötlichen Schein im Spiegel direkt neben ihm. Ich versuche, zur Tür zu blicken, aber ich kann nicht so weit sehen. Ich beuge mich über das andere Loch im Boden, aber dort sehe ich direkt auf das Bett unter mir. Schnell wechsle ich wieder hinüber zum größeren Loch. Der General steht immer noch genau da, wo er vorher gestanden hat, das Spiegelbild von der Tür hat sich ebenfalls nicht bewegt. Ich weiß, daß es Ilse ist.

Ich möchte aufspringen und ins Bett gehen, aber ich habe zu große Angst, daß die Dielen knarren. Ich wünschte, sie würden etwas sagen. Jetzt lächelt er. Er wendet sich um und sieht zur Tür. Ich verstehe nicht, warum sie nichts sagen. Sie stehen nur da, sehen sich an, und er lächelt, als hätten sie ein Geheimnis. Vielleicht finde ich heraus, was es ist. Ich habe das Gefühl, es dauert Stunden.

Während er noch dasteht und lächelt, höre ich plötzlich, wie die Haustür unten im Flur geöffnet wird. Für einen kurzen Moment hebe ich den Kopf, und als ich wieder durch das Loch gucke, ist der rote Schein im Spiegel verschwunden. Der General steht noch an derselben Stelle wie vorher, aber er lächelt jetzt nicht mehr.

Ich rolle leise den Teppich zurück und schaffe es, ohne Knarren aufzustehen. Es ist genau, wie ich dachte: die komische Sache im Wohnzimmer vorhin, als sie über »den Fremden« gesprochen haben. Natürlich! Das muß ein Code gewesen sein dafür, daß sie in sein Zimmer kommen soll! Aber auf einmal bin ich mir doch nicht mehr so sicher ... Ich fühle mich schrecklich, weil ich Ilse solche Dinge unterstelle. Ilse würde so etwas nie tun. Sie hatte noch nie eine Knutscherei mit einem Jungen, sie würde nie und nimmer mitten in der Nacht ins Zimmer eines verheirateten Mannes gehen. Ich muß mir das alles eingebildet haben. Ich konnte es sowieso nicht richtig erkennen; aus diesem vertrackten Blickwinkel konnte man eigentlich *gar* nichts sehen. Das ist alles Frikkies Schuld! Er hat mir die Idee von Ilse und dem General in den Kopf gesetzt.

Bei meinem Nachtgebet bitte ich den Herrn um Verzeihung, daß ich solche unanständigen Gedanken über meine eigene Schwester habe. Ich bitte ihn auch um Verzeihung für Frikkie, der mich in Versuchung geführt hat. Gleich morgen werde ich versuchen, wieder nett zu ihr zu sein.

Immer wenn ich den Schutz der vertrockneten Bäume und Sträucher verlassen muß, brennt die Sonne unerbittlich auf meinen Nacken. Wenn ich den Cunene erreiche, kann ich am Fluß entlang bis Qalueque gehen. Das Dickicht hier ist noch undurchdringlicher als das heute morgen. Wenn ich anhalte, um zu lauschen, höre ich, daß ich verfolgt werde. Meine Versuche, sie abzuschütteln, indem ich einen Halbkreis renne, sind fehlgeschlagen. Jetzt laufe ich direkt auf den Fluß zu. Es hört sich so an, als wären es mehrere, und sie holen auf. Inzwischen müssen sie wissen, daß ich allein bin und die Müdigkeit mir schwer zu schaffen macht. Meine Lungen brennen von dem ganzen Staub, den ich durch meine rissigen Lippen stoßartig einatme. Ich habe daran gedacht, meinen Gurt abzulegen, um mir das Laufen zu erleichtern. Doch ich verwerfe die Idee. Zweige schlagen mir wie Peitschenhiebe ins Gesicht, und im Mund steigt ein Geschmack von Blut hoch. Das Knacken und Krachen derer, die mir auf den Fersen sind und mich allmählich einholen, erfüllt meinen Kopf. Die Geräusche umzingeln mich. Ich stürze blind weiter, suche verzweifelt nach dem Fluß. Ich muß den Fluß finden, der mich nach Qalueque führt.

Es ist mein letzter Tag in der fünften Klasse. Auf dem Schulweg sehe ich Ilse von der Seite an, um herauszubekommen, ob sie das gestern im Spiegel war. Aber morgens sieht alles ganz anders aus, und ich fühle mich schrecklich wegen der Gedanken, die ich noch immer im Kopf habe. Vielleicht habe ich das alles nur geträumt.

Ich sehe im Rückspiegel auf Mums Sonnenbrille. Wenn wir morgens zur Schule fahren, blendet sie die Sonne so in den Augen, daß sie immer eine Sonnenbrille aufhat. Mum wäre bitter enttäuscht, wenn sie jemals herausfinden würde, was in meinem Kopf vor sich geht. Ein schmutziger Gedanke ist genauso schlimm wie eine schmutzige Tat, und es gibt keine kleinen und großen Sünden. Pfarrer Cronje hat uns das schon hundert Mal in der Predigt gesagt.

Weil heute der letzte Schultag ist, haben wir früher Schluß als sonst, und wir bringen unseren Lehrern Geschenke mit. Miss Engelbrecht freut sich sehr über die kleine, antike Kupferwaage, die Mum ihr gekauft und eingepackt hat, damit ich sie ihr gebe. Frikkie schenkt ihr ein teures Parfum, und Miss Engelbrecht ist so begeistert, daß sie ihm sein schlechtes Benehmen vom ganzen Schuljahr verzeiht.

Miss Engelbrecht teilt uns das Jahrbuch aus, und ich bin ganz außer mir vor Freude, als ich sehe, daß mein Aufsatz darin ist. Es ist das erste Mal, daß sie einen von meinen Aufsätzen ausgewählt haben, und ich kann es gar nicht erwarten, das Dad zu zeigen. Und Ilse. Ilse hat immer zwei oder drei Sachen im Jahrbuch der High School, aber jetzt kann ich auch ein bißchen angeben. Ganz hinten im Jahrbuch ist ein Photo von Frikkie und mir mit unserem Rugbyteam. Frikkie und ich sitzen jeweils rechts und links von unserem Sportlehrer, und Frikkie hält den Rugbyball.

Normalerweise teilen sie am letzten Tag vor den Ferien unsere Zeugnisse aus, aber am Ende eines Schuljahrs werden die Zeugnisse nach Hause geschickt. Sie machen das, um sicherzugehen, daß die Eltern die Zeugnisse auch wirklich sehen und die ganze Familie weiß, ob du es geschafft hast oder sitzengeblieben bist. Bei mir war es noch nie knapp, aber einige Kinder aus den B- und C-Kursen müssen am Ende tatsächlich das Jahr wiederholen. Der dumme Van Eeden-Junge ist zweimal in der fünften Klasse sitzengeblieben, und wenn er es noch einmal nicht schafft, muß er im nächsten Jahr wahrscheinlich in eine Sonderklasse.

Mum holt Frikkie und mich vom Haus der Delports ab, nachdem sie Ilse an der High School aufgesammelt hat. Frikkie bleibt bis übermorgen bei mir, dann fahren wir nach Sedgefield. Ich kann es gar nicht abwarten, Mum und Ilse meinen Aufsatz zu zeigen. Sobald ich im Auto sitze, öffne ich meinen Ranzen. Ich halte ihnen das Jahrbuch hin und sage Ilse, sie soll auf Seite achtunddreißig nachsehen, weil da eine Überraschung für sie sei. Als sie sieht, was es ist, ruft sie: »Marnus, das ist phantastisch!« Und sie dreht es zur Seite, damit Mum beim Fahren einen kurzen Blick darauf werfen kann. Mum lacht, streckt ihren Arm nach hinten und kneift mir in den Schenkel. Sie meint, heute sei sie eine stolze Mutter. Ich sage Ilse, sie soll sich auch das Rugby-Photo von Frikkie und mir ansehen. Sie wirft einen Blick darauf und befiehlt dann, wir sollen ruhig sein, damit sie Mum meinen Aufsatz vorlesen kann. Das ist mir ein bißchen unangenehm, weil Frikkie jetzt bestimmt denkt, daß ich angeben will. Ich ziehe eine Grimasse, damit er merkt, daß ich Ilses Vorschlag albern finde. Dann fängt sie an zu lesen:

Im Museum

Marnus Erasmus, Klasse 5A

Wenn man durch das Museum geht, kann man viele interessante Dinge über unser Land lernen. Es gibt dort zahlreiche interessante Ausstellungen und viele wunderschöne, alte Bilder. Am besten sind die, auf denen man die Uniformen sehen kann, die man früher trug, um die Strandlopers und die Hottentotten davon abzuhalten, die Farmen der armen, holländischen Siedler zu plündern. In den Schaukästen sind sogar die alten Waffen der Siedler, die Matchlocks, ausgestellt. Der erste Krieg gegen die Hottentotten war sieben Jahre nachdem Jan Van Riebeeck auf dem Kap angekommen war, aber die Siedler waren stärker als die Hottentotten, und sie rannten davon wie Feiglinge. Später lebten sie alle in den Bergen. Dann mußten die Buren Krieg gegen die Xhosa in der Algoa Bay führen und später gegen die Zulu in Natal, weil die Krieger vom bösen Dingane ihre Frauen töteten und die Babys mit den Köpfen gegen die Wagenräder schlugen. Je weiter nach Norden der Treck der Buren damals zog, desto unverschämter und bösartiger wurden die Eingeborenen. Aber die Hand

Gottes ruht über den Gerechten, und nun ist unser Land in vier Provinzen eingeteilt, und seit 1961 sind wir eine Republik. Nach dreihundert Jahren haben wir eine der stärksten Armeen der Welt. Unsere Soldaten benutzen nicht mehr Matchlocks, sondern FNs. FN steht für Fabrique Nationale, *weil sie in Belgien hergestellt werden. All das kann man lernen, wenn man mit offenen Augen durch das Museum geht. Offene Augen sind das Tor zu einem offenen Geist.*

Mum sagt, dies sei ein wundervoller Aufsatz und eines Tages würde ich noch bessere Aufsätze schreiben als Ilse. Ich warte darauf, daß Ilse irgend etwas sagt, aber sie blättert nur durch das Jahrbuch, ohne ein weiteres Wort zu verlieren. Ich weiß nicht, was das soll, denn gerade war sie noch ganz beeindruckt, und jetzt ist sie ganz ruhig und völlig desinteressiert. Sie wechselt ihre Stimmungen wie ein Chamäleon die Farbe.

Während sie durch das Jahrbuch blättert, fragt Ilse Mum, ob sie etwas von Doreen und Little-Neville gehört hat. Mum sagt, Doreen hat wieder angerufen, und es scheint, als wäre Little-Neville über den Berg. Er wird nicht sterben. Vielleicht können sie ihn morgen nach Kapstadt verlegen. Aber der Transport kostet viel Geld, und Doreen kann sich das nicht leisten. Mum sagt, sie würde Dad fragen, ob wir den Transport nicht zahlen können. Mum kann es immer noch später von Doreens Gehalt abziehen. Sie sagt, dies sei das mindeste, was man für Doreen tun kann, vor allem, weil Little-Neville ihr liebstes Kind ist. Wenn eine Mutter ihr Kind leiden sieht, ist es schlimmer, als müsse sie selbst das Leid ertragen.

Als ich Frikkie heute morgen erzählt habe, was mit Little-Neville passiert ist, hat er gesagt, er hätte gehört, daß es ganz schrecklich stinkt, wenn man Menschenfleisch verbrennt. Wir haben uns gefragt, ob es wohl unterschiedlich riecht, wenn man das Fleisch von einem Coloured oder das von einem Weißen verbrennt. Es müßte einen Unterschied geben, weil unser Blut ja ganz anders ist. Der Kassettenrecorder im Käfer spielt ein Lied von Ella Fitzgerald aus *Porgy and Bess.*

Ich wollte, wir wären schon unterwegs nach Sedgefield. Mum sagt, Mister Smith wird heute und morgen nacht bei dem Brigadegeneral Van der Westhuizen bleiben. Dann fliegt er zurück nach Amerika, und wir fahren nach Sedgefield. Heute abend wird er das letzte Mal bei uns essen, und Dad möchte ihm Dias aus Ostafrika und Rhodesien zeigen. Danach wird Dad ihn zum Brigadegeneral Van der Westhuizen bringen, weil da jemand ist, den sie nur nachts treffen können. Schade, daß mein Aufsatz nicht auf englisch ist, denn dann könnte ich ihn dem General zeigen.

Eigentlich ist es gar nicht so schlimm, noch zwei Tage zu warten, bis wir nach Sedgefield fahren, denn dafür wird Dad diesmal von Anfang an dabei sein. Sonst kommt er immer erst später nach. Mit Dad zusammen ist es in Sedgefield immer am schönsten. Wir gehen fast jeden Tag am Eingang der Lagune fischen, oder Dad nimmt das Motorboot mit zu den Seen. Er hängt das Boot an den Volvo und bringt es mit, wenn er zu uns hinunterkommt. Manchmal, wenn Dad keine Lust hat zu fischen, machen wir lange Spaziergänge durch die Knysna Forests oder an den Seen entlang. Wir nehmen dann immer den *Roberts Birds of South Africa* mit und versuchen, so viele Vogelarten wie möglich zu bestimmen. Letzten Dezember haben wir zweiundvierzig verschiedene Arten in zwei Wochen gezählt. Wir haben auch zum ersten Mal seit Jahren einen malachitgrünen Eisvogel gesehen, und als wir nach Oubos fuhren, um Onkel John zu besuchen, haben wir sogar zwei Fischadler gesehen. Sie bauen ihre Nester ganz oben in den Felsen vom Grootrivier. Auch wenn wir hin und wieder nach Oubos fahren, sind wir lieber in Sedgefield, weil man da besser angeln kann und das Meer nicht so gefährlich ist.

Aber der beste Platz zum Angeln ist Botswana. Dad sagt, er nimmt mich mit, wenn ich später in der High School bin. Jedes Jahr im Oktober fahren Dad und der Brigadegeneral Van der Westhuizen in die Okawango-Sümpfe zum Tigerfisch-Angeln. Dad wollte mich schon einmal mitnehmen, aber Mum fand, ich sei noch zu klein. Ich bettelte und bettelte, um mitgehen zu dürfen, aber Mum wurde ganz resolut und sagte, meine ganze Bettelei sei »verlorene Liebesmüh«. Wenn ich da oben im Busch krank würde, könnte sich niemand um mich kümmern, und es gäbe keinen Arzt, der mir Medizin geben würde. Deshalb ist es immer noch mein großer Traum, am Okawango mit Dad Tigerfische angeln zu gehen. Normalerweise nehmen Dad und der Brigadegeneral Van der Westhuizen ein Armeefahrzeug, wenn sie nach Botswana fahren. Sie tauschen die Armee-Nummernschilder gegen normale aus, weil die R-Fahrzeuge die Regierung in Botswana ganz nervös werden lassen. Die Regierung in Botswana ist genau wie der Rest von Afrika. Ihr Präsident hat eine Weiße geheiratet, und sie haben farbige Kinder, die nirgendwo richtig dazugehören.

»Diese Kinder tun mir am meisten leid«, sagt Mum immer, wenn sie mit anderen über Lady Ruth Khama und Sir Seretse spricht. In Übersee, wo es Fernseher gibt, hat Dad einmal einen Bericht über Sir Seretse gesehen. Dad sagt, daß Sir Seretse so schwarz sei, daß er ganz blau aussieht. Als die englische Königin den blauen Schimmer auf seiner Haut gesehen hat, hielt sie das fälschlicherweise für blaues Blut und ernannte ihn kurzerhand zum Sir!

»Aber«, sagt Dad, »selbst wenn man einem Affen einen goldenen Ring ansteckt . . .« Und ohne, daß er den Satz beenden muß, wissen wir, was er meint. Manchmal muß Dad einen Satz nur beginnen, dann wissen wir schon, was er sagen wird. Dad sagt immer, ein wacher Verstand braucht nur die halbe Erklärung, und das sei auch der Grund, warum er uns nie schlagen müsse.

Als wir nach Hause kommen, stellt Mum kaltes Hühnchen und Salat zum Mittagessen raus. Aber vor dem Essen schickt sie uns noch hinunter zum Laden, Brot einkaufen. Wir ziehen unsere Schuluniform zum letzten Mal in diesem Jahr aus und gehen die St. James Road hinunter. Vom Wechselgeld kaufen wir uns jeder ein Crunchie und gemeinsam eine kleine Flasche Vanille-Soda. Wir setzen uns auf den Bürgersteig vor dem Geschäft, um unsere Crunchies aufzuessen. Wenn wir mit Süßigkeiten nach Hause kommen, würde Mum sagen, daß wir jetzt keinen Hunger mehr haben.

Ich bin froh, daß Frikkie hier ist, weil ich keine Lust habe, mit den Spiros zu spielen. Ich bin immer noch sauer auf sie, weil sie gestern einfach weggerannt sind, als ich bei Mrs. Streicher auf der Treppe hinfiel.

Aber genau so sind die Engländer. Sie laufen immer weg. Dad sagt, es sind die Afrikaaner, die dieses Land verteidigen müssen, wenn es Ärger gibt. Die Engländer werden alle in Scharen auswandern und nach Amerika oder England flüchten, da die Hälfte von ihnen sowieso zwei Pässe hat. Nach dem englisch-burischen Krieg haben alle englischen Soldaten Südafrika verlassen, ohne überhaupt einen Gedanken an die unzähligen Frauen und Kinder zu verschwenden, die sie in den Konzentrationslagern umgebracht haben. Die arme Ouma Kimberley ist in einem Konzentrationslager auf die Welt gekommen. Dad sagt, es sieht den Briten ähnlich, Hitler zu kritisieren, wo sie in Wirklichkeit damit angefangen haben, Menschen in Konzentrationslager zu schicken. Einmal, als wir am Rhodes Memorial vorbeifuhren, sagte Dad, Cecil John Rhodes war ein Imperialist, der die Diamanten und das Gold aus unserem Land geraubt hat. Und als er, nachdem er unser Land ruiniert hat, endlich tot war, hätte er seine Asche besser über Rhodesien streuen lassen sollen als über dieses Land, das er nach Strich und Faden ausgenommen hat. Dad sagt, das Rhodes Memorial sollte besser nach jemandem wie Verwoerd benannt werden, der sein Leben ganz der Republik gewidmet hat.

Wir sehen den alten Mann aus Richtung Kalk Bay auf uns zukommen. Er beugt sich nach unten, um eine alte Colaflasche im Rinnstein aufzuheben. Zunächst beachten wir ihn gar nicht, aber dann erkenne ich ihn: Es ist Chrisjan. Das ist das erste Mal, daß ich ihn sehe, seit er mit unserem Angelzeug verschwunden ist. Er geht die Straße entlang, die Augen auf den Bürgersteig gerichtet, und es sieht so aus, als würde er nach etwas suchen.

»*Dag*, Chrisjan«, sage ich von meinem Platz auf dem Bürgersteig aus. Er bleibt plötzlich stehen und versucht sich aufzurichten.

»Tag, mein Herr. Hat der Herr für einen alten Mann nicht eine Münze übrig? Ich habe Hunger wie ein Bär.«

Er tut so, als würde er mich nicht erkennen. Aber er *muß* mich kennen. Immerhin hat er über dreißig Jahre in unserem Garten gearbeitet, zuerst für Oupa und dann für uns. Er beugt sich nach vorne und streckt uns wie ein Bettler die geöffnete Hand entgegen. Dad gibt den Bettlern in der Regel ein bißchen Geld, aber ich habe nichts mehr. Und außerdem ist Chrisjan kein Bettler, er ist einfach nur unzuverlässig *und* obendrein ein Dieb.

»Hör auf, so zu tun, als wüßtest du nicht, wer ich bin. Dad wird die Polizei nach dir suchen lassen, sie werden kommen und dich einsperren. Sie bringen dich nach Robben Island, wo du Steine klopfen mußt. Das hast du dann davon, daß du unser Angelzeug gestohlen hast.« Das ist nicht ganz richtig, Dad wollte nie die Polizei verständigen. Er sagte, wir könnten nicht beweisen, daß Chrisjan die Angelrollen gestohlen hat. Aber wie auch immer, wir wissen, daß er es war. Ich wollte ihn nur ein bißchen erschrecken. Als ich das Wort Polizei ausspreche, reißt Chrisjan voller Panik die Augen auf und leugnet, daß er irgend etwas von den Angelrollen weiß. Das sieht den Coloureds ähnlich: sich dumm stellen, wenn es ihnen in den Kram paßt.

»Chrisjan!« sage ich. »Weißt du nicht mehr, wer ich bin?«

»Hat der *Baas* nicht vielleicht ein bißchen Kleingeld –«

»Wer ich bin?« brülle ich ihn an und bin sehr wütend. Ich sage Frikkie, daß wir jetzt nach Hause gehen. Wir stehen auf.

»Ich suche nach Leergut, mein Herr«, sagt er und schielt auf die halbleere Vanille-Soda-Flasche, die ich in der Hand habe.

»Sag mir erst, wer ich bin. Dann bekommst du die Flasche und kannst das Pfand behalten.«

Er kniet jetzt fast vor uns, und Frikkie schaltet sich ein und sagt, er soll sich wie ein Coloured benehmen, obwohl er ein Kaffer ist. Aber Chrisjan ist ein Coloured, seine Haut ist nur ein bißchen dunkler als die der meisten anderen. Wenn wir uns in der Schule mit jemandem streiten, sagt Frikkie manchmal: Benimm dich wie ein Weißer, auch wenn du ein Kaffer bist.

»Nun«, frage ich, »wirst du mir meinen Namen sagen?«

Er verzieht sein Gesicht, bis es vollständig mit Falten bedeckt ist, streckt uns seine Hände entgegen und sagt: »Ich bin Chrisjan, mein Herr.«

Wir brechen in Gelächter aus, und ich stemme meine Hände in die Seite, die Soda-Flasche an der Hüfte. »Nicht *deinen Namen*, du Pavian! Sag mir *meinen* Namen, dann bekommst du die Flasche.«

Er schlurft vor uns auf und ab und sieht sich auf der Straße nach links und rechts um. Ich mache ein paar Schritte, als wollte ich weggehen, ohne ihm die Flasche zu geben. Da hält er mich am Arm fest und bettelt wieder:

»Bitte . . .« Aber ich reiße mich los, und im selben Moment fällt seine Flasche herunter. Sie zerspringt, und die Scherben liegen verteilt über den ganzen Bürgersteig. Ich habe es nicht mit Absicht getan.

»O Jesus, was jetzt? Es tut mir leid, *Baas*. Es tut mir wirklich leid . . .«, sagt er und beugt sich hinunter, um die Scherben aufzusammeln.

»Laß die Scherben liegen, Chrisjan. Das bringt jetzt auch nichts mehr . . . sind nicht mehr zu gebrauchen. Hier . . .«, und ich halte ihm die kleine Vanille-Soda-Flasche hin. Ein paar Schluck des grünlichen Erfrischungsgetränks sind noch drin.

»Die kannst du haben«, sage ich, und er nimmt sie mir aus der Hand und sagt immer und immer wieder »danke«.

Auf dem Weg nach Hause kriege ich Mitleid mit ihm. Ich kann nicht fassen, wie er sich verändert hat, seit er nicht mehr bei uns arbeitet. Sein Gesicht ist so faltig geworden wie eine Rosine, und die langen Barthaare auf seinem Kinn sind ganz neu. Er sieht aus wie jemand, der mit einem Bein im Grab steht. Ich fühle mich schlecht, weil er mehr Pfand für die Literflasche bekommen hätte als für die kleine Vanille-Soda-Flasche.

Bevor wir in die St. James Street einbiegen, drehe ich mich schnell noch einmal nach ihm um. Er ist schon auf der anderen Seite der Main Road und geht die Bahnschienen entlang. Er bleibt stehen und wirft seinen Kopf nach hinten, um den letzen Rest Vanille-Soda, der noch in der Flasche war, mit einem Schluck hinunterzuschütten.

Frikkie fragt mich, ob ich herausgefunden habe, woher die Narbe des Generals stammt. Ich sage ihm, daß ich ihn nicht gefragt habe, und warne ihn noch einmal davor, ihn »General« zu nennen. Er ist Mister Smith. Ich sage ihm, daß der General halb Spanier, halb Indio ist.

»Aber dann ist er ja ein Mischling!« ruft Frikkie aus. »Ich dachte von Anfang an, daß er verteufelt dunkel ist.«

»Du spinnst ja!« antworte ich. »Du mußt richtig schwarzes Blut in dir haben, um ein Coloured zu sein.«

»Natürlich! Was dachtest du denn, wie Indios aussehen?«

»Ich weiß nicht, aber sie sind nicht schwarz. Und überhaupt, eigentlich darfst du davon ja gar nichts wissen.«

Weil wir nun Blutsbrüder sind, überlege ich, ob ich ihm nicht von gestern nacht erzählen soll – als ich den roten Widerschein im Spiegel sah. Aber vielleicht war das ja alles nur ein Traum, und nichts ist wirklich passiert. Ich bin mir sicher, daß man seinem Blutsbruder nicht von seinen Träumen erzählen muß.

Der Busch hinter mir lebt. Stimmen rufen, aber sie werden übertönt von dem Lärm in meinem Kopf. Ich kämpfe mich voran in Richtung Fluß, obwohl ich schon weiß, daß ich es nicht mehr schaffen werde. Jeden Augenblick werden sie mich haben, mich mit dem Rücken zum Wasser stellen, wie ein Tier, das nicht mehr fliehen kann. Außer in ihre Arme: die Arme von Fidels Söhnen, die schon so lange auf mich gewartet haben.

In der Ferne kann ich plötzlich den Damm sehen! Qalueque ist unmittelbar vor mir. Es muß doch schon jemand da sein, auf mich warten! Ich möchte brüllen, um Hilfe rufen, damit sie mir Deckung geben. Immer wieder versuche ich, einen Schrei auszustoßen. Aus dem Augenwinkel sehe ich eine Bewegung von jemandem, der fast neben mir ist. Ich kann nicht von meinem Weg aufsehen, ich versuche zu schreien, aber aus meiner Kehle kommt kein Laut. Jetzt, so nah, scheint der Damm in Nebel gehüllt. Alles um mich wird heiß. Stimmen in Sprachen, die ich schon so oft gehört, aber nie verstanden habe. Als ich stolpere und hinfalle, höre ich das Geräusch von Kampfstiefeln, die direkt neben meinem Kopf stehenbleiben.

Beim Abendessen spricht Ilse mit dem General, als wäre nichts gewesen, und ich bin mir jetzt sicher, daß ich alles nur geträumt habe. Mum erzählt uns, daß Doreen heute am Spätnachmittag angerufen hat. Little-Neville wird morgen ins Groote Schuur verlegt, und Mum hat Doreen gesagt, daß Dad fürs erste die Krankenhauskosten bezahlt.

Als wir mit dem Essen fertig sind, gehen wir alle ins Wohnzimmer, und Dad bittet mich, den Diaprojektor aus seinem Arbeitszimmer zu holen. Er wird den General später zum Brigadegeneral Van der Westhuizen bringen, aber vorher möchte ihm Dad noch Dias aus Tanganjika und dem Krieg in Rhodesien zeigen. Dad war im Krieg fast immer an der Front, deshalb konnte er nicht viele Bilder machen. Manchmal hat er seinen Burschen gebeten, einige zu machen, wenn es nicht ganz so gefährlich war. Aber im Krieg zu photografieren ist wirklich ein Luxus. Meistens macht man es nur, wenn man Zeit hat oder wenn etwas passiert ist, das man auf alle Fälle festhalten will.

»Nicht, daß man jemals die Dinge vergessen würde, die im Krieg geschehen sind«, sagt Dad. »Jede Greueltat, die von den Guerillatruppen begangen wird, hat sich unauslöschlich in dein Gedächtnis eingeprägt, wie die Gesichter von deiner Frau und den Kindern auf den Photos, die du in deiner Innentasche trägst.«

Ilse holt eine Flasche Likör aus dem Schränkchen, und die Erwachsenen trinken aus Mums kleinen Kristallgläsern mit den eingravierten Trauben. Wir trinken Apfelsaft, weil Mum keine Cola und keine Fanta im Haus erlaubt. Sie sagt, Erfrischungsgetränke mit Kohlensäure würden alle möglichen Farbstoffe und anderes Zeug enthalten, das die Magenschleimhaut zerstört. Die Delports haben immer Cola und andere Erfrischungsgetränke im Kühlschrank. Weil ich Cola und Vanille-Soda so gerne mag, habe ich noch nichts von der Magenschleimhaut gesagt – nicht, wenn ich bei den Delports bin.

Mum und Ilse sitzen auf dem Sofa und Frikkie und ich auf dem Teppich davor. Dad und der General sitzen in den bequemen Sesseln. Der Diaprojektor steht neben Dad, auf zwei von Mums dicken Notenbüchern von Bach und Scarlatti. Dad hat das große Ölbild von der False Bay abgehängt, weil er an diese Wand die Dias werfen will. Mum erklärt dem General, daß die Bucht False Bay heißt, weil die Seeleute, die aus Ostindien zurückkamen, sie früher immer mit der Tafelbucht verwechselt hätten. Dad lacht und sagt, daß die Seeleute früher ganz schön dumm gewesen sein müssen. Wie ist es möglich, daß jemand Hangklip oder die Hottentots-Holland für den Tafelberg hält? Er sagt, die Holländer wären wirklich eine seltsame Truppe gewesen. Irgendwann einmal wollten sie sogar einen Kanal von der False Bay über die Cape Flats zur Tafelbucht graben. Später gaben sie die Idee auf, weil es zu viel Arbeit war. Aber trotzdem, wo hat man schon mal von jemandem gehört, der mitten in Afrika Kanäle buddelt? Glaubten sie vielleicht, hier sei Amsterdam, oder was? Aber die Holländer haben schnell begriffen, wie in Afrika der Hase läuft.

Der General fragt, warum die Berge Hottentots-Holland heißen. Mum erklärt, daß die Hottentotten in den Bergen gelebt haben, und als Jan Van Riebeeck zum Kap kam, sagte er, diese Berge seien das Holland der Hottentotten.

Dad sagt, ich kann das Licht ausmachen.

Die ersten Dias sind aus Mombasa und Dar es Salaam. Wir sehen Bilder von Oupas Hotel und den weißen Stränden mit Palmen. Schwarze Kinder tragen riesige Körbe voller Kokosnüsse und Bananen auf ihrem Kopf. Dann kommt ein schönes Dia von Dad und Oupa Erasmus neben Oupas Daimler Benz. Als Dad sagt, das sei er mit sieben, bemerkt der General, daß das genausogut ich sein könnte, und Dad zwinkert mir im Halbdunkel zu. Ich bin froh, daß ich eines Tages so aussehen werde wie Dad.

Viele der Dias sind vom Kilimandscharo und vom Meru.

Einige wurden vom Flugzeug aus aufgenommen, so daß man direkt in den Krater hineinsehen kann. Die Krater sind schneebedeckt, und die Sonne wird wie ein Regenbogen in der Kameralinse reflektiert. Dad sagt, der Meru, der an eine von Onkel Samuels Farmen grenzte, war früher sogar noch höher als der Kilimandscharo. Aber weil er ein Vulkan ist, wurde vor vielen Millionen Jahren seine Spitze weggeblasen. Heute sind die Vulkane nicht mehr aktiv.

»Stellt euch vor, wie das ganze Pack in Panik geraten würde, wenn er jetzt ausbräche«, sagt der General, und wir lachen.

»Würde das Problem der Überbevölkerung lösen«, antwortet Dad.

Der General sagt, daß es in Chile noch immer aktive Vulkane gibt. Im Süden des Landes sind riesige, schneebedeckte Vulkane, und wenn man sie besteigt, kann man die brodelnde Lava in der Tiefe des Kraters sehen.

»Und glaubt nicht, daß ihr die einzigen seid, die Probleme mit der Überbevölkerung haben!« sagt er. »Chile hat mit die höchste Bevölkerungs-Zuwachsrate in der ganzen Welt – und unsere Vulkane helfen uns auch nicht dabei, dieses Problem in den Griff zu kriegen.« Die Erwachsenen lachen.

Dann sehen wir Dias von der Serengeti, dem Ngorogorokrater und Tausenden von Gnus und Zebras, die in riesigen Herden durch die Ebenen ziehen. Dann gibt es noch eine Diaserie von Oupa, wie er zwischen Hunderten von aufgestellten Stoßzähnen steht, die in der Regel höher sind als er. Der General pfeift anerkennend durch die Lippen und sagt, das sei ja nicht möglich.

Von seinem Platz im Dunkeln zeigt Dad auf die beiden riesigen Stoßzähne bei dem Kamin: »Dieses Paar stammt von meinem Vater.« Dad sagt immer, daß die Stoßzähne das einzige waren, woran er richtig hing.

Auf dem nächsten Dia sieht man Oupa mit einem Fuß

auf einem Elefantenbullen, den er geschossen hat. Im Hintergrund schlagen die Ndorobos schon die Stoßzähne ab. Die Innereien des Tiers quellen aus dem Bauch hervor und liegen wie große, rote und rosafarbene Ballons auf dem Boden.

Bei den Dias sind auch einige, die Onkel Samuel gehören. Auf einem ist eine Gruppe von Menschen zu sehen, die um John Wayne herumstehen, als dieser in Tanganjika war, um einen Film zu drehen. Auf dem Dia lachen alle und sehen sehr glücklich aus. Tannie Betta hat einen kleinen, jungen Hund auf dem Arm, und John Wayne, der einen Safarianzug trägt, hat seinen Arm um sie und Sanna Koerant gelegt. Die alte Sanna amüsiert sich prächtig, und man sieht nur ihre Zähne. Mum sagt, der Film wurde auch in Südafrika gezeigt. Sie sagt, die Musik stamme von Henri Mancini, und die Titelmelodie sei der berühmte »Baby Elephant Walk«. Der Film hieß *Hatari*, was »Gefahr« auf Swahili heißt.

Dad fordert mich auf, das Licht wieder anzumachen, und der General sagt:

»Es sieht aus wie der Himmel auf Erden. Wie könntest du das jemals vergessen?«

»Es war der Himmel auf Erden«, antwortet Dad. »Wer einmal am Kilimandscharo war, wird es niemals vergessen.«

Als Dad fertig ist, mache ich das Licht wieder aus und lege mich auf den Teppich neben Frikkie. Dad sagt, sie könnten nicht mehr sehr lange bleiben, weil sie bald zu dem Treffen müßten. Ich werde auch langsam müde, aber ich möchte noch die Dias aus Rhodesien sehen.

Ich betrachte das Gesicht des Generals. Im schummrigen Licht des Projektors sieht er ein bißchen aus wie Dad. Es ist ein Jammer, daß er heute abend wieder fährt. Er wollte doch mit uns angeln gehen, und ich möchte noch mehr von Chile erfahren.

Auf den ersten Rhodesien-Dias sieht man Dad in einer

Sandgrube, wie er seinen Offizieren Befehle erteilt. Dann kommen einige Bilder von patrouillierenden Truppen. Sie haben Gewehre umgehängt und Minenwerfer um die Schultern geschnallt. Dad war noch ein Oberst, als er in Rhodesien war, aber auf den Dias trägt er keine Schulterstücke. Im Kampf zeigen die Offiziere nicht ihren Rang, denn sonst würde der Feind sich besonders auf sie konzentrieren. Dad sagt, es ist auch nicht nötig, im Krieg seinen Rang zu zeigen, denn im Kampf sind alle Soldaten gleich: Dein Ziel ist der Sieg – ob man nun einfacher Soldat oder Oberst ist. Außerdem weiß jeder Soldat automatisch, daß du ein Befehlshaber bist, wenn du als Vorgesetzter etwas taugst.

»Diese Bilder wurden im Norden von Wankie gemacht. Wir haben die Terroristen erwischt, nachdem wir sie fünf Tage lang bei vierzig Grad verfolgten.« Auf dem Dia sieht man vier nackte Terroristen, die auf einer Lichtung stehen. Ihre Hände sind über den Köpfen zusammengebunden, und ein Soldat hält einem von ihnen ein Bajonett auf die Brust. Man kann in dem schwarzen Gesicht das Weiße seiner Augen sehen. Möglicherweise weint er, weil sein Gesicht verzerrt ist, als würde er schreien. Ilse erhebt sich und sagt, sie würde Kaffee machen.

»Diese Terroristen sind alle gleich«, sagt Dad und läßt das Bild an der Wand, ohne weiterzuklicken. »Wenn man sie einmal erwischt hat, werden sie zu richtigen Feiglingen . . . und nennen dich ganz schnell wieder Boss. Sie vergessen im Handumdrehen ihr ganzes Training aus Moskau«, und Dad schnippt mit den Fingern.

Jetzt liegen die vier Terroristen auf einem Haufen, und man kann sehen, daß sie erschossen wurden. Ihre Körper sind voller Blut. Der, der auf dem vorigen Dia vorne stand, liegt nun mit gespreizten Beinen zur Kamera, und sein schwarzes Ding hängt fast bis zum Boden.

»Das ist *détente*«, sagt Dad. Ein Soldat hält einen schwarzen Arm hoch, aus dem rosa Fleisch an der Stelle heraushängt, an der er vom Körper abgeschnitten wurde. Ich schlage mir die Hände vors Gesicht, weil ich das nicht sehen möchte. Dann linse ich zwischen meinen Fingern hindurch, ob Frikkie es sieht, aber er scheint eingeschlafen zu sein. Ich weiß nicht, was »détente« ist, aber Dad sagt, daß Onkel John Vorster gut daran tut, vor der ganzen Welt zu bluffen und so zu tun, als wollte er sich bei den Schwarzen einschmeicheln.

»Der Arm stammt von einem der Terroristen, die eine weiße Familie auf ihrer Farm in der Nähe von Gwelo umgebracht haben. Sie haben erst die Frau vergewaltigt und sie dann gezwungen zuzusehen, wie sie ihren Mann und ihre zwei Söhne zerhacken ...« Dad ist einen Moment still, dann sagt er: »Wir haben sie auf dem Weg zur Grenze nach Mosambik erwischt, wo sie zur FRELIMO stoßen wollten.« Er sagt, die Dinge sehen zumindest in Rhodesien etwas besser aus als in Mosambik. Das große Problem dort ist, daß die Portugiesen noch keine Ahnung von Afrika haben. Wenn sich die Dinge weiter so entwickeln wie im Moment, könnte die FRELIMO sogar den Krieg gewinnen. Wenigstens bringt Ian Smith Rhodesien wieder auf den richtigen Weg.

Die nächsten Dias sind von Dad in Luanda in Angola. Luanda sieht wie eine wunderschöne, alte Stadt mit großen, weißen Gebäuden aus. Obwohl in Angola kein richtiger Krieg ist, helfen wir den Portugiesen dort auch. Der Kommunismus reckt überall seinen häßlichen Kopf in die Höhe.

Ilse kommt mit dem Tablett zurück. Die Erwachsenen und Ilse trinken Kaffee, und der General erzählt uns Geschichten über Chile und den Sieg der Armee über den Kommunismus. Das war im September. Er sagt, er sei einer der Befehlshaber über die Luftwaffe gewesen, als sie den Präsidenten direkt aus dem Palast gebombt haben. Ich frage mich, ob er davon seine Narbe auf dem Rücken hat. Er sagt, es habe in Chile viele Jahre Krieg gegeben. Erst wären sie dreihundert Jahre lang von den Spaniern regiert worden, und dann, nachdem sie ihre Unabhängigkeit hatten, wurde die Lage auch nicht stabiler. Aber jetzt, seit September, hat die Armee das Heft in der Hand und bringt die Dinge in Ordnung.

Mum räuspert sich und deutet mit den Augen auf Frikkie, der neben mir auf dem Teppich liegt. Der General hört auf zu sprechen. Frikkie darf nicht wissen, wer der General wirklich ist, und jetzt hat er es doch gehört! Alle haben sich so unterhalten, als gehöre Frikkie zur Familie und als ob er im Bilde ist. Mein Herz pocht wie wild. Was, wenn Frikkie sagt, er hätte schon alles gewußt! Ich sehe Dad an, der Frikkie anstarrt. Dann schaue ich schnell weg, denn wenn Dad mich jetzt ansehen würde, wüßte er sofort, daß ich etwas verberge. Frikkie liegt mit dem Gesicht auf dem Arm neben mir.

»Schläfst du, Frikkie?« fragt Dad, und Frikkie hebt langsam den Kopf, wie jemand, der gerade aufwacht.

»Schläfst du?« fragt Dad wieder, und Frikkie richtet sich blitzartig auf.

»*Nee, Oom*«, sagt er, und wir brechen alle in Gelächter aus, weil völlig klar ist, daß Frikkie gerade erst aufgewacht ist.

Dad sagt, sie hätten noch Zeit für zwei Magazine, aber dann müßten sie wirklich gehen. Die Taschen des Generals stehen schon gepackt im Flur.

Als ich aufwache, weiß ich zunächst überhaupt nicht, wo ich bin. Dann merke ich, daß ich noch im Wohnzimmer bin. Eine Decke ist über mich gebreitet, und unter meinem Kopf liegt ein Kopfkissen. Ich habe noch meine Kleider von gestern an. Wir müssen gestern abend hier eingeschlafen sein, und Mum hat uns einfach liegenlassen. Im Winter schlafen Frikkie und ich manchmal in unseren Schlafsäcken vor dem Kamin.

Es ist noch dunkel, aber durch die Fenster sehe ich das erste Morgengrauen. Dann merke ich, daß Frikkie nicht neben mir liegt. Er muß in der Nacht aufgewacht und nach oben gegangen sein. Ich gehe durch den Flur zum Bad, um Pipi zu machen. Dad und Mums Badezimmer ist geschlossen, deshalb gehe ich in unser Bad. Ich ziele auf die Seitenwand der Kloschüssel, damit es nicht so plätschert. Mum schläft in den Ferien und an den Wochenenden gerne lang. Ich möchte sie und Dad nicht aufwecken, deshalb drücke ich auch nicht den Spülknopf.

Als ich aus dem Bad komme, sehe ich, daß die Tür zum Gästezimmer verschlossen ist. Dann ist der General also doch nicht gestern abend gefahren. Ich will gerade hoch in mein Zimmer gehen, als ich Stimmen höre. Sie sind ganz leise, nur ein Flüstern. Ich kann mir nicht vorstellen, mit wem der General so früh am Morgen spricht. Vielleicht redet er im Schlaf.

Leise schleiche ich mich die Stufen hinauf. Frikkie ist nicht in seinem Bett. Ich frage mich, ob er im Halbschlaf versehentlich ins Gästezimmer gegangen ist. Aber plötzlich bin ich hellwach.

Vielleicht ist Frikkie aufgewacht und zum General gegangen und hat ihm gesagt, daß er weiß, wer er wirklich ist. Deswegen ist der General noch hier! Unten sind Dad und der General und besprechen, was sie jetzt tun sollen, und Frikkie muß bei ihnen sein.

Ich weiß nicht, was ich machen soll. Etwas Schreckliches wird passieren, wenn Dad erfährt, daß ich es Frikkie gesagt habe. Ich möchte hinunter zu Mum gehen. Aber vielleicht weiß sie es auch schon. Vielleicht ist sie mit ihnen im Gästezimmer.

Dann fallen mir die Löcher im Boden ein.

Leise, damit die Balken nicht knarren, schleiche ich über

den Teppich. Ich rolle ihn vorsichtig zur Seite, bis beide Löcher freiliegen. Dann lege ich mich langsam auf dem Boden. Ich kneife ein Auge zu und sehe hinunter in den Raum unter mir.

Ich kann niemanden sehen. Es ist noch zu dunkel, um etwas deutlich zu erkennen, aber nach einiger Zeit gewöhnen sich meine Augen an das Dämmerlicht. Es wird langsam heller draußen, und im Zimmer unten wirft das Licht von draußen ein graues Rechteck auf den Holzboden.

Ich gehe mit dem Auge zum anderen Loch. Zunächst kann ich nicht viel sehen. Dann aber kann ich eine Gestalt ausmachen, die sich im grauen Licht bewegt.

Auf dem Bett, genau unter mir, sitzt der General neben Frikkie. Ich sehe direkt auf seinen Kopf. Frikkie sitzt mit dem Rücken zur Wand. Es scheint so, als würden sie sich ansehen. Ich kann nicht erkennen, was sie tun, aber sie scheinen nicht mehr miteinander zu sprechen.

Der General streckt seinen Arm nach Frikkie aus, und es sieht so aus, als würde Frikkie sich nach hinten gegen die Wand stemmen. Der General legt die andere Hand auf Frikkies Schulter, dann beugt er sich nach vorne, und von hier oben sieht es aus, als wäre sein Gesicht unmittelbar vor Frikkies.

Es wird heller. Bald kann ich erkennen, daß seine andere Hand auf Frikkies kleinem Mann ist. Jetzt ist sein Gesicht direkt auf Frikkies, und es sieht so aus, als würde er Frikkie gegen die Wand drücken und küssen.

Ich möchte sterben.

Er nimmt Frikkies eine Hand und legt sie zwischen seine Beine. Sein Ding steht aus der Pyjamahose. Ich presse meine Augen zu. Als ich sie wieder öffne, bewegt er Frikkies Hand an seinem Ding rauf und runter.

Mit der anderen Hand zieht er Frikkies Shorts und Unterhose herunter. Dann fährt er mit der Hand über Frikkies Körper.

Ich glaube, er läßt sich von Frikkie einen runterholen. Frikkie hat mir davon erzählt. Er sagt, man macht das, wenn man älter wird. Aber Dad sagt, das ist Masturbation und eine schreckliche Sünde. Dad sagt, es steht in der Bibel: Es ist besser, seinen Samen in den Schoß einer Hure zu ergießen als in die eigene Hand.

Ich *muß* runtergehen und Dad Bescheid sagen! Ich habe Angst, weil ich weiß, daß das, was der General mit Frikkie macht, eine Sünde ist. Ich muß aufstehen und Dad rufen, damit er Frikkie hilft. Jetzt ist es mir egal, ob Dad von den Löchern im Boden erfährt. Ich werde Dad alles sagen. Auch das mit Ilse im Spiegel.

Ich stehe lautlos auf. Ich weiß nicht, was ich mache, wenn die Dielen knarren. Ich gehe zur Tür, dann schleiche ich so leise wie möglich die Stufen hinunter.

Ich sehe auf die Tür des Generals. Sie ist noch immer geschlossen. Ich gehe durch den Flur, drücke Mums und Dads Türgriff hinunter und schleiche mich über den weichen Teppich an ihr Bett. Es ist jetzt fast hell draußen.

Ich strecke meine Hand aus, um Dad aufzuwecken. Aber dann sehe ich, daß Mum allein im Bett liegt. Ich ziehe meine Hand schnell zurück und sehe auf Mums Haar, das auf dem Kopfkissen ausgebreitet ist. Sie schläft tief und fest. Ich frage mich, wo Dad ist. Die Tür zu ihrem Badezimmer steht sperrangelweit offen, und ich sehe, daß er nicht drin ist.

Vielleicht sollte ich einfach Mum aufwecken, weil Frikkie immer noch mit dem General in dem Zimmer ist. Wir müssen uns beeilen. Ich strecke meine Hand nach Mums Schulter aus, um sie wachzurütteln, aber dann ziehe ich sie zurück.

Wo ist Dad?

Gestern abend hat er gesagt, er bringt den General zum Brigadegeneral Van der Westhuizen. Ich presse meine Augen wieder zusammen, und jetzt kriege ich noch mehr

Angst als eben. Mum stößt im Schlaf einen Laut aus und dreht sich auf dem Kissen um. Ich sehe nun direkt in ihr Gesicht. Ich wedle mit den Händen herum, weil ich nicht weiß, was ich machen soll. Meine Augen brennen vor Tränen. Ich möchte weglaufen, aber ich weiß nicht, wohin.

Ich muß zurück in mein Zimmer. Ich muß ganz sicher sein. Ich schleiche rückwärts zur Tür, die Augen auf Mum gerichtet, bis ich die Tür erreicht habe. Als ich im Flur angekommen bin, drehe ich mich um und mache sie leise zu.

Oben schleiche ich mich auf Zehenspitzen zu den Löchern. Ich werde sterben, wenn der Boden knarrt. Vorsichtig lege ich mich wieder hin.

Es ist jetzt fast ganz hell.

Frikkie liegt auf dem Bauch. Sein Kopf ist mit dem Kissen bedeckt. Der General lehnt über ihm, und seine Schlafanzughose liegt auf dem Boden. Das Oberteil hat er noch an. Ich sehe auf seinen Kopf, aber das Gesicht ist vom Fenster ins Halbdunkel weggedreht.

Er schiebt Frikkies Beine auseinander, und es sieht so aus, als würde er etwas in Frikkies Hintern reiben. Dann geht er zwischen Frikkies Beinen in die Knie, und ich kann sein Ding sehen. Es ist zu dunkel, um alles genau erkennen zu können, aber es sieht so aus, als würde er sein Ding in Frikkies Hintern stecken und sich auf ihn legen. Dann beginnt er sich hin und her zu bewegen. Es ist genauso wie damals bei dem Coloured mit dem Mädchen in den Dünen. Mit der einen Hand hält er sich am Bett fest, mit der anderen Hand drückt er das Kissen auf Frikkies Gesicht. Bei der ganzen Bewegung rutscht das Pyjama-Oberteil nach oben. Es scheint so, als wäre die Sonne gerade aufgegangen, weil das ganze Zimmer unten plötzlich in hellrosa Licht getaucht ist. Noch bevor das Oberteil halb hochgerutscht ist, kann ich es sehen: Die Narbe auf dem Rücken des Generals ist verschwunden.

Ich richte mich langsam auf und rolle den Teppich zurück.

Dann lege ich mich in mein Bett und starre auf Oupas Kudu-Trophäe. Ich ziehe das Laken hinauf bis zum Kinn und starre durch das Dachfenster. Auf der anderen Seite der False Bay sehe ich Simonstown. Die Berge sind pink und der Himmel tiefblau, wie nur der Himmel sein kann.

Ich fühle mich wie jemand, der Angst vor allem hat. Und vor nichts mehr.

Als ich höre, daß Frikkie die Stufen hinaufkommt, lege ich mich auf die Seite und tue so, als würde ich schlafen. Draußen vor dem Fenster fangen die Möwen an zu kreischen, und ich halte mir die Ohren zu.

Alle haben es geschafft. Keine Toten, keine Schwerverletzten.

Jedesmal, wenn einer ankommt, schlagen wir uns gegenseitig auf die Schultern, schütteln Hände und rufen Namen, Spitznamen, Städtenamen und Flüche. Eine Zeitlang vergessen wir ganz, daß wir immer noch nördlich der Grenze sind.

Die, die alleine ankommen, sehen am schlimmsten aus. Die, die die Strecke allein bewältigt haben, hörten den Feind hinter jedem Busch. Und einige entdeckten den Feind in ihren eigenen Eingeweiden, in ihrem eigenen Kopf.

Die letzten beiden kamen spät im Laufe des Nachmittags, das waren die vom National Service aus Secunda und Port Elizabeth. Das Gebrüll der Erleichterung ging durch den ganzen Zug und hörte sich an wie das langgezogene Grollen eines Donners. Wir hatten es nach Qalueque geschafft! Wir waren schon so gut wie in Südwest-Afrika! Wir waren in Sicherheit.

Die Sanis kamen, um Wunden zu säubern und unsere Füße zu bandagieren. Blasen wurden vorsichtig aufgestochen und Medizin auf rohe Füße, Fersen und Arme getupft. Ein paar mußten genäht werden, und zwei hatten leichte Verletzungen von Schrapnellen am Rücken. Aber nichts wirklich Ernstes.

Wir lagen im Schatten herum, neben dem Damm. Die

meisten waren schon eingeschlafen. Einige redeten noch. Für ihre Kameraden ließen sie jede Minute ihrer Flucht flüsternd noch einmal aufleben. Der schwarze Gruppenführer kommt zu mir und fragt mich, ob ich irgendwelche Anweisungen habe. Nein, antworte ich, alle sollen schlafen, bis sie von selbst wieder aufwachen.

Er legt sich neben mich ins Gras.

»Leutnant?« setzt er an.

»Ja?«

»Warum sind Sie weitergerannt, Leutnant? Haben Sie mich nicht rufen hören?«

Ich sehe ihn an und zucke langsam mit den Schultern. Dann drehe ich mich zum Schlafen auf die Seite.

Ich versuche, Frikkie nicht anzusehen, als wir uns anziehen. Wir gehen zusammen hinunter. Es ist niemand in der Küche, und ich frage Frikkie, ob er Corn Flakes zum Frühstück möchte. Da keiner von uns wirklich Hunger hat, nehmen wir uns zwei Äpfel aus der Obstschüssel vom Tisch.

»Diese Äpfel sind faul, glaube ich«, sagt Frikkie und dreht den Apfel in seiner Hand, nachdem er daran gerochen hat. »Sie stinken. Riech mal.« Und er hält mir den Apfel unter die Nase. Ich rieche an dem Apfel in seiner Hand. Er riecht säuerlich.

»Ja«, sage ich. »Mit dem stimmt was nicht. Nimm einen anderen.« Ich rieche an meinem eigenen, aber der ist in Ordnung.

Frikkie will gerade in den neuen Apfel reinbeißen, aber plötzlich verzieht er das Gesicht und sagt: »Der hier auch.«

»Laß mich mal riechen«, sage ich und nehme ihm den Apfel aus der Hand. Er riecht wie ein ganz normaler Apfel.

»Nein, der hier ist gut«, bemerke ich. »Das ist nicht der

Apfel. Das ist deine Hand.« Und ich nehme sie und rieche an seiner Handfläche. Sie riecht säuerlich. Er zieht sie weg.

»Was ist das?« frage ich. Aber er schüttelt den Kopf und hält seine Hand unter fließendes Wasser.

Er nimmt Spüli vom Fensterbrett und läßt es in seine Hand fließen. Dann wischt er die Hand an seiner Sporthose ab. Er riecht wieder, schüttelt den Kopf und sagt, es ist immer noch da. Wir stehen vor der Spüle und starren uns ratlos an.

»Was hast du angefaßt?« frage ich, aber er schüttelt nur den Kopf und sagt, daß er es nicht weiß.

Im Badezimmerschränkchen ist Desinfektionsmittel, und ich mache den Vorschlag, ins Bad zu gehen und seine Hand damit zu waschen.

Ich schütte ein bißchen Dettol in seine Hand, und er verteilt es, bis es durch seine Finger tropft. Er riecht wieder an seiner Hand.

»Was glaubst du, was es gewesen ist?« frage ich nach.

Frikkies Augen füllen sich mit Tränen, er sieht vor sich auf seine nackten Füße und schüttelt den Kopf. Und da weiß ich, was es ist.

»Laß uns rausgehen«, sage ich.

Die Sonne steht schon hoch über den Bergen, und auf der Main Road ist fast kein Verkehr. Bald, wenn die Ferien richtig losgehen, wird die Straße voller Autos und Urlauber sein.

Wir entschließen uns, mit unseren Choppern eine Fahrradtour nach Simonstown zu machen. Wir sind schon lange nicht mehr dagewesen, und vielleicht können wir einen kurzen Zwischenstop bei Jan Bandjies machen, um zu sehen, ob er heute *Snoek* gefangen hat. Ich muß Mum Bescheid sagen, weil sie sich sonst Sorgen um uns macht. Mum macht sich immer um alles Sorgen.

Ich gehe ins Wohnzimmer, aus dem ich Musik höre. Ilse liegt ausgestreckt auf der Couch und liest. Ihre langen, blonden Haare hängen über der Armlehne. Sie sieht noch nicht einmal auf, als ich mit ihr spreche. Sie liest Moby Dick und ist kurz vor dem Ende. Auf dem Umschlag ist Kapitän Ahab zu sehen, der eine Harpune wirft, und genau vor ihm, im blutigen Wasser, ist Moby Dick. Eine Blutfontäne spritzt aus dem kleinen Loch auf Mobys Kopf, und sein Rachen ist weit aufgerissen, als würde er schreien.

Mit der Nase im Buch sagt Ilse, daß sie und Mum später am Nachmittag Little-Neville im Groote Schuur besuchen gehen. Wenn ich mitkommen will, soll ich rechtzeitig wieder zurück sein. Ich antworte, daß ich natürlich mitkommen möchte, weil ich Little-Neville noch nie gesehen habe.

»Na, dann hau jetzt ab«, sagt sie, ohne aufzusehen. »Siehst du nicht, daß ich beschäftigt bin?«

»Ja, das sehe ich!« antworte ich. »Du bist damit beschäftigt, hier herumzuliegen und zu schmollen, weil der General wieder weg ist! Nun werden wir ja sehen, wo du mit deinem bescheuerten Spanisch bleibst.« Und ich gehe zur Tür.

»Marnus«, ruft sie mir nach, »warum zwingst du dich nicht, erwachsen zu werden? Das ist das einzige, was dich noch retten kann.«

Ich tu so, als hätte ich sie nicht gehört, und gehe vors Haus, wo Frikkie auf mich wartet.

Wir holen unsere Räder aus der Garage. Ich beobachte Frikkie aus dem Augenwinkel. Während ich das Fahrrad für ihn halte, damit er die Reifen aufpumpen kann, versuche ich herauszubekommen, was er denkt. Er sieht nicht von den Reifen auf, und es scheint so, als würde er die Zähne zusammenbeißen. Irgend etwas stimmt nicht mit ihm, aber ich sage nichts. Als die Räder aufgepumpt sind, laufen wir mit ihnen den Hügel zur Main Road hinunter. Dann fahren wir auf dem Bürgersteig in Richtung Kalk Bay.

Wir sind schon fast am Hafen, als Frikkie sagt, er hätte keine Lust, Fahrrad zu fahren. Er hält an und steigt vom

Rad. Ich schlage vor, schwimmen zu gehen, weil es heute so heiß ist. Aber Frikkie sagt, ihm ist auch nicht nach Schwimmen zumute, und als ich ihn frage, was er machen will, sagt er, er möchte nach Hause. Nicht in unser Haus. Sondern zu sich, nach Oranjezicht.

Ich wünschte, er würde hierbleiben, weil ich überhaupt keine Lust habe, mit den Spiros zu spielen. Ich weiß, daß er wegen der Sache von heute morgen nach Hause möchte. Ich will nicht, daß er schon nach Hause geht. Wir fahren morgen nach Sedgefield, und das bedeutet, daß wir uns bis nächstes Jahr überhaupt nicht mehr sehen. Und was, wenn er jemandem erzählt . . .

»Frikkie«, setze ich an, »du weißt doch noch, wie wir Blutsbrüder wurden?« Und er sagt ja, natürlich würde er sich daran erinnern.

»Wir haben versprochen, uns gegenseitig alles zu sagen. Erinnerst du dich noch?« Er nickt mit dem Kopf. Ich warte, aber er sagt nichts.

»Gibt es nicht etwas, das du mir sagen möchtest?«

»Was denn?« fragt er, und ich merke, daß er sauer wird.

Ich frage ihn, ob irgend etwas Wichtiges passiert wäre, was er mir erzählen wolle, genau wie ich ihm erzählt habe, wer Mister Smith wirklich ist. Wir wollten uns doch gegenseitig alles sagen, und der einzige Grund, warum ich ihm nichts vom Bild im Spiegel gesagt habe, war der, daß ich mir nicht hundertprozentig sicher war.

Er setzt sich auf den Sattel. Dann steigt er wieder ab. Ein Fischerboot fährt gerade am Hafeneingang neben dem Leuchtturm hinaus, wo Zelda vom Kai gespült wurde. Frikkie sagt, daß er mir nichts zu erzählen hat. Er sagt, er muß jetzt los, weil er sonst den Zug um Viertel nach zehn verpaßt und er noch seine Tasche abholen muß.

Wir verabschieden uns voneinander und geben uns die Hand. Bevor er wegfährt, sagt er noch, daß wir uns im nächsten Jahr in der sechsten Klasse wiedersehen würden.

Dann werden wir in der Unter-elf-A-Jugend spielen, und Frikkie wird wieder der Kapitän sein. Er ist so ein guter Gedrängehalbspieler, und unser großer Traum ist es, eines Tages, wenn wir groß sind, in der ersten Mannschaft im Jan Van Riebeeck mitzuspielen. Frikkie möchte ein Springbock werden und für Südafrika gegen die All Blacks-Mannschaften spielen. Dad sagt, daß Frikkie es im Rugby noch sehr weit bringen könnte. Er sagt, daß es selten Jungen gibt, die solch einen harten und zielstrebigen Rugby spielen würden. Und zusammen, als Gedrängehalbspieler und als Halbspieler, sind wir beide ein hervorragendes Paar. Ich weiß, daß Frikkie besser Rugby spielen kann als ich, aber ich bin klüger als er.

Ich sehe Frikkie eine Weile nach, wie er sein Fahrrad in Richtung St. James schiebt. Dann steige ich wieder auf meins und fahre weiter nach Simonstown.

Ich versuche zu erkennen, was die Fischer auf dem Kai gefangen haben. Ihre Angeln stehen alle ganz gerade, und es sieht so aus, als wäre heute kein guter Tag. Ich glaube, ich kann etwa auf der Hälfte des Kais die Kemp-Brüder erkennen, aber von der Straße aus ist es zu weit, um sich sicher zu sein. Die Kemps können es sich nicht leisten, in die Ferien zu fahren. Während der Ferien und an den Wochenenden stehen Zeldas Brüder immer am Straßenrand und verkaufen ihren Fang zu Wucherpreisen an die Touristen. Die Transvaalers, die hierher in Urlaub kommen, sind zu dumm, um zu merken, daß sie ausgenommen werden. Dad macht manchmal Witze über die Transvaalers, die so blöd sind, weil ihre Vorfahren ungebildete Minenarbeiter waren.

Der Strand von Fish Hoek ist voller Menschen. Von hier oben sieht er mit all den Sonnenschirmen wie ein Garten mit großen roten, blauen und gelben Blumen aus. Einige Surfer paddeln auf ihren Brettern hinter die Brecher. Ich wollte auch einmal ein Surfbrett haben und surfen lernen, aber Dad sagte, Surfer würden alle Hasch rauchen und sich Zeug in die Haare schmieren, damit sie hell werden.

Wo die Straße auf der anderen Seite von Fish Hoek, direkt unter der *Pastorie*, den Hügel hinaufführt, steige ich vom Rad und schiebe, bis es wieder bergab geht. Auf dieser Seite von Simonstown riecht es immer nach dem Öl von der Fischfabrik, in der Zeldas Vater arbeitet. Am Strand unter der Fabrik sind Jan Bandjies und seine Mannschaft damit beschäftigt, Netze einzuholen. Einige Leute stehen herum und begutachten den Fang. Ich lasse das Rad an den Bahnschienen stehen und gehe hinunter an den Strand. Jan gibt mir manchmal einen *Stompneus* oder einen *Hotnotsvis*, aber heute sehen die Netze so leer aus, daß ich nicht fragen kann. Und außerdem habe ich gar nichts dabei, um ihn zu transportieren.

Jan Bandjies steht bis zur Hüfte im Wasser, ruft mir ein Hallo zu und sagt, ich soll ins Wasser kommen und ihnen zur Hand gehen. Aber ich habe heute keine Lust zu helfen. Ich werde auf dem Rückweg von Simonstown noch einmal vorbeikommen. Drüben am Dock kann ich ein U-Boot erkennen. Ich fahre hin, um es mir anzusehen.

Die Wachleute vom Stützpunkt kennen Dad, und wenn ich mit Frikkie hierherkomme, lassen sie uns immer durch, ohne uns zu kontrollieren. Ich bleibe stehen, den Chopper zwischen den Beinen, und sehe mir das U-Boot an. Es ist die SAS *Maria Van Riebeeck*. SAS steht für South African Ship, und die Republik hat noch zwei andere U-Boote, die genau wie diese sind. Alle tragen Frauennamen. Die anderen sind die SAS Emily Hobhouse und die SAS Johanna Van der Merwe. Wir haben sie erst seit ein paar Jahren. Ich fahre zu der Stelle, wo die Namacurras am Kai vertäut sind, und sehe am Schiffskörper hinunter. Auf allen Schiffen und Booten schrubben Seeleute in blauen Uniformen und Overalls das Deck und bringen die Ausrüstung auf Hochglanz. Zwei Seeleute lassen Handschnuren vom Kai ins Hafenbecken hängen. Hin und wieder ziehen sie die Schnur hoch und werfen etwas in einen Eimer. Ich gehe näher heran und sehe, daß sie kleine Segelflosser mit gelben und blauen Streifen fangen. Ein Namacurra-Boot fährt vorbei, und die Wellen schlagen gegen den Kai.

Die beiden Seeleute, die die Segelflosser fangen, sehen mich über den Eimer gebeugt und sagen etwas zueinander. Es sieht so aus, als würden sie über mich sprechen. Nach einer Weile fragt der eine: »Bist du der Sohn von General Erasmus?« Ich nicke, und sie fangen an zu kichern.

Ich bin ein paar Mal mit Dad und dem Brigadegeneral Van der Westhuizen auf einem Namacurra-Boot fischen gewesen. Normalerweise gehen wir vor der Smitswinkel Bay vor Anker und bleiben den ganzen Samstag da. Einmal kam ein großer, weißer *Swam* direkt an unser Boot und drehte ein paar Kreise, bevor er wieder davonschwamm. Er war fast genauso lang wie das Boot, und Dad sagte, wenn er seine Pistole hier hätte, könnte er ihm eine Kugel in den Kopf jagen.

Es sieht so aus, als würden die Seeleute immer noch über mich reden, und sie lachen die ganze Zeit. Ich habe keine Lust, noch länger hier herumzustehen. Also drehe ich meinen Chopper um und fahre an den U-Booten vorbei wieder zurück. Hinter mir kann ich sie noch lachen hören, und ich wünschte, wir wären schon in Sedgefield.

Wenn wir dorthin in die Ferien fahren, lassen Dad und Mum immer ihre Uhren zu Hause, weil sie allen Regeln und Zwängen des Stadtlebens entfliehen möchten. Mum sagt, dies sei die einzige Gelegenheit, wo Dad die ganzen Verpflichtungen hinter sich lassen könne. Wenn sie das sagt, sieht sie immer so aus, als würde sie etwas vermissen. Ich glaube, sie vermißt die Farm, auf der sie groß geworden ist, so wie Dad Tanganjika vermißt. Dad sagt immer, die Erinnerungen aus der Kindheit sind die wertvollsten. Man vergißt niemals die Dinge, die einem beigebracht wurden oder die man als Kind erlebt hat. Diese Dinge bilden die Grundlage für das spätere Leben. Dad sagt, die Kehrseite der Medaille sieht man an Sanna Koerant. Da ihr Vater in den Straßen von Arusha ein richtiger Saufbold war, ist sie selbst so ein altes Tratschmaul geworden, das an niemandem ein gutes Haar lassen kann. Wegen ihrer Tratscherei und Besserwisserei haben die Leute damals angefangen, sie Koerant zu nennen. Vom Meru bis zum Kilimandscharo kennt sie jeder. Viele Menschen haben Sanna Koerant gehaßt. Als die Mau Mau die Weißen in Kenia umbrachten, hat sie überall erzählt, daß der Kilimandscharo seine Kinder zurückrufen würde, damit sie ihr Geburtsrecht in Anspruch nähmen, und daß *Uhuru* nicht mehr fern sei. Als sie das sagte, hat es einen solchen Ärger gegeben, daß sie sich bei vielen Leuten persönlich entschuldigen mußte, bevor sie wieder ihr Haus betreten durfte. Dad sagt, so wie Sanna Koerant eine solch verbitterte, alte Frau geworden ist, weil ihr Vater ein Saufbold war, so werden die Kinder aus einem soliden, christlichen Zuhause im Glauben gefestigte Erwachsene werden. Die Träume der Eltern werden die Träume der Kinder.

Ich lasse den Stützpunkt hinter mir und biege rechts ab, um nach Hause zu fahren. Die Sonne brennt jetzt so, daß ich keine Lust habe, den ganzen Weg mit dem Fahrrad zurückzufahren. Ich werde den Zug nehmen und in Kalk Bay aussteigen, damit Mum mich nicht sieht. Sollte sie mich trotzdem sehen, sage ich, daß ich Angst hatte, in der Hitze einen Sonnenstich zu bekommen.

Ich warte am Bahnhof von Simonstown auf den Zug. Als er einfährt, schiebe ich mein Fahrrad in ein leeres Abteil. Im Zug ist es wie in einem Ofen, und es riecht nach Plastik und Zigarettenkippen. Ich stelle den Chopper in den Durchgang bei den Türen. Dann setze ich mich so ins Abteil, daß ich den Blick übers Meer habe. In die Fensterscheibe ist der

Kopf eines weißen Springbocks eingraviert. Mein Hemd klebt am Plastiksitz fest, und ich fühle mich heiß und klebrig. Vielleicht sollte ich ein Fenster öffnen. Ich stehe auf und ziehe mit beiden Händen das Fenster herunter. Sofort strömt der Duft von Salzwasser und Bambusgras ins Abteil. Ich atme tief ein und lehne meinen Kopf gegen die hohen Rückpolster. Es sind heute zwar nicht wenige Segelboote in der Bucht, aber auch nicht so viele wie an den Wochenenden. Vielleicht liegt das auch daran, daß heute so gut wie kein Wind ist. Über dem Wasser liegt kein Dunst, und die Berge auf der anderen Seite der Bucht scheinen ganz nah. Der Zug fährt los, und der kühle Wind weht ins Abteil.

Ich stehe auf und lehne mich aus dem Fenster, um zu sehen, ob Jan Bandjies und seine Leute immer noch am Strand sind. Es sieht so aus, als würden sie ihre Netze für heute zusammenpacken. Ich sehe, wie sich Jan mit nacktem Oberkörper und heruntergerolltem Overall gerade über ein Netz beugt. Kurz bevor der Zug direkt über ihm ist, forme ich mit meinen Händen einen Trichter und brülle so laut, wie ich kann: »Jaaaaan!« Und tatsächlich! Er hat mich gehört, denn er hebt den Kopf, und ich strecke beide Arme aus dem Abteilfenster und winke ihm wie ein Wahnsinniger zu. Zuerst denke ich, daß er mich nicht sieht, aber dann, als wir schon fast vorbei sind, erkennt er mich und hebt ebenfalls die Arme hoch, um mir zuzuwinken. Ich sehe, daß er lacht, und ich lache zurück und winke ihm zu, bis der Zug zu weit weg ist und ich ihn nicht mehr sehen kann. Schade, daß ich ihm nicht gesagt habe, daß wir morgen in Urlaub fahren.

Wir wachen von dem aufgeregten Rufen der Truppe auf, die sich am Damm aufgesetzt hat. Zuerst glaube ich, das Geräusch unserer eigenen Hubschrauber zu hören, aber die von Panik erfüllten Stimmen belehren mich eines Besseren. Ich springe vom Boden auf und spüre, wie mich ein Schwindelge-

fühl zu überkommen droht. Ich mache einen Schritt nach vorn und kann das Gleichgewicht nur halten, indem ich mich voll auf das sich nähernde Geräusch konzentriere. Innerhalb einer Zehntelsekunde haben alle verstanden, was passiert. Wir sehen hinauf in den Himmel.

Wie aus dem Nichts kommen sie auf uns zu. Die vorderen beiden müssen die Wachposten alarmiert haben. Dann kommen weitere vier – zeichnen sich in vollendeter Formation gegen den blauen Himmel ab.

Ich schreie: »Nein! Nein! Nein!« Ich möchte brüllen, daß alle in Deckung gehen sollen, aber es ist schon zu spät.

Sie kommen mit perfekter Präzision auf uns zu, ganz langsam. Als sie fast über uns sind, werfen sie ihre todbringende Last ab: Wegen der Fallschirme gleiten die Bomben wie in Zeitlupe hinunter auf den Damm – direkt über uns.

Mum fragt, wo Frikkie ist, und ich erzähle ihr, daß er nach Hause gefahren ist.

»Habt ihr euch gestritten?« möchte sie wissen.

»Nein, Mum. Er wollte einfach nach Hause.«

Ilse und ich helfen Mum, die Lebensmittel, die sie für den Urlaub gekauft hat, in Kisten zu verstauen. Sie sagt mir, ich solle die Decken und Kissen im Wohnzimmer wegräumen, wo Frikkie und ich gestern geschlafen haben. Doreen ist nicht da, um hinter mir herzuräumen.

Mum sagt, wir sollten heute alle früh ins Bett gehen, damit wir morgen beizeiten aufbrechen können. Je früher wir losfahren, desto früher kommen wir auch in Sedgefield an und desto weniger müssen wir in der Tageshitze fahren. Wir müssen heute abend alles fertigpacken, und wenn Dad nach Hause kommt, werde ich ihm helfen, das Boot am Auto festzukuppeln. Auf diese Weise brauchen wir morgen früh nur die Koffer ins Auto zu werfen und können losfahren.

Alles, was im Kühlschrank noch übrig ist und verderben

könnte, während wir weg sind, packt Mum in eine Plastiktüte, um sie Doreen mit ins Krankenhaus zu nehmen.

Als wir im Groote Schuur ankommen, müssen wir erst einmal die Abteilung für die Coloureds finden. Dort stehen wir dann an der Rezeption und warten, daß uns jemand weiterhilft. Außer uns ist niemand im Warteraum. Ilse sagt, sie würde sich fragen, wo Doreen sei, weil sie uns an der Rezeption erwarten wollte.

Mum drückt auf eine Klingel. Während wir warten, sagt Mum uns, daß das weder der richtige Zeitpunkt noch der richtige Ort sei, die arme Doreen zu fragen, wie der Unfall nun genau passiert ist. Doreen ist wahrscheinlich so erschöpft, daß es sehr rücksichtslos von uns wäre, zu erwarten, daß sie die ganze schreckliche Geschichte erzählt.

Es riecht dort wie in allen Krankenhäusern, und lange Korridore gehen in verschiedene Richtungen ab. Ich frage mich, ob Chris Barnard hier irgendwo ist und Herzen transplantiert. Dieser Teil des Krankenhauses sieht kleiner und düsterer aus als der Teil, in dem Ouma Erasmus damals gelegen hat. Ob es hier wohl nur farbige Ärzte gibt, oder ob die weißen Ärzte auch die Coloureds operieren. Nach einer Weile kommt eine farbige Oberschwester und fragt uns, womit sie uns helfen könne. Mum sagt, wir wären hier, um einen der Patienten zu besuchen. Die Oberschwester fragt, wer der Patient ist. Mum erklärt, daß es ein Junge ist, der in Beaufort West schwere Verbrennungen erlitten hat. Er und seine Mutter seien heute nachmittag mit dem Krankenwagen angekommen. Die Oberschwester sagt, sie hätten hier zu viele Fälle, als daß sie sie alle kennen würde, sie muß den Namen des Patienten wissen.

Mum sagt, sein Name ist Neville. Die Oberschwester sieht Mum an, als würde sie auf etwas warten. Dann fragt sie: »Und der Nachname? Wie ist der Nachname des Patienten?«

Mum sagt, das wisse sie nicht.

Da sagt Ilse: »Malan. Sein Name ist Neville Malan, und seine Mutter ist Mrs. Doreen Malan.« Ich wußte gar nicht, daß es auch Coloured gibt, die Malan heißen, und ich frage mich, woher Ilse weiß, wie Doreen mit Nachnamen heißt. Die Oberschwester sieht auf ihr Verzeichnis und sagt dann, wir könnten ihr folgen, obwohl im Moment gerade keine Besuchszeit ist.

Doreen steht neben dem Bett. Sie sieht auf und kommt auf uns zu. Sie sieht so alt aus. Mum fragt, wie es Little-Neville geht. Doreen sagt, die größte Gefahr sei vorbei, aber die Verbrennungen seien sehr schlimm. Sie sagt, der ganze Rücken, der Hintern und die Beine sind komplett mit schweren Verbrennungen überzogen. Er muß ungefähr zwei Monate im Krankenhaus bleiben. Sie sagt, Verbrennungen wie diese heilen nur sehr langsam, und selbst nachdem sie verheilt sind, bleiben für immer Narben zurück.

Mum fragt Doreen, wie *sie* sich fühlt, und sie sagt, sie hätte in letzter Zeit so viel geweint, daß jetzt keine Tränen mehr übrig wären, und nun würde sie einfach akzeptieren, daß es passiert ist und man nichts mehr tun kann, um es zu ändern. Mum sagt, das ist wirklich der einzige Weg, mit so einer Tragödie fertig zu werden. Solange Doreen einen starken Glauben hat und solange sie akzeptiert, daß alles, was geschieht, einem höheren Ratschluß folgt, ist es einfacher, mit dem Schmerz umzugehen. Mum sagt, Doreen soll immer an die schweren Prüfungen denken, die Hiob hatte bestehen müssen, und daß er an seinem Glauben an Gott festgehalten hat.

Über dem Bett ist eine große Plastikplane befestigt, die wie ein Zelt aussieht. Little-Neville liegt auf dem Bauch. Aus seiner Nase kommen Schläuche, und seine Augen sind geschlossen. Doreen sagt, daß er schläft, weil die lange Fahrt mit dem Krankenwagen sehr anstrengend für ihn gewesen ist.

Little-Neville ist ganz nackt, und seine Arme sind mit Plastikschlaufen am Bett festgemacht, damit er sich nicht an den Verbrennungen kratzt. Die Beine sind gespreizt, damit sie nicht aneinanderkommen. Seine Oberschenkel, sein Hintern und sein ganzer Rücken sehen aus wie ein großes Stück rohe Leber.

Die Medikamente, die Salben und das ganze Drumherum riechen einfach schrecklich, und ich halte mir die Hand vor die Nase. Ich möchte das nicht mehr sehen. Ich gehe zum Fenster, um hinauszublicken.

Die Sonne ist untergegangen, und über den Cape Flats liegt ein roter Schimmer. Über den ganzen Himmel bis hinauf zu den Hottentots-Holland sind rote Wolken verteilt, als würde dort oben ein Feuer brennen. Es sieht aus wie an dem Abend, als Dad und ich auf dem Sir Lowry's Pass standen. Dad sagt, die ganzen Cape Flats waren einmal ein riesiges Sumpfgebiet. Es hat Jahrzehnte gedauert, bis man die Sümpfe trockengelegt hatte. Die Regierung hat das Marschland hoch auf die Hügel nach Kuilsriver gebracht, um dort noch mehr Wohnraum für Menschen zu schaffen. So haben wir die Natur gezähmt.

Hinter mir höre ich, wie Doreen Mum und Ilse gerade erzählt, daß die Ärzte Little-Nevilles Rücken nicht bedekken können, weil die Verbrennungen zuerst austrocknen müssen. Sie sagt, es täte ihr so leid, daß wir ihr Kind in diesem Zustand sehen würden. Ich drehe mich vom Fenster weg und sehe sie an. Ich glaube, sie wird gleich anfangen zu weinen, weil ihre Lippen zucken. Mum legt einen Arm um Doreens Schulter und sagt, sie muß nun versuchen, stark zu sein.

Immer noch mit der Hand vor der Nase, betrachte ich mir Little-Nevilles Gesicht genauer. Ich versuche, nicht auf seinen Rücken zu schauen. Ich glaube, er sieht ein bißchen wie Doreen aus, aber seine Haut ist dunkler und glänzender als ihre. Seine Haare sind ganz kurzgeschnitten. Er sieht älter aus als zehn, aber bei den Coloureds kann man das nie so richtig sagen. Sie sehen sowieso alle gleich aus. Ich betrachte ihn mir ganz genau und stelle fest, daß er Doreen wirklich ähnlich sieht. Er hat ihre vollen Wangen und die gleiche, kleine Wölbung auf der Oberlippe. Bei den ganzen Pflastern, mit denen die Schläuche befestigt sind, kann man von seiner Nase nicht viel erkennen. Aber sein Kinn ist kantig, wohingegen Doreens eher spitz zuläuft. Frikkie sagt, Doreen würde aussehen wie Liewe Heksie, aber ich kann nun deutlich erkennen, daß Little-Neville ihr Sohn ist.

Wir verabschieden uns von Doreen noch im Krankenzimmer. Ilse gibt ihr die Plastiktüte, und Mum nimmt einen Zehn-Rand-Schein aus dem Portemonnaie. Sie sagt zu Doreen, daß das für Weihnachten sei und daß Doreen uns in Sedgefield anrufen soll, wenn wir irgend etwas für sie tun könnten. Mum sagt, Doreen muß jetzt stark sein und wissen, daß wir sie und Little-Neville in unsere Gebete einschließen würden. Im Gebet sind wir vereint, auch wenn wir an verschiedenen Orten sind. Als Ilse Doreen umarmt, fangen sie beide an zu weinen, und ich merke, daß Doreen sich nur mit Mühe auf den Beinen halten kann. Nach einer Weile legt Mum eine Hand auf Ilses Schulter und sagt, wir müßten jetzt wirklich gehen, auch wenn es sehr schwerfällt.

Im Auto spricht keiner ein Wort, und Mum macht auch nicht wie sonst den Kassettenrecorder an. Später, als wir schon fast zu Hause sind, sagt Ilse:

»Ich glaube, es wäre besser, wenn er sterben würde.«

»Kind!« ruft Mum aus. »Wie kannst du nur so etwas sagen?« Mum und ich sind völlig geschockt von Ilses Bemerkung.

»Mummy, stellt dir doch einmal vor, wie er sich fühlen wird, wenn er anfängt, sich zu erinnern, was mit ihm passiert ist. Denk doch mal daran, wie er die Weißen *hassen* wird.«

»Meine liebe Ilse, wie kannst du nur so etwas sagen?« fragt Mum. »Die Bibel hat Antworten auf *alle* diese Fragen. Du bist doch gerade erst konfirmiert worden, und jetzt redest du wie jemand, der nie im Konfirmationsunterricht war. Man hat uns gelehrt, zu vergeben und zu vergessen und niemals Gleiches mit Gleichem zu vergelten. Wenn nur jeder in diesem Land so leben würde, wie es in der Bibel steht . . .«

»Aber sie können die Bibel nicht *essen*«, fährt Ilse dazwischen, und einen Moment lang sieht es so aus, als würde Mum die Kontrolle über den Käfer verlieren, so schlingert sie über die Straße.

»*Jetzt* ist es aber wirklich *genug*, Ilse!«

Das ist alles, was Mum dazu sagt, und wir fahren schweigend zurück nach Hause.

Ich trage gerade meinen Koffer die Treppe hinunter, als Dad die Haustür hereinkommt. Ich höre, wie er am Ende des Flurs mit Mum spricht. Er sagt, Mister Smith würde heute nacht bei Van der Westhuizens bleiben. Brigadegeneral Van der Westhuizen will im nächsten Jahr nach Chile fahren, und so würde er heute abend Gelegenheit haben, mehr über das Land und seine Leute zu erfahren.

Ich sehe Dad in seiner Uniform den Flur hinuntergehen. In der einen Hand trägt er seine Aktentasche und in der anderen eine Sporttasche für seine Straßenkleidung. Als er mich auf der untersten Stufe warten sieht, bleibt er stehen. Eine Zeitlang starren wir uns nur an. Dann fragt er:

»Bekomme ich heute abend keinen Kuß?«

Ich stelle den Koffer im Flur ab und gehe auf ihn zu. Mum steht in ihrem roten Morgenmantel in der Küchentür und beobachtet uns. Direkt vor ihm bleibe ich stehen und sehe hinauf in sein Gesicht. Es sieht aus, als wäre er in der Sonne gewesen, weil sein Gesicht ganz rot ist. Er blickt zu mir hinunter, und ich sehe auf den Boden. Er beugt sich schnell nach vorne und gibt mir einen Kuß. Er lächelt und fragt mich, ob die Ferien schon anfangen würden, mich zu langweilen. Ich sage nein, ich langweile mich nicht. Ich blicke weiter auf den Boden.

Dann trage ich den Koffer in ihr Schlafzimmer zu den anderen. Ilse kommt rein und gibt Dad einen Kuß. Mum kommt rein und packt die letzten Sachen in die Koffer auf dem Bett. Sie fragt Dad, ob er in der Sonne gewesen ist, weil sein Gesicht so gebräunt aussieht. Dad sagt, er wäre den ganzen Tag an der Westküste durch die Sonne gelaufen und hätte Stützpunkte besichtigt. Am frühen Abend hatten sie ein Treffen mit dem Minister.

Dad sagt, ich könnte schnell mit ihm duschen. Mum fragt, ob Mister Smith der Aufenthalt bei uns gefallen hätte, und Dad sagt, Mister Smith habe ihn gebeten, Mum noch einmal ganz herzlich für alles zu danken. Es täte ihm auch leid, daß er nicht die Möglichkeit hatte, sich von mir zu verabschieden, aber Frikkie und ich hätten gestern abend bei seiner Abfahrt tief und fest geschlafen, und er habe uns nicht wecken wollen.

Dad und ich ziehen uns im Bad aus. Er stellt seine Sporttasche neben den Wäschekorb in die Ecke. Als wir beide nackt sind, geht er in die Dusche. Bevor ich hineinsteigen kann, steckt er den Kopf aus dem Duschvorhang und sagt, ich soll einmal in seiner Sporttasche nachsehen – Mister Smith hätte ihm eine Überraschung für uns alle mitgegeben.

Ich ziehe den Reißverschluß der alten Ledertasche auf und sehe vier verpackte Geschenke auf Dads Kleidern liegen. Auf dem schwersten steht Dads Name. Das kleine ist für Mum, das flache, lange für Ilse. Mein Päckchen ist rechteckig. Dad steckt wieder den Kopf aus der Dusche und sagt:

»Laß uns noch warten, mein Junge. Dann können wir sie alle zusammen aufmachen, wenn wir fertig geduscht haben. Leg sie mit Mum aufs Bett.«

Ich wickle mir ein Handtuch um die Hüfte und trage die Päckchen ins Schlafzimmer auf das Bett.

»Geschenke!« ruft Mum. »Von wem sind die denn, Marnus?«

»Vom General, Mum.«

»Mister Smith, meinst du wohl, mein Junge.«

Ich gehe wieder zurück ins Bad.

»Kommst du, Marnus?« ruft Dad aus der Dusche. »Ich bin schon fast fertig.«

»Ich glaube, ich nehme lieber ein Bad, Dad«, antworte ich und sammle meine Kleider vom Boden auf.

Dad streckt wieder den Kopf aus dem Vorhang und fragt erstaunt: »Seit wann willst du denn lieber baden als duschen?»

Ich sehe auf sein nasses Haar und die Tropfen, die sein Gesicht hinunterlaufen.

»Die Wunden am Knie, Dad. Sie brennen immer so, wenn ich dusche.« Dad sieht mich seltsam an, dann nickt er und verschwindet wieder unter der Dusche.

Während ich im heißen Bad sitze und den Schorf auf meinen Knien betrachte, denke ich über alles nach, was in den letzten Tagen passiert ist. Alles ist anders geworden, seit der General bei uns war. Nichts ist mehr so, wie es einmal war. Ilse klopft an die Badezimmertür und ruft, daß wir kommen sollen, weil Mum nun die Geschenke öffnen möchte.

Ich setze mich mit Ilse und Dad auf das Bett. Mum ist immer noch mit Packen beschäftigt. Sie kommt zu uns herüber und setzt sich mit uns zwischen die Koffer auf das Bett. Dad sagt, Mum soll ihr Geschenk zuerst öffnen. Mum schneidet eine Grimasse in Ilses Richtung und beginnt, ihr Päckchen auszupacken. Es ist ein kleines Kästchen darin, mit zwei kleinen Ohrringen in Blütenform mit grünen Steinen. Mum sagt, es sei ein wundervolles Geschenk, und die Steine würden gut zu ihren Augen passen. Dad sagt, sie solle sie anlegen, damit wir sehen könnten, wie sie aussehen. Mum geht zum Spiegel, um sie anzulegen. Als sie fertig ist, hält sie ihr Haar hinter dem Kopf hoch, um sie uns zu zeigen.

Ilses Geschenk ist ein großes Tuch mit leuchtenden Mustern. Es sieht aus wie ein Tischtuch oder etwas, was man sich an die Wand hängen kann. Auf dem Stoff sind tanzende Frauen abgebildet, und Ilse sagt, sie würde daraus gerne ein Kleid machen. Dad sagt, das Tuch ist von chilenischen Frauen in Handarbeit gefertigt. Es ist aus Lamawolle. Ilse geht zum Spigel und hängt sich den Stoff über die Schultern. Sie läuft über den Teppich und macht ein paar Tanzschritte, so daß wir alle sehen, sie ist sehr froh über ihr Geschenk.

Als Dad sagt, ich soll nun mein Geschenk öffnen, antworte ich, daß er zuerst seins aufmachen soll. Sein Geschenk ist das schwere. Es ist eine lange, flache Kiste, und als er den Verschluß öffnet, liegt darin eine glänzende Silberpistole auf einem hellblauen Samtstoff. Dad pfeift durch die Zähne und sagt, die Waffe stamme aus Chile, und er könne sich nicht vostellen, daß es in ganz Südafrika noch so eine gebe. Er streichelt den Lauf. Dann zielt er in Richtung Tür, weil man eine Waffe niemals auf Personen richten darf – selbst wenn sie nicht geladen ist.

Nachdem er die Pistole wieder zurück in das flache Kästchen gelegt hat, sagt Dad, jetzt sei ich an der Reihe.

Ich hebe das kleine Päckchen hoch. Es ist nicht schwer.

Ich möchte es nicht aufmachen. Ich möchte überhaupt nichts vom General, und ich hasse Dad. Ich weiß jetzt, daß es neulich nachts nicht Ilse im Spiegel war, und ich wußte die ganze Zeit, daß es kein Traum war.

»Komm schon«, sagt Mum. »Mach das Päckchen auf, damit wir sehen, was es ist, Marnus!«

Ich ziehe die Tesastreifen ab, und das Papier öffnet sich langsam unter meinen Händen. Es sind zwei rechteckige

Gegenstände darin: Zuerst kann ich nicht erkennen, was es ist.

Dad beugt sich zu mir herüber und sieht in das Päckchen. »Das sind Schulterstücke. Das müssen seine Schulterstücke sein . . .«

Ich sehe auf die roten Gegenstände in dem Papier in meiner Hand. Ich möchte sie nicht anfassen. Sie sind aus rotem Stoff, der am Rand mit kleinen, goldenen Blättern umstickt ist. In der Mitte sind, ebenfalls in Gold, zwei große, fünfekkige Sterne.

Mum sagt, ich soll sie hochhalten, damit wir sie sehen können. Dad sagt, es ist eine große Ehre, wenn ein General jemandem seine Schulterstücke gibt. Er sagt, ich muß Mister Smith nachhaltig beeindruckt haben, wenn er mir solch ein besonderes Geschenk macht.

Ilse macht den Vorschlag, daß ich meinen Tarnanzug anziehe und wir die Schulterstücke daran befestigen. Ich schüttele den Kopf und sage, daß ich keine Lust habe, mich umzuziehen. Aber jetzt meint auch Dad, daß ich meinen Tarnanzug anziehen soll. Er wird mir dann dabei helfen, die Schulterstücke festzustecken. Ich sehe Mum an, aber sie findet auch, ich soll mich umziehen.

Ich gehe nach oben und hole den Tarnanzug aus meinem Kleiderschrank. Letztes Jahr brachte Dad Frikkie und mir einen Tarnanzug mit, als er von einer Reise aus Übersee zurückkam. Ich ziehe mich um und gehe zurück nach unten.

Dad betrachtet seine Pistole, und Mum und Ilse begutachten das Tuch mit den Tänzern.

Er sieht mich in der Tür stehen und sagt, ich soll näher kommen, damit er die Schulterstücke befestigen kann. Ich gehe ein paar Schritte nach vorne, bleibe dann aber stehen. Ich starre auf die Pistole in seiner Hand.

»Komm näher, mein Junge«, sagt er und nimmt die Schulterstücke in die Hand, »damit Dad sie für dich feststekken kann.«

Ich schüttle den Kopf.

Er zieht die Augenbrauen zusammen und sagt wieder: »Komm, laß sie mich anstecken, Marnus.« Aber ich bleibe stehen, wo ich bin, mitten im Zimmer. Ich kann mich nicht bewegen.

Mum und Ilse haben aufgehört zu reden.

»Was ist los mit dir, Marnus?« fragt Mum. »Geh zu Dad und laß dir die Schulterstücke anstecken.«

Ich schüttle wieder den Kopf, ohne den Blick von ihm zu wenden. Ich weiß, daß ich sofort anfangen muß zu heulen, wenn ich jetzt versuche, etwas zu sagen. Seine Augen sind nur noch zwei Schlitze. So habe ich sie noch nie zuvor gesehen. Er spricht wieder mit mir. Diesmal ist seine Stimme sehr sanft:

»Komm zu mir, Marnus.«

Ich habe Angst vor ihm. Er sagt wieder etwas, aber ich höre nicht, was er sagt. Um mich herum ist es ganz still, und ich kann nur sehen, daß seine Lippen sich bewegen. In meinem Kopf höre ich etwas wie das Rauschen des Meeres oder das Geräusch von Vögeln, die mit den Flügeln schlagen.

Ich hätte nicht herunterkommen sollen. Ich hätte oben bleiben sollen. Ich hätte nicht durch die Löcher im Fußboden sehen sollen. Jetzt straft mich Gott für meine ganzen Lügen und dafür, daß ich Frikkie meine Hausaufgaben habe abschreiben lassen. Ich hätte nicht . . . aber noch bevor ich diesen Gedanken zu Ende denken kann, ist er bei mir.

Er hebt mich an einem Arm hoch und geht in Richtung Bad. Er trägt mich mit einer Hand und schlägt mich mit der anderen. Er schlägt mich auf Hintern und Rücken, und ich ringe nach Luft. Er brüllt mich an, aber ich höre nicht, was er sagt. Ich höre nur das Meeresrauschen und die zahllosen Vögel um meinen Kopf.

Dann fange ich an zu weinen, und ich höre seine Stimme wieder.

Ich schreie ihn an, er soll aufhören, aber er schlägt mich

immer weiter und sagt, ich muß hören, wenn er etwas sagt. Er brüllt mich an: »Was ist bloß in dich gefahren?« Aber ich kann nicht antworten, ich weine und versuche gleichzeitig zu sprechen. Ich glaube, daß ich ersticke, weil ich nicht atmen kann. Ich japse nach Luft.

Dann hört er plötzlich auf.

Er stellt mich wieder auf die Füße und dreht mich um, damit ich ihn ansehe. Ich ringe immer noch nach Atem. Und dann sehe ich zum ersten Mal, daß Dad weint. Seine Augen sind nicht mehr wütend. Tränen laufen ihm über die Wangen, und seine Mundwinkel sind nach unten gezogen. Er kniet sich vor mich und streicht mir mit den Händen über die Wangen und das Haar. Er versucht, unter Tränen etwas zu sagen. Ich höre ihn sagen, es tut ihm leid, daß er mich geschlagen hat.

Er nimmt mich in die Arme und drückt seinen Kopf gegen meine Brust, bis ich spüre, wie seine Tränen durch meinen Tarnanzug dringen. Ich lege meine Arme um seinen Kopf, und wir halten uns umschlungen und weinen beide. Lange bleiben Dad und ich so, er kniet auf dem Boden.

Als er aufgehört hat zu weinen, schiebt er mich sanft von sich. Er sieht mich mit verweinten Augen an und fängt ganz langsam an zu lächeln.

Dann sagt er: »Na! Was soll denn diese ganze Heulerei? Krokodile weinen nicht.« Und er zieht ein lustiges Gesicht, und ich lache.

Mum und Ilse stehen am Frisiertisch. Mum hält beide Hände von Ilse in ihren Händen. In ihrem langen Morgenrock mit dem Paisleymuster sieht Mum aus wie auf dem Photo, das an meinem Fenster lehnt. Das, auf dem sie singt. Aber jetzt steht sie nur da und sieht mich an. Sie sieht mich so an, wie man jemanden ansieht, dem man zum ersten Mal irgendwo begegnet, an einer Stelle, wo man ihn nie vermutet hätte.

Dad setzt sich auf das Bett, und ich stehe vor ihm. Er

nimmt die Epauletten und befestigt sie an den Schultern meines Tarnanzugs.

Das Gesicht des schwarzen Gruppenführers ist neben mir. Er fragt mich, ob ich in meinem Bein noch etwas spüre. Er sagt, daß alles wieder gut wird. Ich versuche, den Kopf zu schütteln und ihn zu warnen. Ich versuche, etwas zu sagen, ihm mitzuteilen, daß ich es die ganze Zeit gewußt habe, genau wie die anderen.

Aber ich bin stumm.

Ich fühle Dads Gesicht auf meiner Brust und meine Arme um seinen Kopf, und ich empfinde das Gefühl der Sicherheit. Aber jetzt ist es eine andere Sicherheit. Der Tod bringt seine eigene Freiheit mit sich, und der Tod soll um die Lebenden trauern, denn im Leben gibt es kein Entrinnen vor der Geschichte.

Wieder zurück in meinem Zimmer habe ich keine Lust, den Tarnanzug auszuziehen, und stelle mich lange vor den Spiegel. Schließlich lege ich mich mit dem Tarnanzug ins Bett.

Während ich im Bett liege, höre ich, wie jemand leise die Treppe hinaufsteigt. Ich frage mich, wer das sein könnte. Jemand kommt in mein Zimmer, und die Dielenböden knarren leise.

»Wer ist da?« flüstere ich.

»Sch«, sagt jemand. »Ich bin es.« Es ist Ilses Stimme.

»Was willst du?« frage ich, und sie setzt sich neben mich aufs Bett.

»Marnus«, beginnt sie, »es tut mir leid, daß ich gesagt habe, du sollst den Tarnanzug anziehen. Es tut mir wirklich sehr leid . . .«

»Was hat das mit dir zu tun?« frage ich. »Laß mich in Ruhe. Außerdem bin ich froh, daß ich ihn angezogen habe.«

»Marnus, du verstehst nicht, was gerade passiert ist . . .« Aber bevor sie den Satz beenden kann, sage ich: »Verschwinde! Du weißt *gar nichts!*«

Sie bleibt ein paar Sekunden auf der Bettkante sitzen, und es sieht so aus, als würde sie die Stirn runzeln. Sie schüttelt ihren Kopf langsam von einer Seite zur anderen, aber dann geht sie die Stufen leise wieder hinunter.

Ich liege auf dem Rücken und denke über die Ferien, über Frikkie und über nächstes Jahr nach. Und plötzlich wird mir klar: Es ist sogar *besser*, daß Frikkie es mir heute morgen nicht gesagt hat. Wir wissen alles übereinander. Wir teilen unsere Geheimnisse nur miteinander. Wenn ich jemandem etwas mitteilen will, was wirklich streng vertraulich ist, sage ich es Frikkie. Und ich weiß, daß er, wenn er jemandem etwas sagen will, etwas, das keine andere Person erfahren darf, es ebenfalls mir erzählt, und nur mir. Wenn er sogar mir nicht sagen will, was Dad mit ihm gemacht hat, dann wird er es niemandem sagen. Und das ist gut so.

Zwischen uns wird das Geheimnis immer sicher sein.

Während ich in der Dunkelheit liege und auf den Schlaf warte, fühle ich etwas zwischen meinen Beinen. Mein kleiner Mann ist ganz hart und fühlt sich warm und angenehm an, als ich meine Hand in meine Hose stecke, um ihn zu halten. Mit dem Mondlicht, das in mein Zimmer fällt, und dem Meeresrauschen von der anderen Seite der Bahnschienen schlafe ich ein. Und zum ersten Mal träume ich den Traum von Frikkie und mir, wie wir über den Muizenberg Beach galoppieren. Wir tragen Uniformen, und die Pferde laufen direkt am Wasser entlang. Von irgendwoher kann man eine Frau singen hören. In der Ferne sehe ich, wie jemand vor den Pferden wegläuft. Jetzt klingt es so, als käme die Frauenstimme entweder aus den roten Wellen oder vom Boden unter den Pferdehufen oder aber aus den Dünen. Ich höre nur noch das Singen. Dann nähern wir uns der Person, die vor uns wegläuft. Langsam holen die Pferde sie ein. Durch den Nebel kann ich erkennen, daß sie einen Hut trägt, und als sie sich umdreht und schreit, ist es Zelda Kemp. Sie versucht zu entkommen, aber die Pferde sind schon fast bei ihr. Als sie merkt, daß wir sie einholen, rennt sie den Strand hinauf in Richtung Dünen. Ich lache und sehe hinüber zu Frikkie. Aber die Person neben mir auf dem Pferd ist nicht Frikkie. Es ist Little-Neville.

Und alles, was ich höre, ist die Stimme der singenden Frau.

Am nächsten Morgen helfe ich Dad, die Koffer ins Auto zu packen und das Boot festzukuppeln. Ich sage ihm, daß ich mich auf die Ferien freue und darauf, daß wir jeden Tag zusammen angeln gehen. Als wir das Segel am Boot festzurren, frage ich ihn, ob ich im nächsten Jahr mitkommen kann, um im Okovango Tigerfische zu angeln. Er lächelt mich über das Boot hinweg an und fragt: »Dann sag mir zuerst mal, mein kleiner Bock, ob schon Schaum auf dem Wasser ist, wenn du morgens Pipi machst?« Ich lächle ihn an und nicke mit dem Kopf. Dad lacht und sagt ja, dann bin ich groß genug, um Tigerfische zu angeln, und Mum sollte aufhören, sich Sorgen um mich zu machen.

Wie immer, wenn wir lange mit dem Auto unterwegs sein werden, stehen wir zu viert auf der Veranda, und Dad betet um eine gute Fahrt. Er bittet Gott, daß wir ausgeruht und gestärkt aus den Ferien zurückkommen. Er betet für Little-Neville und Doreen, Gott möge während der Festtage mit ihnen sein. Er betet für Mister Smith und Chile und für unsere Männer in Uniform. Er bittet Gott um seinen Segen für dieses Land im Jahre 1974 und darum, die Streitkräfte zu stärken, damit wir den Feind besiegen, der sich uns aus allen Richtungen nähert.

Während Dad betet, öffne ich meine Augen und sehe hinaus über die Bucht. Ich weiß nicht, ob es auf der ganzen Welt einen schöneren Ort gibt. Trotz der Bahnlinie. Es ist ein strahlender Tag, genau wie gestern. Einer dieser Tage, an denen Mum sagt: Die Hand des Herrn ruht über der False Bay.